Für das SG KOA.
Danke!

Denise Bormann-Ervens

Tod eines Walk-on-Girls

Ein Dartkrimi

www.tredition.de

© 2016 Denise Bormann-Ervens

Verlag: tredition GmbH, Hamburg

ISBN Taschenbuch: 978-3-7345-9343-7

ISBN Hardcover: 978-3-7345-9344-4

ISBN e-Book: 978-3-7345-9345-1

Bibliografische Information der Deutschen Nationalbibliothek:

Die Deutsche Nationalbibliothek verzeichnet diese Publikation in der Deutschen Nationalbibliografie; detaillierte bibliografische Daten sind im Internet über http://dnb.d-nb.de abrufbar.

1. Kapitel

Niklas saß an seinem Schreibtisch. Immer wieder wanderte sein Blick zur Wanduhr. Er versuchte sich auf die Berichte zu konzentrieren, die er noch fertig stellen wollte, bevor er sich in den wohlverdienten Feierabend verabschiedete. Aber seine Gedanken schweiften immer wieder ab. Zu groß war die Vorfreude auf sein dienstfreies Wochenende, das er nutzen wollte, um seiner absoluten Leidenschaft zu frönen: Darts.

Niklas spielte auch selber, aber an diesem Wochenende würde er Zuschauer sein. Es war wieder so weit. Er und seine Kumpel fuhren zum Dart-Event nach Bonn. Ein ganzes Wochenende mit packenden Duellen der Topspieler Europas, einer super Stimmung und dem ein oder anderen Bier stand auf dem Programm. Und natürlich duften auch die Verkleidungen nicht fehlen. Fast alle Zuschauer in der Halle würden kostümiert sein. Seit einigen Jahren wurde zudem in jeder Session, also jedem Turnierabschnitt, die beste bzw. originellste Kostümierung prämiert. Eigentlich mochte Niklas es nicht sich zu verkleiden, ganz im Gegenteil. Karneval war für ihn nicht nur die fünfte sondern auch die schlimmste Jahreszeit. Seit Jahren übernahm er in der Zeit von Altweiber bis Aschermittwoch freiwillig Dienste um den närrischen Kolleginnen und Kollegen unbeschwerte Karnevalstage zu ermöglichen. Im Gegenzug ermöglichten diese ihm jedes Jahr aufs Neue sein geliebtes Dartwochenende und die ein oder andere Reise zu weiteren Turnieren.

Niklas konnte es kaum noch erwarten. Obwohl er und seine Kumpel im Außenbereich von Bonn bzw. in unmittelbarer Nähe zu Bonn wohnten, übernachteten sie dieses Wochenende im Hotel. Im ersten Jahr waren sie ja noch jeden Abend mit dem Taxi nach Hause gefahren, aber sie hatten sehr schnell gemerkt, dass es viel entspannter und auch viel spannender war, im Hotel zu bleiben, in dem auch das Turnier ausgetragen wird. Häufig hatten sie nach der Abendsession, also dem zweiten Turnierabschnitt des Tages, schon den ein oder anderen Spieler oder Mitglieder des Veranstalters getroffen und vergnügliche Nächte verbracht.

Niklas lächelte gedankenverloren als er an die zurückliegenden Jahre dachte. Mit einem Spieler verband ihn mittlerweile sogar eine enge Freundschaft. Nach einer knappen Niederlage hatte Niklas ihn im Hotelfoyer getroffen und man hatte bei einem guten Glas Rotwein das Spiel analysiert. Dabei blieb es jedoch nicht. Schnell waren Gemeinsamkeiten gefunden, und als es draußen schon wieder hell wurde, verabschiedete man sich um noch ein paar Stunden Schlaf zu bekommen. Die Handynummern waren zu diesem Zeitpunkt bereits ausgetauscht und man war sich darüber einig, dass man in Kontakt bleiben wollte. Mittlerweile verging kaum ein Tag, an dem die Beiden nicht miteinander texten oder sprachen. Meistens telefonierten sie oder schickten sich Nachrichten, aber wenn Turniere in Deutschland stattfanden oder Niklas einmal Gelegenheit fand, zur Weltmeisterschaft oder einem anderen Turnier ins benachbarte Ausland zu fahren, wurde der persönliche Kontakt intensiv gepflegt. Die Freundschaft war ihnen sehr wichtig und sie genossen die gemeinsame Zeit und taten alles, um so viel wie möglich davon zu haben.

Niklas Vorfreude bezog sich normalerweise also nicht nur auf die spannenden Spiele und die elektrisierende Stimmung in der Halle, sondern ganz besonders auf seinen guten Freund. Vor jedem persönlichen Treffen konnte er immer richtig merken, wie mit jeder Minute, die verstrich, die Vorfreude immer weiter in ihm aufstieg.

Sein Freund hört auf den Namen John „Night Fever" Collins und ist ein äußert talentierter Dartspieler aus England. Seine Walk-on-Musik, also Einlaufmusik, ist Stayin` Alive von den Bee Gees. Da John fast genauso gut tanzen wie Dartspielen kann hat er sich den Travolta-Tanzstil angeeignet und nutzt seinen Walk-On, also seinen Gang zur und die ersten Momente auf der Bühne dazu, dass Publikum zu begeistern und mitzureißen. Mit seiner guten Leistung, seiner sympathischen Art und dem Gesamtpaket hatte er sich bereits eine treue Fangemeinschaft aufgebaut und war auch bei den anderen Spielern auf der Tour sehr beliebt.

Anfangs hatte Niklas Bedenken gehabt ob der Popularität seines Freundes. Er befürchtete, dass sein Leben in den Fokus rücken könnte, was er nicht nur aufgrund seines Jobs um jeden Preis hätte verhindern wollen. Doch er hatte schnell gemerkt, dass es im Dartsport um einiges unaufgeregter ablief als in vielen anderen Sportarten. Irgendwie waren alle wie eine große Familie. Man respektierte sich und pflegte einen kollegialen bis freundschaftlichen Umgang. Und die Fans konnten ganz nah ran an ihre Idole, freuten sich über Fotos und Autogramme, wurden jedoch nie wirklich aufdringlich oder lästig. Und so hatte Niklas seine Bedenken schnell abgelegt und die Freundschaft zu John intensivierte sich.

Leider konnte John in diesem Jahr nicht an dem Turnier in Bonn teilnehmen. Er hatte sich gegen das dotierte Turnier entschieden um an einer Wohltätigkeitsveranstaltung teilzunehmen. Seit einigen Jahren engagierte er sich zugunsten einer Organisation die sich für Menschen mit Essstörungen einsetzt. Seit seine Schwester an Magersucht erkrankt und ein nicht enden wollender Kampf gegen die Krankheit begonnen hatte. Niklas konnte die Entscheidung von John nachvollziehen, bedauerte jedoch, seinen Freund nicht wie gewohnt treffen zu können. Doch dieses Treffen würden sie nachholen. Vielleicht noch in diesem Jahr. Das stand für beide unumstößlich fest.

Niklas Blick wanderte zur Uhr und er stellte fest, dass seine Schicht beendet war. Eigentlich hätte er noch eine Stunde bleiben müssen. Beim Schichtwechsel waren normalerweise immer beide Schichten für eine Stunde anwesend, aber seine Kollegen kannten seine Leidenschaft und darum musste er an diesem Freitag nicht bleiben. Und dafür war er ihnen von Herzen dankbar.

Niklas speicherte seinen Bericht ab, fuhr den PC herunter und verabschiedete sich von seinen Kolleginnen und Kollegen. Schnellen Schrittes verließ er die Dienststelle, stieg in sein Auto und machte sich auf den Weg zum Schweizer Hof. Die gepackte Tasche lag bereits im Kofferraum.

Niklas Reuter, 34 Jahre, ledig, Polizeioberkommissar bei der Kriminalpolizei Bonn. Wohnhaft in einer kleinen 2-Zimmer-Wohnung in Königswinter, wo er regelmäßig am Rheinufer joggte um sich fit zu halten. Ca. 1,85 m groß, von schlanker aber durchtrainierter Figur. Hellbraune kurze Haare. Typisches Outfit: Jeans und T-Shirt. Sympathisch aber eher zurückhaltend. Zumindest so lange, bis er jemanden besser kennengelernt hatte. Ein guter und loyaler Freund, auf den man sich immer verlassen kann. So oder so ähnlich würden seine Kumpel, Ben, Uwe und Michael ihn wohl beschreiben, wenn man sie fragen würde.

Und eben diese machten sich nun ebenfalls auf den Weg zum Schweizer Hof, um sich dort mit Niklas im Foyer zu treffen.

Mit Ben verband Niklas bereits seit der Grundschule eine enge Freundschaft. Ben hatte mittlerweile geheiratet und zwei Töchter im Alter von zwei und vier Jahren. Mit seiner Familie bewohnte er ein kleines Einfamilienhaus im Grünen. Als Familienvater konnte er nicht mehr so oft mit Niklas um die Häuser ziehen wie dies früher der Fall war. Aber regelmäßig nutzten sie die Gelegenheit, einen gepflegten Männerabend oder – wie jetzt – ein gepflegtes Männerwochenende miteinander zu verbringen.

Uwe war der Schwager von Ben. Anfangs hatten die beiden Schwestern ihre Ehemänner dazu verdonnert sich besser kennenzulernen und gemeinsam etwas zu unternehmen. Mittlerweile hatte es sich allerdings eher ins Gegenteil verkehrt und die Frauen ließen immer wieder durchblicken, dass die Männer zu viel gemeinsame Zeit verbrachten. Aber daran störten sie sich nicht.

Michael war seit dem Umzug in das Einfamilienhäuschen der Nachbar von Ben. Als Niklas und Ben einmal gemütlich im Garten grillten hatten sie Michael spontan angeboten, etwas mitzuessen und ein Bierchen zu trinken. Michaels Frau besuchte damals zusammen mit dem jetzt vierzehnjährigen Sohn die Großeltern und Michael nahm das Angebot erfreut an, ersparte es ihm doch das Kochen, das eh nicht so sein Ding war. Und da sich nicht nur die Männer sondern auch deren Ehefrauen sehr gut verstanden, wurden die Treffen immer häufiger und es entwickelte sich eine enge Freundschaft die sich auch auf Uwe und Niklas erstreckte.

2. Kapitel

Als Niklas im Foyer des Schweizer Hof ankam warteten Ben, Uwe und Michael bereits auf ihn. Die drei waren zusammen gefahren und deutlich vor Niklas im Hotel eingetroffen – wie jedes Jahr. Niklas machte sich gar nicht erst die Mühe sich zu entschuldigen. Wer Ben kannte, der wusste, dass er immer zu früh war. Bereits als Jugendlicher tauchte er immer bei der Party auf wenn der Gastgeber noch damit beschäftigt war den Partyraum zu dekorieren und das Bier kalt zu stellen. Schließlich rechnete ja keiner damit, dass tatsächlich jemand um 20.00 Uhr kommen würde wenn die Party dann starten sollte. Das hatte zur Folge, dass Ben irgendwann einfach eine andere Uhrzeit genannt wurde. Er war dann häufig immer noch der Erste, aber wenigstens waren die Partyvorbereitungen dann abgeschlossen und die Gastgeber, soweit sie weiblich waren, hatte sich sexy gekleidet, aufgestylt und das Make-up aufgelegt. Also keine bösen Überraschungen mehr.

Leider hatten diese kleinen Tricks aus der Jugendzeit zur Folge, dass Ben mittlerweile immer zu früh da war. Sprach man die Einladung für 18.00 Uhr aus musste man bereits um 17.30 Uhr mit seinem Eintreffen rechnen.

Und beim Dart konnten sie ihn nicht austricksen. Da wäre jeder Versuch aussichtslos gewesen. Ben wusste, dass die erste Session am Freitag um 18.00 Uhr begann, was bedeutete, dass um 17.00 Uhr Einlass war. Treffen war somit um 16.00 Uhr. Und Ben war um 15.30 Uhr da. Basta. Sicher ist schließlich sicher!

An der Hotelrezeption bekamen die Jungs ihre Zimmerschlüssel. Koffer auspacken, schnell unter die Dusche und ab in die Klamotten. Für Ben, Uwe und Michael bedeutete das, dass die Karnevalskostüme zum Einsatz kamen. „Karneval im Sommer" nannten sie ihr Dartwochenende. Ben, Uwe und Michael verfügten als begeisterte Karnevalisten, die bereits bei vielen Rosenmontagsumzügen in Fußgruppen mitgelaufen waren, über einen schier nicht enden wollenden Vorrat an Kostümen und waren immer einheitlich gekleidet.

Niklas weigerte sich seit Jahren standhaft bei der Kostümierung mitzumachen. Ihm gefielen die Kostüme, aber verkleiden war nun mal einfach nicht sein Ding. Er fühlte sich dann unwohl. Dafür verfügte er über einige Funshirts und die trug er immer, wenn er Dartevents besuchte. Das war das Äußerste, zu dem er sich durchringen konnte. Für diese Session hatte Niklas sich für ein Shirt entschieden, dessen Aufdruck einen Anzug mit Hemd und Krawatte imitierte.

Seine Kumpel hatten beschlossen sich als Bierflaschen zu verkleiden. Ein ebenso einfaches wie beeindruckendes Kostüm. Der Kronkorken war aus einem Weihnachtsplätzchenteller nachgebildet, der mit silberner Sprühfarbe lackiert war und mit einem Gummiband auf dem Kopf gehalten wurde. Dazu gehörte ein bodenlanger Überwurf aus Sackleinen. Auf der Vorderseite und der Rückseite waren die Flaschenetiketten des jeweiligen Lieblingsbieres der drei Freunde angebracht. Bei Ben war dies Diebels Alt, während Uwe sich für Gambrinus und Michael für Erdinger entschieden hatte. Die drei sahen super aus, und wenn die Kamera sie während der Session einfangen würde, würde der Jubel bestimmt wieder ziemlich lautstark ausfallen. Wie schon so oft in den vergangenen Jahren. Obwohl... je höher der Alkoholpegel umso lautstärker der Jubel, auch bei weitaus weniger gelungenen Kostümen.

Dann war es auch schon Zeit. Niklas und seine Freunde hatten VIP-Tickets. Kein Schlangestehen sondern schneller Zugang zur Halle durch einen separaten Eingang. Sie suchten sich Plätze mit einem guten Blick zum Board und zu den aufgestellten Leinwänden. Ben ging Bier holen und Niklas nutzte die Zeit um sich mit dem Steward zu unterhalten, der in ihrer Nähe Position bezogen hatte und den Niklas von den letzten Veranstaltungen schon gut kannte.

Die Stewards der ISDA, der International Steeldart Associaton, waren zusammen mit der Security für die Ordnung in der Halle zuständig. Während die Security dafür sorgte, dass Streitigkeiten gar nicht erst aufkamen und sich keiner daneben benahm, sorgten die Steward dafür, dass keiner versehentlich oder mit Absicht die Notausgänge nutzte, um die Halle zu verlassen. Zudem regelten sie die Zugänge zu den unterschiedlichen Bereichen der Halle und waren Ansprechpartner bei auftretenden Fragen.

In die Halle zu kommen war für Niklas ein bisschen wie die Ankunft bei einer Familienfeier. Und er genoss jede Minute. Bereits mit dem ersten Schritt in die Halle hatte er vollkommen auf Freizeit umgeschaltet und den immer stressigen und nervenaufreibenden Polizeialltag vergessen.

Auch in seinen Gesprächen mit den Stewards war der Job für Niklas ein absolutes Tabu. Das lag nicht daran, dass er seinen Job nicht mochte oder das er nicht bereit gewesen wäre, seine Erfahrungen zu teilen. Niklas hatte sich bewusst dafür entschieden in den Polizeidienst zu gehen und diesen Schritt seit dem Beginn der Ausbildung keinen Tag bereut. Allerdings war der Polizeidienst nicht nur körperlich, sondern auch psychisch, sehr belastend, und Niklas wusste, dass es deshalb sehr wichtig war, auch mal loszulassen und komplett abzuschalten. Und während viele seiner Kolleginnen und Kollegen diese Entspannung bei Strandurlauben oder in der Einsamkeit der Berge fanden, fand Niklas sie bei den Dartevents. Und darum war sein Job tabu. Unter allen Umständen. Die Stewards wussten das, genauso wie die vielen weiteren guten Bekannten und Freunde, die Niklas immer wieder traf. Sie alle respektierten diesen Wunsch. Schließlich hatten sie auch so mehr als genug Gesprächsthemen.

Umso irritierter war Niklas, als ein Mitarbeiter der Security ihn nach der Begrüßung des Publikums durch einen Mitarbeiter der ISDA zu sich winkte, noch bevor der Master of Ceremony die Bühne betrat, und ihm mitteilte, dass er gebraucht würde. Als Polizist.

Der Master of Ceremony ist der Moderator, der durch die Veranstaltung führt. Er übernimmt nach der Begrüßung und Verkündung der „Benimmregeln" der Veranstaltung durch einen Mitarbeiter der ISDA. Seine Aufgabe ist es die Animation des Publikums fortzusetzen und vor jeder Partie die Spieler anzukündigen. Zudem nimmt er diese auf der Bühne in Empfang.

Bei dem Turnier in Bonn nahm diese Aufgabe nun bereits seit mehreren Jahren Jürgen Paeßens wahr, ein ehemaliger E-Dart-Spieler, der die Entwicklung des Dartsports in Europa seit vielen Jahren begleitete und neben seiner Tätigkeit als Master of Ceremony bei anderen Turnieren auch als Caller agierte.

Caller ist die Bezeichnung für den Schiedsrichter beim Dartsport. Er ruft die mit drei Darts erzielte Punktzahl aus. Befindet sich ein Spieler im sogenannten Finish-Bereich, hat also die Möglichkeit, das Leg (Spiel) mit drei oder weniger Darts für sich zu entscheiden, so nennt er zusätzlich die Restpunktzahl. Um ein Leg zu gewinnen, muss der Spieler die Punktzahl von 501 exakt auf null bringen. Der letzte Dart, mit dem die Punktzahl auf null gebracht wird, muss dabei zudem in ein Doppelfeld geworfen werden. Zumindest in Bonn, wo der Modus „Double out" gespielt wird.

Die Doppelfelder sind der äußere schmale Ring. Die Trippelfelder (dreifacher Wert) sind der innere Ring. Das rote Feld in der Mitte ist das Bull (Punktewert: 50) und der grüne Ring um das Bull ist das Half Bull mit einem Punktwert von 25.

All dies war Niklas in den vergangenen Jahren in Fleisch und Blut übergegangen. Mittlerweile konnte er fast so schnell rechnen wie die Mitarbeiter, die neben dem Dartboard die Punkte mitschrieben. Aber es gab immer wieder Personen, die den Dartsport neu für sich entdeckten, und sich mit den Regeln und Begrifflichkeiten erst vertraut machen mussten.

3. Kapitel

Als Niklas in das Gesicht des Mitarbeiters der Security blickte, der ihn zu sich gewunken hatte, sah er, dass er ungewöhnlich ernst dreinblickte. Es war nicht der übliche strenge Gesichtsausdruck, den die Mitarbeiter der Security aufsetzten, um klar zu machen, dass sie sich auf keine Diskussionen einlassen und bereit sind, hart durchzugreifen, wenn es die Situation erfordert – was Gott sei Dank nur extrem selten vorkam. Vielmehr wirkte er schockiert, nervös und ein wenig fahrig, sowie extrem angespannt.

Niklas begleitete den Mitarbeiter der Security, der sich ihm als Marcell Böhmer vorstellte, die Treppe, die den Dartspielern normalerweise als Walk-On diente, von der Bühne hinauf in die nächste Etage.

Unter einem Walk-On versteht man den Einzug der Dartspieler zur Bühne zu einem von ihnen gewünschten Musiktitel (Walk-on-Musik). Einige Spieler haben sogar richtige Choreographien, die sie auf der Bühne zur Musik aufführen. Auf ihrem Weg zur Bühne werden die Spieler von einer oder zwei jungen und attraktiven Frauen begleitet (den sogenannten Walk-on-Girls).

Als Niklas zurückblickte stellte er fest, dass der Master of Ceremony die Bühne betrat. Er spürte ein tiefes Bedauern, als ihm bewusst wurde, dass er wohl einige Legs oder sogar noch mehr verpassen würde. Doch dann vernahm er, dass der Master of Ceremony mitteilte, dass es aufgrund von technischen Problemen zu einer Verzögerung käme. Dann wurde Musik gespielt, damit keine Unruhe aufkam sondern entspannt weiter gefeiert wurde. Niklas spürte so etwas wie Erleichterung, doch als er oben an der Treppe ankam, und in die Gesichter der Anwesenden blickte, war ihm sofort klar, dass dies nicht angebracht war. Ein verpasstes Leg oder auch mehrere wären seine kleinste Sorge bzw. sein kleinstes Problem.

Niklas stand mit Marcell Böhmer vor einer großen Flügeltür. Wortlos öffnete dieser die Flügeltür einen Spalt und ließ Niklas durchschlüpfen. Rasch folgte er ihm und schloss die Tür wieder hinter sich. Niklas wurde bewusst, dass der vor der Tür stehende Kameramann die Kamera abgesenkt hatte und nicht filmte. Er hatte genau wie der Reporter etwas abseits gestanden, abgeschirmt von zwei Mitarbeitern der Security, damit sie keinen Einblick in die hinter der Tür befindlichen Räumlichkeiten hatten. Niklas merkte daran, dass er begonnen hatte, seine Umgebung intensiv zu beobachten und zu analysieren, dass er von Urlaub und Entspannung in den Polizeimodus umgeschaltet hatte. Er seufzte leise und unmerklich für die anderen. Dann streckte er den Rücken durch und blickte den neben sich stehenden Marcell Böhmer an. „Was ist passiert?", fragte er, obwohl er sich nicht sicher war, ob er die Antwort hören wollte. Aber er wusste, dass es darauf nicht ankam. Es war etwas passiert und seine Hilfe und sein Wissen wurden benötigt. Eine Verantwortung, der er nachkommen musste.

Niklas und Marcell Böhmer standen in dem Raum, in dem vor den Spielen der Wurf aufs Bullseye ausgetragen wird. Durch diesen Wurf wird bestimmt, welcher Spieler das erste Leg beginnen darf. Die beiden Spieler, die das erste Spiel bestreiten sollten, waren ebenfalls anwesend, dazu ein Mitarbeiter der ISDA, zwei Walk-on-Girls sowie drei weitere Mitarbeiter des Securitydienstes. Es war gespenstisch still. Keiner sprach. Die Stille wurde nur von einem gelegentlichen Schluchzen eines Walk-on-Girls und dem Geräusch, wenn die Spieler aus den vor ihnen auf einem Stehtisch stehenden Wassergläsern tranken, unterbrochen.

„Wir haben eine Leiche in dem angrenzenden Vorratsraum gefunden", beantwortete Marcell Böhmer die Frage. „Die Polizei ist bereits verständigt. Wir wurden gebeten sie hinzuzuziehen. Aufgrund ihres Wissens um die Dartszene. Ihre Kollegen müssten in Kürze hier eintreffen. Wenn ich irgendwas für sie tun kann..."

Niklas bat Marcell Böhmer um einen Block, den dieser ihm rasch beschaffte. Niklas begann sofort damit eine grobe Skizze des Raumes zu zeichnen. Er ließ sich auch die angrenzenden Räume zeigen und erweiterte seine Skizze um diese Räumlichkeiten. Zum Abschluss betrachtete er den Raum, in dem man die Leiche gefunden hatte, von dem Durchgang aus. Er blickte auf seine Skizze und kennzeichnete den Fundort der Leiche mit einem „X". Niklas musste kurz Schmunzeln, als ihm das Klischee bewusst wurde, dann konzentrierte er sich wieder auf den Mord und das Szenario, dass sich ihm bot.

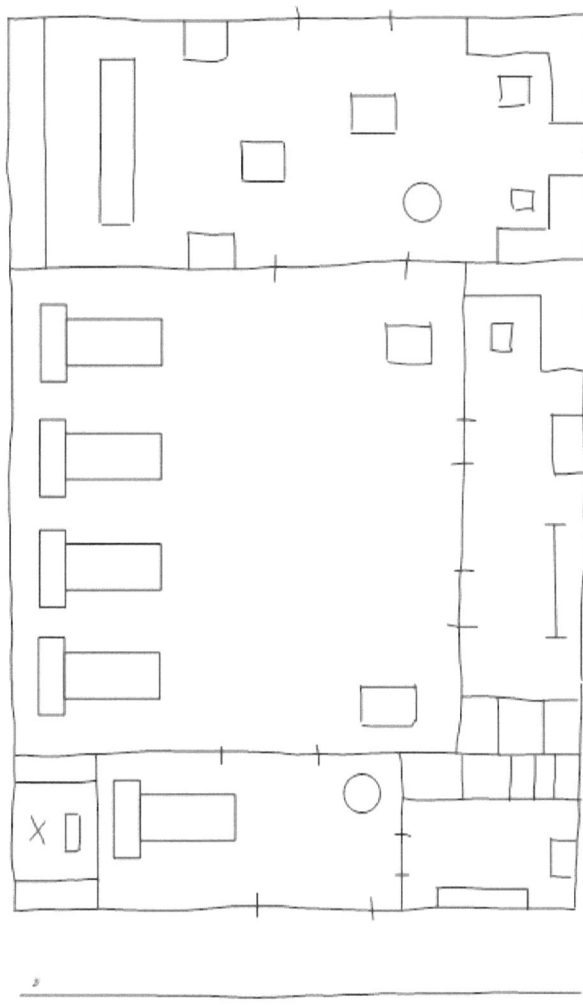

Bereits kurze Zeit später trafen Niklas Kollegen am Tatort ein. Mit ihnen zusammen kamen die Kolleginnen und Kollegen von der Spurensicherung. Bislang hatte Niklas die Leiche nur erahnen können, da der Großteil des Körpers von Getränkekisten verdeckt war. Da ihm kein Schutzanzug zur Verfügung stand, hatte er den Raum noch nicht betreten, sondern nur von dem Durchgang aus in Augenschein genommen. Nun, da er in einen Schutzanzug gekleidet war, um keine Spuren an den Tatort tragen zu können, war ein genauerer Blick auf die Leiche möglich und Niklas musste augenblicklich schlucken. Er kannte die Frau. Eine junge Frau mit langen schwarzen Haaren und blutroten Lippen, die ihn immer ein bisschen an Schneewittchen erinnert hatte. Auch wenn ihre sehr üppige Oberweite nicht in das Bild der Märchengestalt passte. Sofort informierte er seine Kolleginnen und Kollegen.

„Bei der Toten handelt es sich um Stacy. Sie ist seit einigen Jahren bei Turnieren der ISDA als Walk-on-Girl tätig." Als er die verständnislosen Gesichter der Kollegen sah, erläuterte er kurz die Aufgaben eines Walk-on-Girls, nämlich die Spieler auf dem Weg zur Bühne zu begleiten und möglichst gut auszusehen, und fuhr dann fort. „Sie studierte Law and Economics an der Rheinischen Friedrich-Wilhelm-Universität in Bonn. Sie nahm am Bachelorstudiengang teil, der sechs Semester dauert und wollte danach das Masterstudium absolvieren. Vor dem Studium hat sie eine Ausbildung zur Rechtsanwaltsfachangestellten bei einem Wirtschaftsjuristen gemacht, wo ihr Interesse für das Studium geweckt wurde. Als die Universität den Studiengang im Wintersemester 2012/2013 erstmalig anbot schrieb sie sich sofort ein."

„Der Job erklärt ihr Outfit", meinte Bernd Nowak, ein Kollege von Niklas. Die Tote war mit einer schwarzen Shorts, einem weißen T-Shirt mit dem aufgedruckten Hotellogo und knallroten Pumps bekleidet, die geschätzt eine Absatzhöhe von mindestens 10 cm hatten. Das T-Shirt spannte über den straffen Brüsten. Gut, dass Gott mich mit so viel Oberweite ausgestattet hat, hatte Stacy zu Niklas gesagt. So bekommt man bessere Promotionjobs und Ähnliches.

„Weißt du ihren Nachnamen", wandte sich Bernd an Niklas. Dieser schüttelte verneinend den Kopf. „Aber der Veranstalter kann ihn uns bestimmt nennen", sagte er. „Ihr Name ist Hausmann", meldete sich eines der anwesenden Walk-on-Girls leise zu Wort. „Sie wohnte im Studentenwohnheim der Universität". Dann wandte sie sich schluchzend wieder ab.

Als Bernd und Niklas einen Moment ungestört waren wandte sich Bernd an Niklas. „Woher weißt du eigentlich so viel über das Opfer", fragte er. „Hattet ihr...." Niklas schüttelte verneinend den Kopf. „Wir haben vor zwei Jahren an einem Morgen einige Zeit zusammengesessen und sind dann noch eine Rund spaziert. Ein bisschen frische Luft und einen Kaffee. Sie war sehr sympathisch und wir haben uns sehr nett unterhalten. Aber mehr war da nicht."

Und mehr würde da auch nie sein, denn Niklas fühlte sich nicht zu Frauen hingezogen. Aber das wussten seine Kollegen nicht. Denn auch wenn Niklas sie nun schon viele Jahre kannte und ihnen vertraute, hatte er sich noch nicht überwinden können, es ihnen zu sagen.

4. Kapitel

Der Lagerraum, in dem die Leiche von Stacy gefunden worden war, war nur mit einem Vorhang abgetrennt und diente der Aufbewahrung von Getränkekisten. Im Barbereich sowie im hinteren Bereich des Practicerooms gab es für die Spieler die Möglichkeit, Getränke zu sich zu nehmen. Die Kühlschränke standen den Spielern zur Selbstbedienung zur Verfügung und wurden regelmäßig durch Servicepersonal des Hotels befüllt. Gleiches galt für den Aufenthaltsraum der Walk-on-Girls, der sich auf der gegenüberliegenden Seite des Lagerraums befand, und mit einem gemütlichen Sofa, drei Spinden und Umkleidekabinen sowie einem Kühlschrank ausgestattet war. Die bereits geleerten Flaschen standen ebenso in dem Lagerraum wie der Nachschub zum Auffüllen der Kühlschränke.

Von Marcell Böhmer erfuhren Niklas und Bernd, dass sich der Kreis der Personen, die Zugang zu den Räumlichkeiten hatten, einschränken ließ. Der Barbereich und der Practiceroom waren von neun Spielern genutzt worden, darunter die Spieler, die die erste Partie des Tages hätten bestreiten sollen. Niklas gab Bernd zu jedem Spieler einige kurze Informationen:

Anthony „The Bear" Brown

Anthony Brown verdankt seinen Spitznamen seiner Größe von fast 2 Metern, seinem breiten Kreuz und seinem dichten, langen, braunen Haar. Wenn er beim Jubel die Arme hochreißt, dann wird die Ähnlichkeit mit einem Bär deutlich.

Anthony Brown ist der Aufsteiger der letzten Jahre. Viele Experten sprechen davon, dass es ihm gelungen ist, den Dominator der letzten Jahre abzulösen, mit dem er sich in den vergangenen Jahren viele packende Duelle geliefert hat.

Anthony Brown stammt aus England und ist dort auch wohnhaft. Er spielt mit 24g Darts. Auf dem Flight ist ein Braunbär abgebildet.

Die Bühne betritt er zur Musik von Michael Jackson (Beat it).

Mason „The Foreman" Pouwels

Mason Pouwels stammt ebenfalls aus England und hat die ISDA in den vergangenen Jahren dominiert. Er ist ein eingefleischter Junggeselle Anfang vierzig und hat mehrere Weltmeistertitel und viele weitere Titel gewinnen können. Zu Beginn seiner Karriere konnte er noch nicht von dem Sport leben, weil die Preisgelder noch nicht so hoch waren. Der Boom kam erst in den letzten 10 Jahren und Mason war schon mit Anfang zwanzig als Dartspieler aktiv. Darum hat er anfangs noch als Schreiner gearbeitet und sogar eine Meisterprüfung abgelegt. Dadurch hat er seinen Spitznamen erhalten.

Mason Pouwels spielt mit 24g Darts auf deren Flights eine Säge und die englische Flagge abgebildet sind.

Die Bühne betritt Mason Pouwels zur Musik von Deep Purple (Smoke on the water).

David „The Dragon" Maddock

David Maddock gilt als großes Talent des Dartsports. Er ist der Junior und noch nicht lange als Profi unterwegs. Seinen Spitznamen hat er, da er stolz auf seine walisische Herkunft ist. Der walisische Drachen ziert die Flights seiner 22g Darts (roter Drache auf grünem Grund).

Wenn er die Bühne betritt läuft ein Lied von Gabriela Soukalova, einer Biathletin mit einer faszinierenden Stimme. David Maddock hatte das Lied auf YouTube gesehen und war sofort begeistert, da es die Ruhe und die Einsamkeit der Natur einfängt, die er an Wales so sehr liebt.

Salvatore „Cannolo" DiMarco

Salvatore DiMarco ist der südeuropäische Topspieler. Während der Dartsport im Norden Europas schon sehr populär ist und von dort schon einige Topspieler kommen, etabliert sich der Dartsport im Süden Europas etwas langsamer. Die Erfolge von Salvatore DiMarco haben dazu beigetragen, dass der Dartsport dort einen immer größeren Zuspruch erfährt und sogar ein Turnier in Italien ausgetragen wird.

Seinen Spitznamen verdankt er der Tatsache, dass er zur Beruhigung vor jedem Auftritt einen Cannolo isst, seine absolute Leibspeise.

Er spielt mit 23g Darts mit rot-weiß-grünen Flights.
Die Bühne betritt er zur Musik von Gianna Nannini (Latin Lover).

Kody „Swagger" Dawson

Kody Dawson ist der Bad Boy des Dartsports. Er polarisiert. Entweder man liebt ihn oder man hasst ihn. Neutral steht ihm kaum jemand gegenüber. Seiner großtuerischen und prahlerischen Art auf der Bühne verdankt er seinen Spitznamen.
Privat ist er jedoch das krasse Gegenteil. Er ist sympathisch und sehr für wohltätige Zwecke engagiert. In seiner Heimat Schottland hat er eine eigene Stiftung, die sich für benachteiligte Kinder und Jugendliche einsetzt. Er ermöglicht den Kindern Sport zu treiben, unterstützt sie in der Schule, sorgt für regelmäßiges und gesundes Essen und finanziert sogar Urlaube. Dies ist jedoch nur wenigen, eingefleischten Dartfans bekannt, die bereit sind, hinter die Fassade zu blicken.

Kody Swagger spielt mit 26g Darts mit schwarz-goldenen Flights.
Die Bühne betritt er zur Musik von Queen (I want it all).

Michael „The Bavarian" Müller

Michael Müller – von seinen Freunden Michi gerufen - ist der beste deutsche Spieler der ISDA. Allerdings fehlt ihm noch die Konstanz. Zwar konnte er bereits einige gute Ergebnisse erzielen, im Topfeld ist er aber noch nicht etabliert. Auf der Bühne trägt er immer ein Shirt, dass einem Trachtenhemd nachempfunden ist. Daher auch sein Spitzname.

Michael Müller hat blonde Haare, die er immer zu einer Elvistolle frisiert hat. Aufgrund seiner Verehrung für den King und der Liebe zu seiner Heimat Bayern hat er Wooden Heart als Walk-on-Musik gewählt.
Michael Müller spielt mit 20g Darts deren Flights blau-weiß kariert sind.

Kyle „The Panther" Black

Kyle Black stammt aus Australien und spielt mit 22g Darts. Die Flights zeigen einen schwarzen Panther auf weißem Grund.

Kyle Black hat seinen Spitznamen erhalten, da er einen sehr eleganten und sanften Wurfstil hat, mit dem er seine Gegner jedoch gnadenlos zur Strecke bringt. Er spielt leise, unauffällig und elegant, ist dabei aber extrem effektiv.

Die Bühne betritt er zu Musik von den Rolling Stones (Paint it, Black).

Finn „The Mill" de Boer

Finn de Boer ist ein ehemaliger Top 5-Spieler, der in den vergangenen zwei bis drei Jahren allerdings massiv abgerutscht ist. Jetzt ist er langsam wieder auf dem Vormarsch und konnte sich mittlerweile zurück in die Top 30 der ISDA spielen. Er ist 37 Jahre alt und stammt aus den Niederlanden.

Er spielt mit 21g Darts. Auf den roten Flights sind weiße Mühlenflügel abgebildet.

Als es mit seiner Karriere wieder anfing bergauf zu gehen hat er seine Walk-on-Musik geändert. Er hat sich für seinen Neuanfang den Song „Gonna Fly Now" aus dem Soundtrack von Rocky Balboa ausgesucht.

Ruben „The Rubin" Molenaar

Seinen Spitznamen verdankt Ruben Molenaar einer Ableitung seines Vornamens. Er hat dies aufgegriffen und tritt immer in einem rubinroten Dartshirt an. Er ist ein junger Spieler aus den Niederlanden, 27 Jahre alt, der in den vergangenen Jahren stetig seinen Weg gegangen ist und mit guten Resultaten überzeugte. Dadurch ist es ihm gelungen, sich in den TOP 10 der ISDA zu etablieren.

Ruben Molenaar spielt mit 22g Darts. Die Flights sind goldfarben mit einem aufgedruckten Rubin.

Er betritt die Bühne zur Musik von Anouk (Modern World).

Als Niklas seine kurze Vorstellung der Dartspieler, die den Practiceroom und den Barbereich genutzt hatten, beendete sah Bernd ihn halb verblüfft, halb beeindruckt an. „Sind Flights die Dinger hinten an den Dartpfeilen", fragte er. Niklas nickte. Bernd zeigte mit dem Kopf auf einen Kollegen von der Spurensicherung, der einen Beweismittelbeutel in der Hand hielt.

Niklas grüßte ihn mit einem Kopfnicken. Es war Detlef Schira, seines Zeichens langjähriges Mitglied der Kriminaltechnik und ein enger Vertrauter von Niklas. Dieser kannte ihn bereits seit Beginn seiner Tätigkeit bei der Kriminalpolizei und schätzte ihn nicht nur als Kollegen, sondern auch als Mensch. Detlef war von Natur aus sehr ordentlich, gewissenhaft, aber auch neugierig und vielseitig interessiert, was ihm bei seiner Tätigkeit sehr entgegenkam und ihn zu einem wertvollen Mitglied der Spurensicherung machte. Vor seinem geistigen Auge sah Niklas ihn immer zu Hause die Teppichfransen kämmen. Und Detlef war ein toller Gesprächspartner und guter Zuhörer.

Dadurch, dass er seinen Job schon so viele Jahre machte, verfügte er über umfangreiches Wissen und Erfahrungswerte. Damit hatte er den Ermittlern schon häufig hilfreich zur Seite gestanden, wenn sie in einer Sackgasse steckten und einfach nicht mehr weiter wussten.

Detlef war der einzige Mensch im Polizeidienst der von Niklas Homosexualität wusste. Detlef hatte zufällig mitbekommen, dass Niklas sich zu Männern hingezogen fühlte, als er unabsichtlich eine private Unterhaltung mitgehört hatte. Er hatte sich sofort bei Niklas entschuldigt und natürlich war ihm nicht entgangen, wie unangenehm Niklas das Thema war. Er hatte Niklas zum Ausgleich ein Geheimnis von sich anvertraut und ihm versprochen, keiner Menschenseele gegenüber ein Wort über Niklas Geheimnis zu verlieren. Dieses Versprechen hatte Detlef all die Jahre eingehalten, ebenso wie Niklas, der nie über das gesprochen hatte, was Detlef ihm anvertraut hatte.

„Vielleicht entspricht der Charakter von Kody Dawson doch eher seinem Bühnenprofil. Wenn ich mich richtig erinnere spielt er mit schwarz-goldenen Flights. Und ein Pfeil mit einem solchen Flight wurde bei der Leiche gefunden", meinte Detlef und reichte Niklas den Beweismittelbeutel. Niklas bestätigte, dass Kody Dawson mit einem solchen Flight spielt. Dann gab er den Beweismittelbeutel zurück und wandte sich wieder seiner Arbeit zu.

Niklas und Bernd entschieden sich in Absprache mit ihrem Vorgesetzten dazu, alle Spieler, die an diesem Tag von den Trainingsmöglichkeiten Gebrauch gemacht hatten und daher Zugang zu dem Lagerraum hatten, in dem Stacy ermordet wurde, für den kommenden Morgen auf das Polizeirevier zu bestellen, um ihre Aussagen aufzunehmen. Da in einigen Fällen die Anwesenheit von Dolmetschern erforderlich sein würde, kümmerte sich eine Kollegin aus der Dienststelle darum, dass diese am kommenden Tag zur Verfügung standen.

Auch das Gespräch mit Kody Dawson sollte am kommenden Tag stattfinden. Sowohl das Hotel als auch die Spieler erklärten sich freiwillig damit einverstanden, dass auf der Etage, auf der die Spieler untergebracht waren, Polizeibeamte postiert wurden, die ein Verlassen der Zimmer verhindern sollten. Zudem wurde das Hotelpersonal gebeten, den Spielern das Frühstück auf dem Zimmer zu servieren. Die ISDA kümmerte sich darüber hinaus um Taxis, die die Spieler am kommenden Tag zur Dienststelle bringen sollten.

Nachdem dies geklärt war baten Niklas und Bernd die beiden anderen Walk-on-Girls, Nina und Doro, am kommenden Tag ebenfalls auf der Dienststelle zu erscheinen, um ihre Aussagen aufnehmen zu können.

Mit den beiden Mitarbeitern des Hotels, Sebastian van Well und Marvin Groterhorst, sprachen die Beamten unmittelbar vor Ort. Sebastian van Well hatte die Kühlschränke am Morgen befüllt, bevor die Räumlichkeiten für die Spieler freigegeben wurden. Er hatte erst zusammen mit einigen Kollegen das Frühstück vorbereitet und die Frühstücksgäste bewirtet. Als die meisten Gäste sich im Speisesaal eingefunden hatten und die Richos nachgefüllt waren, verließ er den Frühstückssaal und befüllte die Kühlschränke, da die Trainings- und Aufenthaltsräume den Spielern ab 12.00 Uhr zur Verfügung stehen sollten. Er brauchte rund eine halbe Stunde. Dann kehrte er zum Frühstücksservice zurück um den Speisesaal für die Mittagsgäste vorzubereiten. Die Dauer seiner Abwesenheit wurde von den Kollegen bestätigt. Auch der eigens vor der Zugangstür positionierte Securitymitarbeiter bestätigte die Angaben des Hotelangestellten.

Marvin Groterhorst war für das Auffüllen der Kühlschränke zuständig, was er gegen 15.00 Uhr erledigt hatte. Zu diesem Zeitpunkt herrschte ein reges Treiben in den Räumlichkeiten. Er gab an, dass er um diese Zeit keines der drei Walk-on-Girls gesehen habe. Zwar habe er kein Licht in dem Lagerraum gemacht. Da er den Vorhang aber offen ließ um die Flaschen wegzuräumen und Nachschub zu holen, fiel genug Licht in den Lagerraum als das er mit Sicherheit sagen konnte, dass sich zu diesem Zeitpunkt niemand in dem Raum befand. Weder tot noch lebendig.

Bernd notierte die Angaben der Hotelangestellten während Niklas die Zeit nutzte, um die beiden Hotelmitarbeiter bei der Leitstelle abzufragen. Aus dem Augenwinkel konnte er sehen, dass Marvin Groterhorst merklich nervös wurde und Anstalten machte, den Raum zu verlassen.

Mit einigen schnelle Schritten war Niklas bei ihm, packte ihn am Oberarm und führte ihn zu Bernd und Sebastian van Well zurück. Er übergab ihn Bernd um die Rückmeldung der Leitstelle etwas abseits der Menschengruppen abzuwarten. Er kriegte mit wie Bernd eine klare Ansage an Marvin Groterhorst aussprach, dass jedes weitere Verhalten, dass als Fluchtversuch oder Angriff gewertet werden kann, ihm die Acht einbringt. Also Handschellen. Marvin Groterhorst wandte sich in Bernds Griff, doch ernsthaft zu entkommen versuchte er nicht. Auf Bernds Frage, warum er sich aus dem Staub machen wollte, schwieg er beharrlich.

Nach wenigen Minuten kannte Niklas die Antwort. Die Leitstelle hatte sich gemeldet. Zu Sebastian van Well lagen keine Erkenntnisse vor. Bei Marvin Groterhorst sah das allerdings ganz anders aus. Dieser war bereits mehrfach polizeilich in Erscheinung getreten. Und die Delikte waren alles andere als unerheblich. Das Marvin Groterhorst unter diesen Umständen eine Anstellung im Hotelgewerbe bekommen hatte, war für Niklas absolut unverständlich.

5. Kapitel

Niklas bat einen uniformierten Kollegen Herrn Groterhorst in einen Streifenwagen zu verbringen und zur Dienststelle zu fahren, damit sie ihn dort weiter vernehmen könnten.

„Ich habe über die Leitstelle erfahren, dass Herr Groterhorst bereits mehrfach polizeilich in Erscheinung getreten ist", klärte Niklas Bernd auf. „Er ist wegen Verstößen gegen das Betäubungsmittelgesetz vorbestraft. Zudem wurde wegen Nachstellens, sexueller Nötigung und Körperverletzung gegen ihn ermittelt. Es wurde Schuldunfähigkeit wegen einer psychischen Erkrankung festgestellt und die Unterbringung in einer psychiatrischen Klinik angeordnet. Die Entlassung aus der Klinik ist erst wenige Monate her."

„Wissen wir was genau damals passiert ist?", fragte Bernd. Niklas schüttelte den Kopf. „Noch nicht. Aber die Unterlagen sind schon angefordert."

„Wir sollten uns die Personalakte von Herrn Groterhorst besorgen", meinte Bernd. Als er Niklas zustimmend nicken sah, machte er sich auf den Weg, während Niklas zur Spurensicherung ging, um erste Erkenntnisse abzufragen.

„Habt ihr schon was für mich?", frage Niklas an Detlef gewandt. Dieser sah nur flüchtig auf und beendete in Ruhe seine Arbeit, bevor er sich erhob und zu Niklas kam. „Nicht viel", beantwortete er die Frage. „Du weißt, die meisten Spuren können wir erst im Labor auswerten. Und wie dir nicht entgangen sein wird, sind wir alle noch hier." Mit einer ausladenden Handbewegung deutete er auf seine Mitarbeiter, die noch fleißig mit der Sicherung und Dokumentation von Spuren beschäftigt waren.

Als er Niklas ungeduldigen und leicht gereizten Blick sah, beeilte er sich fortzufahren. „Das wir einen Dartpfeil sichergestellt haben, hast du ja schon mitbekommen. Wir konnten an der Leiche zudem einen goldenen Knopf sicherstellen." Mit einer Handbewegung winkte Detlef einen weiteren Mitarbeiter der Spurensicherung heran und bat ihn, den Beweismittelbeutel mit dem Knopf zu holen.

In dem Beweismittelbeutel sah Niklas einen kleinen goldenen Knopf. „Es handelt sich um einen Ösenknopf", erklärte Detlef. „Der Ösenknopf ist seit dem Hochmittelalter gebräuchlich. Er zeichnet sich dadurch aus, dass er auf der Rückseite eine Öse hat, durch die er an das Kleidungsstück genäht wird. Bei diesem Knopf ist die Öse zusammen mit einer Trägerplatte an der Rückseite des Knopfes befestigt. Der Knopf ist mit einem recht aufwendigen und filigranen Muster verziert. Ich habe dir ein Foto von dem Knopf auf dein Handy geschickt."

Niklas betrachtete den Knopf intensiv und prägte sich das Muster ein. Detlef wartete geduldig, bis er wieder Niklas Aufmerksamkeit genoss, dann fuhr er fort. „Wir haben den Knopf direkt an der Leiche gefunden. Die Leiche lag beim Auffinden auf dem Rücken. Die Beine waren angewinkelt und die Arme zum Kopf hin nach oben gestreckt. Das Opfer hatte lange, sehr dunkle Haare. Und dort haben wir den Knopf gefunden. In den Haaren des Opfers. Er fiel uns sofort ins Auge, da er sich so deutlich von ihrem Haar abhob."

„Der Knopf könnte also vom Täter stammen", murmelte Niklas, mehr zu sich als zu Detlef. Dieser griff die Aussage dennoch auf. „Ich habe dir auch Fotos von der Auffindesituation gemacht. Findest du auch auf deinem Handy. Dir wird auffallen, dass der Knopf kaum in das Haar eingesunken war sondern oben auf lag."

„Das spricht dafür, dass der Knopf nicht bereits am Boden lag als das Opfer zu Boden sank, sondern erst nach dem Tod oder unmittelbar beim Tod des Opfers dort hingelangt ist", überlegte Niklas. „Danke euch. Und wenn ihr neue Erkenntnisse habt..." „Dann bist du der erste der es erfährt", beendete Detlef den Satz. „Und je schneller du mich weiterarbeiten lässt, je schneller wird das sein." Er lächelte Niklas an und machte sich wieder an die Arbeit.

Niklas wandte sich zum Gehen. Auf dem Flur traf er auf Bernd, der mit einer Kopie der Personalakte winkte, die ihm kurzfristig zur Verfügung gestellt worden war. Gemeinsam verließen sie den Tatort.

Als Niklas aus dem Hoteleingang heraustrat hörte er, wie jemand seinen Namen rief. Suchend drehte er sich um und entdeckte seine Kumpel, die vor dem Hotel hinter einer Absperrung standen und hektisch winkten. Schlagartig wurde Niklas bewusst, dass seine Freunde keine Ahnung hatten was passiert war und weshalb er einfach so verschwunden und nicht mehr zu ihnen zurückgekommen war. Mit einer knappen Handbewegung bedeutete er Bernd, dass er einen Moment auf ihn warten sollte, da er noch etwas zu erledigen hätte. Dann begab er sich schnellen Schrittes zu der Absperrung um kurz mit seinen Freunden zu sprechen.

„Mensch Niklas, was ist denn hier los?", fragte Uwe sofort als er bei seinen Freunden ankam. „Es wird gemunkelt, es habe einen Toten gegeben. Besser gesagt eine Tote. Ist es wahr? Ist Stacy tot?" Sechs Augen blickten ihn erwartungsvoll an. Obwohl, als Niklas sich umsah stellte er fest, dass es wohl weitaus mehr Augen waren. Alle Umstehenden konzentrierten sich auf ihn und gierten geradezu nach einer Antwort auf die Frage, die sie alle umtrieb.

„Tut mir leid, aber ich kann euch nichts dazu sagen", antwortete Niklas und bemühte sich die ganzen Umstehenden einfach auszublenden. „Ich kann verstehen, dass ihr viele Fragen habt, aber ich darf sie euch nicht beantworten. Ich bin im Dienst und muss jetzt los." Mit diesen Worten wandte sich Niklas ab und hoffte, dass seine Freunde den kleinen unterschwelligen Wink mit dem Zaunpfahl verstanden hatten. Er war im Dienst. Und das bedeutete, dass etwas passiert war. Das eine Straftat passiert war, denn ansonsten wäre die Kriminalpolizei nicht zuständig.

Niklas war bereits am Auto angekommen als es seinen Freunden endlich gelang sich durch die Menschenmenge hindurch zu kämpfen um etwas abseits ungestört miteinander sprechen zu können. Ratlos blickten sich die Freunde an. „Und nun?", fragte Uwe, der als Erster die Sprache wiederfand. „Es hat ein Verbrechen stattgefunden und das Turnier wird wohl abgesagt, wenn die Gerüchteküche stimmt. Also ist was wirklich Gravierendes vorgefallen." Als er die fragenden Gesichter sah erklärte er. „Niklas wäre nicht im Dienst, wenn nicht zumindest der Verdacht bestünde, dass eine Straftat stattgefunden hat. Und wenn es nur eine Kleinigkeit wäre", das Wort Kleinigkeit setzte er mit den Fingern in Anführungsstriche, „dann würde es nicht zu einer Absage kommen."

Zustimmendes Nicken. „Lasst uns abwarten wie es weitergeht", meinte Ben. „Wir haben zwar nicht Gottweißwas getrunken, aber wenn möglich würde ich sagen bleiben wir die Nacht hier und fahren morgen früh nach Hause." Wieder zustimmendes Nicken.

Niklas und Bernd fuhren währenddessen zur Dienststelle um sich in der Gerichtsmedizin die bereits bekannten Fakten mitteilen zu lassen und das Vorgehen für den kommenden Tag abzustimmen. Zudem wollten sie noch mit Marvin Groterhorst sprechen, der auf der Dienststelle auf seine Befragung wartete.

In der Dienststelle trafen sie sich dazu mit Jonas Verheien und Christiane Bremers, die am kommenden Tag einen Teil der Befragungen übernehmen sollten. Aufgrund des Fachwissens von Niklas zum Thema Darts waren sich alle einig, dass Bernd und Niklas die Gespräche mit den Dartspielern führen sollten. Jonas und Christiane wollten in der Zwischenzeit die Gespräche mit den Walk-on-Girls und den Eltern des Opfern übernehmen. Zudem hatten sie sich vorgenommen mit dem Securitymitarbeiter zu sprechen, der abgestellt worden war um zu verhindern, dass Unbefugte Zugang zu den Trainings- und Aufenthaltsräumen hatten. Auch an der Universität wollten sie sich umhören und mit Kommilitonen und Mitbewohnern des Opfers sprechen.

Nachdem die Aufgaben für den nächste Tag verteilt waren machten sich Niklas und Bernd auf den Weg zur Gerichtsmedizin.

In der Zwischenzeit sollten Jonas und Christiane das Gespräch mit Marvin Groterhorst führen. Die von Niklas angeforderten Akten waren zwischenzeitlich eingetroffen und von den beiden Ermittlern gesichtet worden. Nachdem sie noch die neusten Erkenntnisse von Bernd und Niklas erhalten hatten bereiteten sie sich noch einige Minuten auf das anstehende Gespräch vor, bevor sie zu Marvin Groterhorst in den Verhörraum gingen.

Dieser saß mit gefalteten Händen am Tisch. Seine Anspannung war deutlich spürbar. Obwohl er die Hände auf die Tischplatte gelegt hatte zitterten sie. Und zwar so sehr, dass sich das Zittern auf den Tisch übertrug. Das Geräusch der metallenen Tischbeine, die über den Fliesenboden schliffen, war im ganzen Raum zu hören.

Jonas und Christiane nahmen gegenüber von Marvin Groterhorst am Tisch Platz und schwiegen noch eine Zeit lang. Sie wollten die bestehende Nervosität und Unsicherheit von Marvin Groterhorst noch steigern. Dann begann Christiane mit der Befragung.

„Herr Groterhorst, sie haben gegenüber den Kollegen angegeben, dass sie gegen 15.00 Uhr die Kühlschränke aufgefüllt hätten. Dabei hätten sie weder das Opfer noch eines der anderen Walk-on-Girls gesehen. Möchten sie bei dieser Aussage bleiben?" Marvin Groterhorst nickte. Ansonsten blieb er stumm. Doch weder Jonas noch Christiane war das kurze Zögern entgangen, dass seinem Nicken vorausgegangen war.

Ist das die Kleidung, die sie während des Nachfüllens der Kühlschränke und den damit verbundenen Tätigkeiten getragen haben?", setzte Christiane die Befragung fort und deutete auf Marvin Groterhorsts Körper. Wieder ein stummes Nicken.

„Kannten sie das Opfer?", fragte Jonas unvermittelt. „Stacy war schließlich eine attraktive Frau die die Blicke vieler Männer auf sich gezogen hat. Mit ihren langen schwarzen Haaren und ihrem weiblichen Körper hat sie doch dem Typ Frau entsprochen, zu dem sie sich hingezogen fühlen, oder?"

Marvin Groterhorst schüttelte vehement den Kopf. Doch in seinen Augen blitzte etwas auf. Jonas war sich nicht sicher was es war, doch sein Gefühl sagte ihm, dass er Marvin Groterhorst mit seiner Beschreibung gezwungen hatte, sich an etwas zu erinnern. Und das hatte Erregung bei ihm ausgelöst.

Rasch senkte Marvin Groterhorst seinen Blick und taxierte die Tischplatte. Jonas blickte zu Christiane, die kaum merklich nickte, und ihm damit signalisierte, dass auch ihr das Aufblitzen nicht entgangen war. Sie hatten die Strafakte von Marvin Groterhorst intensiv studiert und dabei war ihnen natürlich nicht entgangen, dass Stacy optisch eine verblüffende Ähnlichkeit zu der Frau aufwies, der Marvin Groterhorst nachgestellt hatte.

„Aber der Name Jessica Stratmanns, der sagt ihnen doch etwas, oder?", übernahm Christiane. Jessica Stratmanns war die Frau, der Marvin Groterhorst nachgestellt hatte. Dieser hielt seinen Blick weiter gesenkt und beantwortete die Frage nicht.

„Wir wissen, dass ihnen der Name etwas sagt", fuhr Christiane fort. „Schließlich haben sie der Frau über Monate nachgestellt und sogar versucht sie zu vergewaltigen. Und als sie Stacy sahen, da war es, als ob sie eine zweite Chance bekommen, nicht wahr. Sie sah Jessica so ähnlich und sie konnten ihr nahe sein. Sie wollten das nachholen, was ihnen mit Jessica nicht gelungen war. Aber sie hat sich gewehrt. Sie hat sie zurückgewiesen, genau wie es Jessica getan hat. Und da sind sie ausgerastet und haben sie getötet. So war es doch, oder?" Christiane hatte sich immer weiter vorgebeugt während sie gesprochen hatte und versucht Blickkontakt zu Marvin Groterhorst aufzubauen.

Sowohl Jonas als auch Christiane hatten damit gerechnet, dass Marvin Groterhorst heftig auf die Vorwürfe und die Erinnerung an Jessica reagieren würde. Doch nichts dergleichen geschah. Marvin Groterhorst blickte weiter starr auf die Tischplatte. Tränen rannen über sein Gesicht und tropften auf seine Hände, die weiterhin wie zum Beten gefaltet auf der Tischplatte lagen, aber nicht mehr zitterten.

„Sie haben doch keine Ahnung." Seine Stimme war so leise, dass die Ermittler Schwierigkeiten hatten ihn zu verstehen. „Jessica und ich lieben uns. Wir träumen von einer gemeinsamen Zukunft. Wir wollen heiraten, ein Häuschen im Grünen kaufen und dort mit unseren Kindern leben. Mindestens zwei, lieber drei Kinder. Wir haben sogar schon Namen für die Kinder. Aaron, Brandon und Frederic für Jungs und Amy, Emmy und Kara für Mädchen. Jessica ist meine große Liebe und ich werde nie aufhören sie zu lieben. Und ich weiß, dass sie mich auch liebt. Und sie würde es mir nie verzeihen, wenn ich sie betrügen würde. Ich bin ihr treu. Genauso wie sie mir. Und wir werden bald für immer vereint sein. Ich will keine andere Frau. Ich will nur meine geliebte Jessica."

Marvin Groterhorst blickte auf. Seine Tränen waren getrocknet. Er strahlte über das ganze Gesicht. „Jessica", murmelte er. „Meine geliebte Jessica."

Jonas und Christiane blickten sich an. Marvin Groterhorst war der realen Welt entflohen. Aber sie mussten rausfinden was passiert war. Er war momentan ihr Hauptverdächtiger. Und viele Fragen waren noch nicht beantwortet.

Christiane und Jonas warteten noch einen Augenblick, ob Marvin Groterhorst von sich aus noch was sagen würde. Als dieser jedoch weiter schwieg setzte Christiane die Befragung fort.

„Herr Groterhorst, an ihrer schwarzen Weste fehlt ein Knopf. Ist ihnen das schon aufgefallen?" Christiane deutete auf die Knopfleiste der Weste. Gedankenverloren spielte Marvin Groterhorst an einem der verbliebenen goldenen Knöpfe. „Ich hab die Weste extra wegen der Knöpfe gekauft", murmelte er. „Sie haben dieses wunderschöne florale Muster. Und meine Jessica hat doch Blumen so gerne. Sie liebt diese Weste. Ich hab extra noch eine zweite Weste gekauft. Etwas hochwertiger, aber mit exakt den gleichen Knöpfen. Für unsere Hochzeit. Da kann ich doch nicht die Weste tragen, die ich auch bei meiner Arbeit anhab. Ich freu mich schon so darauf, wenn Jessica die Weste sieht. Wenn sie im Brautkleid auf mich zuschreitet und mich am Altar stehen sieht. Sie wird die Weste lieben.

Unsere Hochzeit wird perfekt werden. Einfach perfekt." Sein Blick rückte in noch weitere Ferne und seine Augen füllten sich mit Tränen. Diesmal waren es Tränen des Glücks und der Vorfreude.

Christiane blickte Jonas fragend an. Dieser zuckte andeutungsweise mit den Achseln und wiegte leicht mit dem Kopf. Er war sich nicht sicher, ob es Sinn machte, die Befragung fortzusetzen. Zumindest im Moment schien Marvin Groterhorst den Bezug zur Realität verloren zu haben. Aber einen Versuch wollte er dann doch noch unternehmen.

„Herr Groterhorst, wir haben bei dem Opfer einen Knopf gefunden. Diesen Knopf." Mit diesen Worten schob Jonas ihm einen Ausdruck des Fotos herüber, das Detlef gemacht und Niklas zur Verfügung gestellt hatte. „Dieser Knopf sieht exakt so aus wie die Knöpfe an ihrer Weste. Und an ihrer Weste fehlt ein Knopf. Können sie mir das erklären?"

Marvin Groterhorst wippte auf seinem Stuhl hin und her und spielte weiter an den Knöpfen seiner Weste. Leise summte er den Hochzeitsmarsch von Felix Mendelssohn Bartholdy und blickte gedankenverloren in die Ferne. Unvermittelt blickte er Jonas an. „Danke das sie meinen Knopf wiedergefunden haben. Jessica wäre untröstlich wenn der Knopf weg wäre. Vielen vielen Dank." Dann summte er weiter.

Christiane und Jonas waren sich einig, dass es keinen Sinn machte, die Befragung fortzusetzen. Doch was sollte jetzt mit Marvin Groterhorst passieren. Er war definitiv psychisch angeschlagen. Sie wollten ihn aufgrund des dringenden Tatverdachtes vorläufig festnehmen, zweifelten aber an seiner Haftfähigkeit. Sie entschieden sich einen Arzt hinzuzuziehen. Als dieser ihnen die Haftfähigkeit bestätigte veranlassten sie die vorläufige Festnahme und verabschiedeten sich in den wohlverdienten aber viel zu kurzen Feierabend. Zu Hause fielen sie vollkommen erschöpft in ihre Betten und schliefen sofort ein.

6. Kapitel

Aufgrund des Leichenfundes hatte die ISDA beschlossen, dass Turnier abzusagen. Die Verantwortlichen und die Spieler hatten sich zusammengesetzt und die Entscheidung einvernehmlich getroffen. Die Fans waren enttäuscht und reagierten entsprechend, als der Sprecher der ISDA die Absage bekanntgab. Als sich allerdings herumsprach, was geschehen war, legte sich die Enttäuschung und wich blankem Entsetzen. Viele Fans kamen schon seit Jahren nach Bonn und kannten die junge Frau, die durch einen Mord nun so abrupt aus dem Leben gerissen worden war. Vor der Halle legten die Fans Blumen, Gedichte und Stofftiere nieder. Die nahegelegenen Tankstellen wurden von ihnen nahezu leer gekauft. Viele Fans blieben zudem die ganze Nacht mit einer Kerze in der Hand vor der Halle stehen, um ihre Anteilnahme auszudrücken.

Das Hotel duldete dies nicht nur, sondern unterstützte die Anwesenden mit Heiß- und Kaltgetränken und kleinen Snacks, die kostenlos zur Verfügung gestellt wurden. Viele Servicemitarbeiter, die bereits seit mehreren Jahren für das Catering bei dem Turnier eingeteilt waren, übernahmen diese Aufgabe freiwillig, um einen Beitrag zu leisten und mit den Anwesenden um Stacy zu trauern.

Stacys Eltern kamen sofort nach Bonn als sie von dem gewaltsamen Tod ihrer Tochter erfuhren. Sie hatten den Zug genommen, wie die Polizei von ihnen verlangt hatte, um in der psychisch extrem belastenden Situation kein Risiko einzugehen. Am Bahnhof wurden sie von einer Streife und einem Psychologen in Empfang genommen. Sie fuhren nicht direkt zur Polizeidienststelle, sondern erst zu dem Hotel, in dem ihre Tochter gewaltsam den Tod gefunden hatte. Als Stacys Eltern die tief empfundene Anteilnahme und das Lichtermeer vor der Halle sahen, waren sie gerührt. Die tiefe Trauer vermochte es jedoch nicht zu mindern. Ebenso wenig die Leere, das Unverständnis und die Wut. Die Gefühle wechselten sich ab und machten es ihnen fast unmöglich, sich der Aufgabe zu stellen, die sie erwartete. Die Identifizierung der Leiche.

Bereits beim Gang in die Gerichtsmedizin wurden die Schritte von Barbara und Herbert Hausmann, den Eltern von Stacy, mit jedem Meter langsamer. Der Schritt durch die Tür gelang ihnen erst, nachdem sie zitternd und schwer atmend einen Moment innegehalten hatten. Als das Tuch, dass den Körper von Stacy bedeckte, von dem Pathologen Dr. Lemmen so zurückgeschlagen wurde, dass der Blick auf das Gesicht freigegeben wurde, schrie Barbara Hausmann laut auf und brach weinend in den Armen ihres Mannes zusammen. Dieser wandte sich rasch von seiner Tochter ab. Nur so gelang es ihm, seine Frau zu stützen ohne selber zusammenzubrechen. Er nickte zur Bestätigung der Identität der Toten nur kurz, da kein Ton über seine Lippen kommen wollte, und führte seine Frau sanft nach draußen.

Die Polizei hatte für die Eheleute Hausmann ein Zimmer in einem nahegelegenen Hotel gebucht und gab ihnen Gelegenheit, den Tod ihrer Tochter erst einmal ungestört zu betrauern. Eine Streife brachte sie daher von der Gerichtsmedizin aus direkt zum Hotel.

Als Niklas und Bernd in der Gerichtsmedizin eintrafen ließen sie sich von Dr. Lemmen über die bereits vorliegenden Erkenntnisse informieren, bevor sie sich einige wenige Stunden Schlaf gönnten.

Dr. Lemmen begann seine Ausführungen mit dem Todeszeitpunkt. Dieser lag zwischen 15.30 Uhr und 16.30 Uhr. Auch die Todesursache hatte er bereits zweifelsfrei ermitteln können.

„Stacy ist stranguliert worden. Den Spuren am Körper des Opfers nach zu urteilen, ist der Strangulation ein kurzer aber heftiger Kampf vorausgegangen. Ich habe Hämatome an den Armen des Opfers festgestellt, die darauf hinweisen, dass jemand es grob am Arm gepackt hat, vielleicht um ein Weggehen zu verhindern. Dann wurde das Opfer vermutlich mit großer Wucht gegen die hintere Wand des Lagerraums gerammt. Dafür spricht eine Platzwunde am Hinterkopf des Opfers, die unter Berücksichtigung der schon ausgewerteten Spuren der Kriminaltechnik nicht von einem Sturz stammen kann. Eine Platzwunde entsteht durch mechanische Einwirkung gegen die Haut. Die Haut platzt bei einer Platzwunde unter dem Druck der stumpfen Gewalteinwirkung auf. Ich habe Partikel in der Wunde gefunden, die von den Kriminaltechnikern untersucht werden müssen, um abschließend zu klären, ob sie von der Wand des Lagerraumes stammen. Der Aufprall war vermutlich so heftig, dass das Opfer für einen Moment bewusstlos oder zumindest so benommen war, dass es sich nicht mehr gegen den Angreifer zur Wehr setzen konnte.

Der Angreifer hat das Opfer dann erdrosselt. Bei der äußeren Obduktion war unterhalb des Kinns eine Drosselmarke, eine oberflächliche Schürfung durch das Strangwerkzeug, festzustellen. Bei der inneren Obduktion fanden sich zudem massive Einblutungen in die Halsmuskulatur und ein Bruch des Zungenbeins und des Schildknorpels. Um eventuell genauere Angaben zu dem Strangwerkzeug machen zu können, mit dem Stacy erdrosselt wurde, werde ich das Opfer sowie Fotos der Drosselmarken noch einmal genau in Augenschein nehmen. Ich habe dem Opfer während der Obduktion zudem Blutproben entnommen. Das Testergebnis auf Alkohol und Drogen steht jedoch noch aus.

Ich kann euch zudem sagen, dass das Opfer nach der Strangulation einfach dort liegen gelassen wurde, wo es verstorben ist. Dafür sprechen die am Opfer festgestellten Totenflecke. Totenflecke sind die normalerweise rotvioletten bis blaugrauen Verfärbungen der Haut, die etwa 20 bis 30 Minuten nach dem irreversiblen Herz-Kreislauf-Stillstand auftreten. Die bei dem Opfer vorgefundenen Flecken waren im Stadium der Konfluktion, also des Zusammenfließens, was auf einen Auffindezeitpunkt von rund 1 bis 2 Stunden post mortem schließen lässt."

Mit diesen Worten beendete Dr. Lemmen seine Ausführungen zu den bereits vorliegenden Ergebnissen der Autopsie. Er versprach Niklas und Bernd, dass er sich am nächsten Tag als Erstes die Drosselmarken noch einmal genauer anschauen würde, um den Ermittlern gegebenenfalls weitere Erkenntnisse zum Tatwerkzeug liefern zu können.

„Was ist mit dem Dartpfeil, den man im Hals des Opfers gefunden hat?", fragte Bernd.

„Den haben die Kriminaltechniker ja vor dem Abtransport der Leiche entfernt und zur weiteren Untersuchung mit ins Labor genommen", antwortete Dr. Lemmen. „Ich gehe davon aus, dass der Täter dem Opfer diesen Pfeil post mortem in den Hals gestoßen hat. Im Bereich der Einstichstelle habe ich weder Blutungen noch Einblutungen feststellen können, was dafür spricht, dass das Herz-Kreislauf-System nicht mehr aktiv war."

Die Ermittler bedankten sich bei Dr. Lemmen und verabschiedeten sich in einen zu kurzen Feierabend.

7. Kapitel

Am nächsten Morgen gab es für Jonas und Christiane schon Neuigkeiten in Sachen Marvin Groterhorst noch bevor sie ihren Computer gestartet hatten. Marvin Groterhorst hatte in der vergangenen
Nacht einen psychischen Zusammenbruch erlitten und war aufgrund akuter Selbstgefährdung in eine psychiatrische Klinik
zwangseingewiesen worden. Er hatte unentwegt danach verlangt
seine geliebte Jessica sehen zu dürfen. Und als dieser Bitte nicht
entsprochen wurde hatte er begonnen, seinen Kopf gegen die Zel-
lentür zu schlagen. Die diensthabenden Beamten hatten größte
Mühe Marvin Groterhorst unter Kontrolle zu bringen. Er hatte bereits stark blutende Kopfverletzungen davongetragen bevor es ihnen gelungen war.

Kaum hatten die beiden Ermittler diese Information verarbeitet, da
wurden sie bereits informiert, dass Stacys Eltern auf der Dienststelle eingetroffen waren. Jonas und Christiane nahmen die Eltern des
Opfers, Barbara und Herbert Hausmann, in Empfang und sprachen
ihnen ihr Beileid aus. Den angebotenen Kaffee und das angebote-
ne Wasser lehnten Stacys Eltern ab. Es war unschwer zu erkennen, dass sie das Gespräch schnellstmöglich hinter sich bringen
wollten. Zwar war ihnen bewusst, dass die Polizei möglichst viel
über Stacy wissen musste, um den Mörder zu finden. Doch schien
ihnen der Gedanke über ihre Tochter zu sprechen und die Trauer
bei jedem Satz und bei jeder Erinnerung aufs Neue mit voller
Wucht zu empfinden einfach unerträglich.

Jonas und Christiane waren sich dessen bewusst. Behutsam baten
sie die Eltern erst einmal um Informationen zu Stacys Studium.
„Sie hat sich so gefreut, als die Universität das Studium anbot", erzählte Barbara Hausmann den Ermittlern. „Stacy wollte Bonn nicht
verlassen, da sie viele langjährige Freunde in der Stadt hat und
auch sportlich engagiert war. Sie spielte seit Jahren erfolgreich Vol-
leyball beim SSF Bonn und wollte die Mannschaft nicht verlassen.
Sie bezeichnete es als Wink des Schicksals, dass der Studiengang
ausgerechnet dann erstmals angeboten wurde, als sie sich in diese
Richtung orientierte." Barbara Hausmann schluchzte auf. „Aller-

dings wollte Stacy auch unabhängig werden. Darum blieb sie nicht bei uns wohnen sondern bewarb sich um eine Wohnmöglichkeit beim Studentenwerk Bonn." Barbara Hausmanns Stimme versagte. „Sie war ein echtes Glückskind", fuhr Herbert Hausmann fort. „Sie bekam ein Einzelzimmer im Carl-Schulz-Haus in der Südstadt, am Rande des Bonner Stadtzentrums. Es befindet sich in unmittelbarer Nachbarschaft zur Mensa und zum Juridicum, wo der Studiengang Law and Economics stattfindet. Das Zimmer ist möbliert, so dass sich Stacy keine Möbel kaufen musste. Sanitärbereich und Küche teilt sich Stacy mit anderen Studenten. Das Zimmer ist klein, rund 20 m², aber Stacy war zufrieden. Wissen sie, wir haben nicht viel Geld und konnten Stacy kaum unterstützen." Herbert Hausmann brach ab und blickte auf die Tischplatte.

Jonas und Christiane gaben Stacys Eltern einen Moment um sich zu sammeln bevor sie die Unterhaltung fortsetzten. „Hatte Stacy einen festen Freund?", fragte Christiane. Die Eltern verneinten. „Stacy hatte viele Bekanntschaften, sowohl weiblich als auch männlich, mit denen sie sich in ihrer Freizeit traf und das Studentenleben genoss, wenn die Zeit es zuließ. Aber absolute Priorität hatte das Studium für sie, weshalb für einen Partner kein Platz war."

„Wann haben sie ihre Tochter zum letzten Mal gesprochen?", fragte Jonas. „Am Donnerstag", sagte Barbara Hausmann. „Stacy rief an um mir von ihren neuen Shorts zu erzählen, die sie sich extra für ihren Auftritt gekauft hatte. Sie hat mir sogar ein Foto per Whats-App geschickt. Wir haben uns dann noch kurz unterhalten. Herbert und ich hatten abends Freunde zum Essen eingeladen und es waren noch einige Vorbereitungen zu treffen. Wir haben uns für das nächste Wochenende zum Kaffee verabredet. Das haben wir immer so gemacht wenn sie einen Auftritt hatte. Ich habe dann immer einen Quarkstrudel gebacken und wir haben stundenlang gequatscht." Wieder versagte Barbara Hausmann die Stimme und sie klammerte sich fast hilfesuchend an die Hand ihres Mannes.

„Schien sie etwas zu belasten? War sie irgendwie anders als sonst oder hat sie erwähnt, dass es etwas gibt, was ihr Sorgen bereitet?"

Jonas hatte Mitleid mit der Mutter, aber er wusste um die Wichtigkeit der Informationen. Stumm schüttelte Stacys Mutter den Kopf. „Da meine Frau in die Küche musste habe ich mich noch einige Minuten mit Stacy unterhalten. Wissen sie, wir haben bald unseren dreißigsten Hochzeitstag und ich wollte Stacys Meinung zu dem Geschenk hören, dass ich für meine Frau geplant habe. Sie war fröhlich und voller Vorfreude auf ihren Auftritt."

Jonas und Christiane warteten einen Augenblick. Doch weder Barbara noch Herbert Hausmann fügten noch etwas hinzu. „Gab es jemanden im Freundes- oder Bekanntenkreis von Stacy, der ihnen nicht geheuer war. Bei dem es ihnen lieber gewesen wäre, wenn Stacy den Kontakt abgebrochen hätte?" Wieder schüttelten beide den Kopf. „Die meisten ihrer engen Freunde hatte Stacy schon seit der Schulzeit. Die kennen wir alle und mögen sie. Unsere Tochter hatte trotz ihres jungen Alters eine sehr gute Menschenkenntnis. Auch die engen Freunde, die in den letzten zwei Jahren durch das Studium hinzugekommen sind, mochten wir sehr. Natürlich gab es noch einige lockere Bekanntschaften aus dem Studium und dem Wohnheim. Gemeinsame Partynächte und so. Die kannten wir natürlich nicht alle persönlich. Aber Stacy hat viel von ihnen und den gemeinsamen Unternehmungen erzählt. Alle schienen sympathische junge Menschen zu sein, die Gemeinsamkeiten mit unserer Tochter hatten und deren Gegenwart sie genoss."

„Hat Stacy ihnen gegenüber mal einen Mann namens Marvin Groterhorst erwähnt? Oder sagt ihnen der Name Kody Dawson etwas?" Jonas und Christiane beobachteten die Reaktionen der Eltern ganz genau. „Den ersten Namen hab ich noch nie gehört", antwortete Barbara Hausmann. Sie warf ihrem Mann einen fragenden Blick zu, der zustimmend nickte. „Bei Kody Dawson sieht das anders aus. Er pflegte einige Zeit eine engere Bekanntschaft mit unserer Tochter und ich dachte wirklich da würde mehr draus werden. Aber irgendwann war er dann aus Stacys Leben verschwunden. Sie deutete an, dass sie die Freundschaft beendet habe, äußerte sich aber nicht weiter dazu. Ich war ein bisschen irritiert, denn er ist ein netter junger Mann, und ich hatte immer das Gefühl, dass Stacy durchaus Gefühle für ihn hatte. Aber man weiß ja wie das mit Fernbeziehungen so ist. Die sind nicht einfach und scheitern häufig. Also hab ich mir weiter keine Gedanken gemacht." Barbara Hausmann hatte Tränen in den Augen, bemühte sich aber die Fassung zu wahren.

Christiane schluckte kurz, bevor sie die nächste Frage stellte. „Hatte ihre Tochter Probleme die sie dazu bewogen haben könnten, sich mit den falschen Leuten abzugeben. Zum Beispiel finanzieller Natur oder hatte ihre Tochter Erfahrungen mit Drogen?"

Christiane sah die Empörung in den Augen von Stacys Eltern. Sie erwartete, dass sie aufbrausend reagieren würden, doch nichts dergleichen geschah. Stacys Eltern blieben stumm. Gerade als Christiane zu einer Erklärung ansetzen wollte, sah Barbara Hausmann ihr direkt in die Augen. „Ich verstehe, dass sie diese Frage stellen müssen, aber ich versichere ihnen, niemals hätte meine Tochter Drogen auch nur angerührt. Eine gute Freundin von ihr ist im Alter von 17 Jahren an einer Überdosis verstorben. Das hat sie sehr geprägt." Barbara Hausmann hielt kurz inne. „Finanziell hätte es besser aussehen können. Wir haben uns bemüht sie finanziell zu unterstützen, aber viel konnten wir ihr monatlich nicht zukommen lassen. Aber Stacy kam über die Runden. Sie hatte Rücklagen aus ihrer Ausbildung und verdiente mit verschiedenen Tätigkeiten, wie den Auftritten als Walk-on-Girl genug Geld um sich alles Notwendige leisten zu können. Niemals hätte sie sich auf irgendwelche illegalen Tätigkeiten oder so eingelassen, nur um mehr Geld zu haben." „Meine Tochter war keine Nutte!", platzte es wütend aus Herbert Hausmann raus. „Alle Auftritte die sie annahm waren absolut seriös!" Weinend stützte er den Kopf in die Hände.

Jonas und Christiane blickten sich kurz an. Ihnen wurde bewusst, dass Stacys Eltern befürchteten, dass ihr Tod etwas mit ihrem Auftritt zu tun haben könnte. Und sie fragten sich, ob Stacys Tod hätte verhindert werden können, wenn sie ihr solche Auftritte verboten hätten oder die Möglichkeit gehabt hätten, ihrer Tochter das Studium zu finanzieren.

Auch die Ermittler stellten sich die Frage, ob Stacys Tod mit ihrer Tätigkeit als Walk-on-Girl zusammenhing. War der Täter wirklich Marvin Groterhorst, der mehr wollte als Stacy aus der Ferne zu bewundern? Hatte Stacy ihn oder jemand anderen abgewiesen und dafür mit dem Leben bezahlt? Oder war Stacy, entgegen der Beteuerungen ihrer Eltern, bereit gewesen, dem ein oder anderen Mann mehr zu bieten als ein schönes Dekolletee und einen knackigen Hintern? Hatte ein Streit oder Eifersucht zu diesem Verbrechen geführt? All dies besprachen die Ermittler, nachdem sie sich von Stacys Eltern verabschiedet hatten.

Auch die Gespräche mit den beiden anderen Walk-on-Girls, Nina Basten und Dorothee Jankowska, genannte Doro, lieferten keine Anhaltspunkte dafür, dass Stacy in Schwierigkeiten gesteckt haben könnte. Die drei Frauen arbeiteten nun schon seit vier Jahren zusammen. Sie kannten sich, mehr aber auch nicht. Sowohl Nina als auch Doro bestätigten, dass Stacy gegen 14.30 Uhr eingetroffen war und ihren Spint eingeräumt hatte. Sie hatte sich dann umgezogen und war in den Practiceroom gegangen. Danach hatten weder Nina noch Doro sie noch einmal gesehen.

„Stacy war immer etwas...", Doro überlegte kurz bevor sie den Satz beendete. „Eigen. Sie hat sich eher zurückgezogen. Zu den Spielern und den Mitarbeitern der ISDA hatte sie guten Kontakt. Mit uns war sie irgendwie nicht auf einer Wellenlänge. Darum haben wir uns auch nichts dabei gedacht, dass sie nicht im Aufenthaltsraum war. Sie kam meistens erst kurz vor ihrem Auftritt. Auch während der Spiele saß sie nicht bei uns. Sie interessierte sich für Darts und nutzte die Gelegenheit, sich die Spiele von der Tribüne aus anzuschauen."

„Und sie interessieren sich nicht für den Dartsport?", fragte Jonas nach. Nina und Doro schüttelten zeitgleich den Kopf. „Für uns ist es nicht mehr als ein Job, der Geld bringt, nicht allzu anstrengend ist, und auch Spaß macht", antwortete Doro und Nina nickte zustimmend. „Und da er überwiegend an den Wochenenden stattfindet ist er gut mit meinem Studium vereinbar", ergänzte sie während nun Doro zustimmend nickte.

„Und das Studium bot keinen Gesprächsstoff, oder das Studenten-leben?", hakte Christiane nach. „Doro und ich haben einen anderen Studiengang belegt als Stacy. Und während sie das Studium sehr ernst nahm, steht bei uns das Partyleben im Vordergrund."

Christiane und Jonas bedankten sich bei Doro und Nina für das Gespräch und verabschiedeten sich von ihnen.
Christiane stand am Bürofenster und blickte in den Himmel. Jonas wusste, dass ihr etwas durch den Kopf ging und so wartete er ge-duldig, bis Christiane ihm wieder ihre Aufmerksamkeit zukommen ließ. „Glaubst du, dass Marvin Groterhorst der Täter ist?", fragte sie während sie weiter aus dem Fenster blickte.

Jonas zuckte mit den Schultern. Ihm wurde bewusst, dass Christia-ne dies gar nicht gesehen hatte, weil sie mit dem Rücken zu ihm stand. „Keine Ahnung", antwortete er daher. „Warum fragst du?"

„Alles was wir bisher haben deutet auf ihn als Täter hin", meinte Christiane. „Aber irgendwie macht es für mich keinen Sinn. Okay, Marvin Groterhorst ist psychisch krank. Aber so wie wir ihn gestern erlebt haben bin ich mir ziemlich sicher, dass er immer noch voll und ganz auf sein letztes Opfer, Jessica Stratmanns, fixiert ist. Auch wenn Stacy ihr ähnlich sah. Ich glaube nicht, dass Marvin Groterhorst ein wie auch immer geartetes Interesse an Stacy hatte. Warum also hätte er sie töten sollen?"

Jonas musste zugeben, dass Christiane damit vollkommen recht hatte. Auch er hatte den Eindruck das Marvin Groterhorst immer noch auf Jessica Stratmanns fixiert war. Wie er unter diesen Um-ständen aus der psychiatrischen Klinik entlassen worden war, war ihm vollkommen schleierhaft. Aber ein Motiv sah er eben, genau wie Christiane, nicht.
Da es somit auch nach den Gesprächen mit Stacys Eltern und den anderen Walk-on-Girls noch keine Hinweise auf ein mögliches Mordmotiv gab, machten sich Christiane und Jonas auf den Weg zu der Wohnanlage, in der Stacy lebte.

8. Kapitel

Während Christiane und Jonas mit Stacys Eltern sprachen begannen Niklas und Bernd mit der Befragung der Dartspieler, die sich auf der Dienststelle eingefunden hatten. Allen sah man noch immer das Entsetzen an. Bei aller Konkurrenz waren sie eine Familie. Und der gewaltsame Tod eines Mitgliedes dieser Familie war für alle unbegreiflich. Und ein Schock. Und am unbegreiflichsten und schockierensten war, dass einer von ihnen der Täter sein könnte.

Da die angeforderten Dolmetscher noch nicht eingetroffen waren führten Niklas und Bernd das erste Gespräch mit Michael Müller. „Stacy hätte mich auf die Bühne begleiten sollen", sagte Michael Müller. „Ich wäre im ersten Spiel des Abends gegen Ruben angetreten. Als Stacy nach dem Wurf aufs Bullseye immer noch nicht da war, haben wir uns alle sehr gewundert, da Stacy immer zuverlässig war. Da sie aber weder im Aufenthaltsbereich, noch im Practiceroom und auch nicht im Raum der Girls war, wurde umdisponiert. Doro sollte mich begleiten. Doch dazu kam es ja nicht mehr, weil Stacys Leiche gefunden wurde." Michael Müller schüttelte betrübt den Kopf. „Kaum zu glauben, dass das vielleicht einer von uns war", sprach er mehr zu sich selbst als zu den Ermittlern.

„Gab es jemanden, der eine Beziehung mit Stacy hatte? Oder gab es Streitigkeiten?", fragte Niklas. „Nicht das ich wüsste", antwortete Michael Müller. „Allerdings gibt es ja immer wieder Beziehungen zwischen Spielern und Walk-on-Girls. Meistens sind es nur kurze Techtelmechtel. Nichts Ernstes. Sex, mehr nicht. Aber es gab auch schon ernsthafte Beziehungen. Im vergangenen Jahr konnten wir ja sogar eine Hochzeit feiern." Bei dieser Erinnerung hellte sich das Gesicht von Michael Müller für einen Moment merklich auf.

Niklas nickte. Im vergangenen Jahr hatten Rachel, ein langjähriges Walk-on-Girl aus England und Matthew Matlaba, ein südafrikanischer Dartspieler, geheiratet. Die Trauung hatte in Südafrika am Strand stattgefunden. Fotos waren den Fans nicht nur über die sozialen Netzwerke sondern auch bei dem in Südafrika ausgetragenen Dartturnier gezeigt worden. Matthew Matlaba hatte sich in diesem Jahr nicht für Bonn qualifiziert.

„Bitte teilen sie mir die zeitlichen Abläufe des gestrigen Tages mit", bat Niklas. „Ich habe den Practiceroom um 14.00 Uhr betreten und bin bis etwa 16.00 Uhr geblieben. Ich habe mich dann auf mein Zimmer zurückgezogen und mich mental vorbereitet und noch eine Kleinigkeit gegessen. Zimmerservice. Gegen 17.30 Uhr bin ich in den Practiceroom zurückgekehrt um mich einzuwerfen. Um 17.45 Uhr haben wir den Wurf aufs Bullseye ausgetragen und darauf gewartet, dass es losgeht. Ich habe nochmal meine Darts kontrolliert und mich gesammelt. Dann wurde ich darüber informiert, dass es eine Änderung gegeben habe und Doro mich auf die Bühne begleitet. Kurz darauf wurde es hektisch. Anfangs sagte uns niemand was passiert war, aber dann sprach sich bei den Wartenden rum, dass im Lagerraum eine Leiche gefunden wurde. Ich habe mich dann mit Ruben an den Stehtisch gestellt. Wir haben uns Wasser eingeschüttet und gewartet wie es weitergeht. Zuerst dachten wir ja, dass vielleicht jemand einen Herzinfarkt hatte oder so. Wir gingen also davon aus, dass es nur eine kurze Verzögerung geben würde, also versuchte ich die Konzentration aufrecht zu erhalten. Dann erfuhren wir, dass es einen Mord gegeben haben soll, und auch, wer getötet worden sein soll. Wir standen regelrecht unter Schock und setzten uns in den Aufenthaltsraum in den auch die anderen Anwesenden gebracht wurden, damit die Polizei ungestört ihren Job machen konnte."

Bernd fragte bei Michael Müller nach, ob ihm in der Zeit im Practiceroom irgendetwas aufgefallen sei. Irgendetwas was anders war als üblich. Ungewöhnlich. Michael Müller verneinte. Niklas und Bernd bedankten sich für seine Mithilfe und entließen ihn.

Als Nächster war Ruben Molenaar an der Reihe. Da Ruben Molenaar mit einer deutschen E-Dart-Spielerin verlobt ist brauchten sie für das Gespräch ebenfalls keinen Dolmetscher. Auch Ruben Molenaar zeigte sich schockiert von den Ereignissen. Er bestätigte die Aussage von Michael Müller hinsichtlich der Ereignisse ab 17.30 Uhr.

Er selbst hatte den Practiceroom bereits um 12.00 Uhr aufgesucht und war bis ca. 14.30 Uhr geblieben. Seine Verlobte, Larissa Schneider, hatte ihn begleitet. Anfangs hatte sie sich im Aufenthaltsraum aufgehalten und einen Kaffee getrunken. Die letzte Stunde hatte sie ein Trainingsmatch gegen ihn ausgetragen. Gegen 14.30 Uhr hatten sie dann gemeinsam den Practiceroom verlassen. Sie hatten sich dann noch rund eine halbe Stunde im Aufenthaltsraum aufgehalten und mit Salvatore DiMarco und seiner Mutter Cannoli gegessen.

Als Ruben Molenaar Niklas irritierten Blick bemerkte setzte er zu einer Erklärung an. „Als wir aus dem Practiceroom kamen sahen wir, dass Salvatore und seine Mutter gemütlich Kaffee tranken. Auf dem Tisch standen Cannoli und Salvatores Mutter bot uns an zuzugreifen. Sie ist eine unglaublich herzliche Frau und da ich schon immer neugierig war, wie Cannoli schmecken, konnte ich einfach nicht widerstehen. Wir haben uns dann noch ein wenig unterhalten, soweit möglich. Dann haben wir uns in unser Zimmer zurückgezogen und uns etwas zu Essen bringen lassen. Nach dem Essen haben wir im nahegelegenen Park einen Spaziergang gemacht und dann auf dem Zimmer noch ein wenig entspannt."

„Wann sind sie in den Practiceroom zurückgekehrt?", fragte Niklas. „Gegen 17.15 Uhr. Larissa hat zusammen mit mir das Zimmer verlassen und sich auf die VIP-Tribüne begeben", antwortete Ruben Molenaar.

Auf Nachfrage von Bernd erklärte auch Ruben Molenaar, dass ihm nichts Besonderes aufgefallen sei. Als er trainiert habe sei es noch ziemlich ruhig gewesen. Er sei der Erste gewesen, der den Practiceroom betreten habe. Die Walk-on-Girls habe er erst bei seiner Rückkehr um 17.15 Uhr gesehen. Allerdings nur Doro und Nina. Stacy habe er den ganzen Tag über nicht gesehen.

Mit Hilfe eines Dolmetschers sprachen Niklas und Bernd im Anschluss mit Anthony Brown. Als er den Raum betrat schoss Bernd sofort der Gedanke durch den Kopf, dass dieser Koloss Stacy vollkommen problemlos so heftig gegen die Wand hätte schlagen können, dass sie bewusstlos wurde.

„Bitte schildern sie mir ihren gestrigen Tagesablauf", wandte sich Bernd an Anthony Brown. „Ich habe mich um 17.00 Uhr in den Practiceroom begeben, nachdem ich auf dem Zimmer etwas gegessen hatte und noch eine Stunde geschlafen habe. Ich sollte die zweite Partie des Tages bestreiten. Gegen Kyle Black. Ich wollte mich einspielen und mich dann direkt vor Ort für mein Spiel fertigmachen. Ich hatte mein Outfit in einer Sporttasche mitgebracht. Wenn ich vor dem Spiel nochmal aufs Zimmer zurückkehre bin ich auf der Bühne ein Nervenbündel. Ich brauche Ablenkung bevor ich die Bühne betrete und verbringe meine Zeit daher im Practiceroom beziehungsweise mit meinem Kumpel Greg im Aufenthaltsraum. Mein Plan war mich bis etwa 18.00 Uhr einzuwerfen und mich dann mit Greg im Aufenthaltsraum zu treffen", erzählte Anthony Brown.

„Wollte Greg im Aufenthaltsraum auf sie warten?", wandte sich Niklas an Anthony Brown. Dieser verneinte. „Wir hatten uns für 18.00 Uhr verabredet", erläuterte er. „Greg wollte noch mit seiner Familie in London telefonieren und eine Kleinigkeit für seine Tochter einkaufen. Sie ist beleidigt wenn er ihr von seinen Reisen nichts mitbringt. Ganz besonders, wenn er in Deutschland ist. Sie liebt Gummibärchen." Anthony Brown lächelte versonnen beim Gedanken an die Tochter seines Freundes. Und sofort wirkte er bei weitem nicht mehr so furchteinflössend. „Sie ist mein Patenkind", fuhr Anthony Brown fort, „und ich bin ihr absoluter Lieblingsonkel, weil ich sie so hoch werfen und wieder auffangen kann, wie kein anderer." Wieder lächelte er versonnen und sein Blick wanderte in die Ferne.

„Wie war ihre Beziehung zu Stacy?", fragte Bernd um das Gespräch wieder auf den Mordfall zu lenken. „Wenn Stacy als Walkon-Girl tätig war, dann habe ich immer gehofft, dass sie mir zugeteilt wird", antwortete Anthony Brown. „Wenn ich es beeinflussen konnte, dann habe ich sie gewählt. Ich habe Stacy wirklich gemocht. Sie war eine intelligente junge Frau die darüber hinaus auch noch sehr gut aussah. Vor den Auftritten haben wir uns immer sehr nett unterhalten. Außerdem hat Stacy mir Glück gebracht. Wenn sie mich auf die Bühne begleitet hat, habe ich in den letzten zwei Jahren kein Spiel verloren."

„Wussten die anderen Spieler davon?", fragte Niklas. Anthony Brown zog ein grimmiges Gesicht. „Ja. Es gab Spieler die ihren Einfluss geltend machen wollten damit Stacy mich nicht mehr begleiten durfte. Zumindest nicht, wenn ich gegen sie antreten musste. Und das hat sogar geklappt. Im letzten Finale sollte Stacy mich begleiten. Doch kurz vor Beginn des Spiels wurde die Zuordnung auf einmal geändert und Stacy hat nicht mich sondern meinen Gegner auf die Bühne begleitet. Ich habe das Finale mehr als deutlich verloren. Mason hat sich ins Fäustchen gelacht und mir bei der Siegerehrung hämisch zugeraunt, dass ich auch zukünftig nicht mehr mit meiner Glücksfee rechnen sollte." Anthonys Gesicht war rot angelaufen während er erzählte und er war immer lauter geworden. Man konnte ihm seinen Zorn mehr als deutlich anmerken. „Und jetzt wird sie mir wirklich nie mehr Glück bringen." Schlagartig wich der Zorn aus Anthonys Gesicht und Bernd konnte in seinen Augen echte, tiefempfundene Trauer sehen. Und er war sich sicher, dass Anthony diese nicht nur deswegen empfand, weil seine Glückssträhne nun gerissen war. Anthony hatte Stacy ehrlich gemocht. In seinen Augen funkelten Tränen.

„Sie meinen das Turnier vor sechs Wochen in den Niederlanden?", hakte Niklas nach. Anthony Brown nickte stumm.

Nachdem sie Anthony Brown verabschiedet hatten blickte Bernd Niklas fragend an. Niklas wusste was er dachte. „Ja,", sagte er. „Einige Spieler sind sehr abergläubisch. Aber das ist in jeder Sportart so." Bernd nickte nachdenklich. „Aber würde man auch morden um das Glück eines Kontrahenten schwinden zu lassen?" Niklas dachte einen kurzen Moment nach. „Es geht mittlerweile um sehr viel Geld. Bei der Weltmeisterschaft wird mittlerweile über eine Millionen Euro ausgespielt. Auch die kleineren Turniere sind gut dotiert. Und den erfolgreichen Spielern winken zudem lukrative Werbeverträge. Insbesondere in Großbritannien, wo Dart unglaublich populär ist." „Du würdest es also nicht ausschließen", fasste

Bernd zusammen. „Ich würde es nicht ausschließen", bestätigte Niklas.

Der nächste Dartspieler, den sie befragten, war Kyle Black. Der Matchgegner von Anthony Brown. Als Kyle Black den Raum betrat musste Bernd an die kurze Beschreibung der Spieler denken, die er von Niklas bekommen hatte und er erkannte sofort, woher der Spitzname „Panther" kam. Kyle bewegte sich wirklich unglaublich geschmeidig, fast katzengleich. Seine Schritte verursachten kein Geräusch auf dem Boden.

„Bitte erzählen sie, wie sie den gestrigen Tag verbracht haben", wandte sich Bernd an Kyle Black. „Ich bin verspätet angekommen. Ich sollte schon am Donnerstag anreisen, aber der Flug ist ausgefallen. Ich bin erst Freitag um 08.00 Uhr am Flughafen Bonn gelandet und musste fast eine Stunde auf meinen Koffer warten." Kyle Black wirkte immer noch genervt. „Als ich endlich im Hotel ankam habe ich mich ein wenig hingelegt und mir dann mein Mittagessen aufs Zimmer liefern lassen. Im Anschluss bin ich dann ein wenig spazieren gegangen und um 14.00 Uhr habe ich mich zusammen mit meinem Bruder in den Aufenthaltsraum begeben. Gerry, mein Bruder, hat sich im Aufenthaltsraum einen Kaffee gegönnt und ich habe bis 16.00 Uhr im Practiceroom trainiert. Dann bin ich zurück in den Aufenthaltsraum gegangen. Mein Bruder hat mir eine Tasche mit meinem Dartshirt, was zu Lesen und ein bisschen was zu Knabbern gebracht. Ich habe es mir dann mit ihm zusammen auf dem Sofa gemütlich gemacht und gelesen, nachdem ich meine Klamotten in die Umkleide gebracht hatte. Als ich um 18.00 Uhr in den Practiceroom ging um mich für meine Partie einzuwerfen bekam ich eine große Unruhe aus dem angrenzenden Raum mit. Dann erhielt ich die Mitteilung, dass es einen Vorfall gegeben hat und wurde gebeten, mich wieder in den Aufenthaltsbereich zu begeben und zu warten."

Da Bernd und Niklas keine weiteren Fragen hatten bedankten sie sich bei Kyle Black für das Gespräch und verabschiedeten ihn. Als sie den nächsten Spieler in den Raum bitten wollten, wandte sich der Dolmetscher an die Ermittler und bat um eine Pause. „Die ganze Zeit simultan zu übersetzen ist recht anstrengend. Würde es ihnen was ausmachen, wenn sie jemanden einschieben der nicht englisch spricht?" Niklas und Bernd erfragten bei den Kollegen die Anwesenheit eines weiteren Dolmetschers. Da die Anfrage bejaht wurde beschlossen sie, das Gespräch mit Salvatore DiMarco vorzuziehen.

Auch ihn baten die Ermittler die Abläufe des vorangegangenen Tages zu schildern. „Ich war von 12.00 Uhr bis 13.30 Uhr im Practiceroom. Dann habe ich mich zusammen mit meiner Mama in den Aufenthaltsraum gesetzt und wir haben Kaffee getrunken. Es war das erste Mal, dass meine Mama mich zu einem Turnier außerhalb Italiens begleiten konnte. Ich hab mich unglaublich darüber gefreut. Eigentlich sollte es nur eine kurze Pause werden, aber meine Mama hatte Cannoli mitgebracht – selbstgemacht – und da hat sich die Pause dann doch etwas länger hingezogen. Zumal auch einige Spieler und deren Begleiter nicht widerstehen konnten und ebenfalls zugegriffen haben. Meine Mama kann zwar nicht gut englisch, aber sie hatte trotzdem sehr viel Spaß. Und da hat es mir auch nichts ausgemacht, dass wir bis 16.30 Uhr im Aufenthaltsraum zusammengesessen haben. Dann habe ich meine Mutter auf ihr Zimmer begleitet. Sie wollte sich noch ein wenig ausruhen. Schließlich wäre es in der Nacht spät geworden, wenn alles wie geplant abgelaufen wäre. Mein Trainingsplan war damit natürlich komplett durcheinander. Aber was solls. Nichts ist wichtiger als die Familie."

„Und wie ging es dann weiter?", fragte Niklas. „Ich habe meine Mama um kurz vor sechs in ihrem Hotelzimmer abgeholt und habe sie in den VIP-Bereich begleitet. Ich hatte vor noch ein wenig zu trainieren. Ich wollte den Zugang von der Treppe aus nehmen, aber die Security hielt mich auf. Da wusste ich, dass irgendetwas nicht stimmt. Ich habe dann zusammen mit dem Reporter und dem Kameramann vor der Tür gewartet um zu erfahren was los ist."

Da der Englischdolmetscher nach einem Kaffee und einem Sandwich aus der Polizeikantine für neue Aufgaben gestärkt war, wandten sich Bernd und Niklas im Anschluss Mason Pouwels zu. Ihnen fiel sofort auf, dass Mason Pouwels nicht sonderlich betroffen wirkte. „Wissen sie eigentlich wie lange ich schon warte?", fuhr er Niklas und Bernd an, unmittelbar nachdem er den Raum betreten hatte. „Das ist eine Unverschämtheit!".

Bernd und Niklas gingen nicht darauf ein. Stattdessen baten sie Mason Pouwels den Tattag aus seiner Sicht zu schildern. „Ich habe von 12.00 Uhr bis 16.00 Uhr im Practiceroom trainiert. Wissen Sie, ich trainiere mehr als alle anderen. Nicht umsonst bin ich so erfolgreich. Von nichts kommt schließlich nichts. Allerdings werde ich auch langsam älter. Darum mach ich mehr Pausen. Ich habe einen ganz eigenen Rhythmus. Eine Stunde trainieren, dann eine halbe Stunde Pause und dann wieder Training. So habe ich es bis 16.00 Uhr gemacht. Also drei Trainingseinheiten und zwei Pausen. In den Pausen war ich im Aufenthaltsbereich. Wie gesagt, ich muss mich meinem Alter anpassen. Aber bei mir ist es wie bei einem guten Wein. Ich werde mit dem Alter immer besser." Selbstzufrieden blickte Mason Pouwels Bernd und Niklas an.

„Und was haben sie ab 16.00 Uhr gemacht?", fragte Niklas. „Ich habe mit Salvatore und seiner Mutter Cannoli gegessen. Unglaublich lecker. Eigentlich versuche ich ja ein paar Pfund abzunehmen, aber kleine Sünden sind ja wohl erlaubt. Salvatores Mutter ist so unglaublich stolz auf ihren Sohn. Ich meine, er hat zwar noch nicht sonderlich viel erreicht. Gemessen an mir ist er ein absoluter Nobody. Aber das trifft wohl auf die meisten zu. Es war auf jeden Fall ein netter Ausklang meines Trainings. Danach bin ich auf mein Zimmer gegangen. Gegen 17.00 Uhr habe ich etwas gegessen und hab mich dann um 18.00 Uhr wieder in den Practiceroom begeben."

„Wie war ihre Beziehung zu Stacy?", fragte Bernd. Mason Pouwels schnaubte kurz. „Sie war doch nur ein Walk-on-Girl. Mit diesen Mädchen gebe ich mich nicht ab."

„Sie sollen dafür gesorgt haben, dass Stacy ihren Konkurrenten, Anthony Brown, bei dem Turnier in den Niederlanden nicht auf die Bühne begleitet hat. Da er in den vergangenen zwei Jahren immer gewann wenn sie ihn begleitete wollten sie so wohl ihre Siegchancen erhöhen." Niklas blickte Mason Pouwels direkt in die Augen.

Mason erwiderte den Blick. In seinen Augen lag blanke Verachtung. Man konnte förmlich sehen, wie der Zorn sein Gesicht rot färbte. „Ich bin der beste Spieler der Welt!", brüllte er Niklas an. „Glauben sie wirklich ich habe Angst vor einem der anderen Spieler oder irgendeinem dämlichen Aberglauben?"

Er sprang so heftig von seinem Stuhl auf, dass dieser umkippte und mit einem lauten Knall auf dem Boden aufschlug. Dann stürmte er wortlos hinaus.

„Man ist der unsympathisch", stellte Bernd lapidar fest. „Ein richtig arroganter Kotzbrocken." Bernd sah Niklas an. „Alles okay?" Niklas nickte. „Er ist der erfolgreichste Spieler der ISDA. Er ist das Aushängeschild und das Gesicht des Dartsports in Europa. Er kommt auf der Bühne und in den Interviews immer so sympathisch rüber. Damit hab ich echt nicht gerechnet." Bernd klopfte ihm aufmunternd auf die Schulter. „Lass uns weitermachen. Es stehen noch ein paar Spieler auf der Liste", sagte er.

Als Nächsten befragten die Ermittler David Maddock, der ihnen bereitwillig Auskunft gab. „Ich habe von 12.30 Uhr bis 14.00 Uhr im Practiceroom trainiert. Im Anschluss habe ich rund eine Stunde mit Salvatore und seiner Mutter im Aufenthaltsraum Kaffee getrunken und Cannoli gegessen. Ruben kam nachher auch noch dazu und auch Mason. Man konnte richtig merken wie froh Salvatore war und wie sehr er die Zeit mit seiner Mutter und seiner Dartfamilie genoss. Gegen 15.00 Uhr habe ich mich dann eine Stunde hingelegt. Nach dem Aufstehen bin ich unter die Dusche gegangen und habe mir etwas zu Essen aufs Zimmer liefern lassen. Um 17.30 Uhr ging es dann zurück in den Practiceroom."

„Ist ihnen irgendetwas aufgefallen?", fragte Bernd. David Maddock zögerte. Dann entschied er sich den Ermittlern zu erzählen was er mitbekommen hatte. „Als ich wieder im Practiceroom war kam Mason hinzu. Anthony war schon länger beim Training. Irgendetwas ist zwischen den beiden vorgefallen. Ich habe es nicht mitbekommen, aber auf einmal schubste Anthony Mason heftig von sich weg. Mason grinste nur breit und wandte sich ab um mit dem Training zu beginnen. Kurz darauf erfuhren wir auch schon, dass etwas passiert war und wurden in den Aufenthaltsraum gebeten. Als man uns mitteilte, dass Stacy tot ist, brüllte Anthony Mason an. Du Schwein oder so hat er ihm an den Kopf geworfen. Er wollte auf ihn losgehen, aber ich konnte ihn zurückhalten und beruhigen. Also nicht ich allein, aber zusammen mit Kyle."

Niklas konnte David Maddock ansehen, dass er überlegte, ob es besser gewesen wäre, nichts von den Vorkommnissen zu erzählen. Anthony war bei allen Spielern sehr beliebt und David befürchtete nun, ihm mit seiner Aussage geschadet zu haben.

Niklas und Bernd dankten David für seine Mithilfe. Als sich die Tür hinter David schloss, blickte Bernd zu Niklas. „Anthony scheint sehr überzeugt davon zu sein, dass es Mason war, der Stacy getötet hat." Niklas nickte langsam. „Aber wir haben nichts außer der Vermutung von Anthony. Und die hat er in der Befragung heute noch nicht mal angesprochen. Nur ein Motiv hat er angedeutet. Vielleicht war es nur ein kurzer, emotionaler Ausbruch, und er glaubt mittlerweile selbst nicht mehr an die Schuld von Mason. Wer weiß. Und dann ist da ja auch noch der am Tatort gefundene Dartpfeil. Und der Knopf der wohl mit ziemlicher Sicherheit von dem Hotelmitarbeiter, Marvin Groterhorst, stammt. Lass uns mal schauen, was die beiden Spieler zu sagen haben, die noch draußen sitzen. Und dann betrachten wir mal das Gesamtbild."

Um dem Englischdolmetscher noch einmal eine Pause zu gönnen baten die Ermittler Finn de Boer zum Gespräch. Dieser sprach zwar durchaus deutsch, fühlte sich allerdings in der Sprache nicht sicher genug um das Gespräch ohne Dolmetscher zu führen. Auch ihn baten Niklas und Bernd um eine Schilderung seines Tagesablaufs.

„Ich wollte um 14.00 Uhr mit dem Training beginnen. Da zu diesem Zeitpunkt aber alle Boards im Practiceroom belegt waren, habe ich meine Klamotten in den Umkleideraum gebracht und bin in den Aufenthaltsraum rüber. Dort habe ich mich mit Salvatore und seiner Mutter unterhalten. David war auch dabei. Als Mason und Ruben ihr Training gegen 14.30 Uhr beendet hatten, hab ich mich von den beiden verabschiedet und habe mit meinem Training begonnen. Ich habe bis 16.00 Uhr trainiert. Danach habe ich mir was zu Essen aufs Zimmer kommen lassen und habe noch ein wenig ferngesehen. Ich habe mich dann gegen 18.00 Uhr auf der VIP-Tribüne eingefunden um mir die erste Partie anzuschauen. Als es nicht losging und ich sah, dass Salvatore vor der Tür stand und nicht rein durfte, wusste ich, das etwas passiert sein musste. Und so war es dann ja auch." Finn de Boer knibbelte gedankenverloren an den Fingern.

„Wie gut kannten sie Stacy?", wandte sich Bernd an Finn de Boer. Da dieser nicht antwortete wiederholte Bernd die Frage, doch erneut zeigte Finn de Boer keine Reaktion. Als Bernd ihn leicht am Arm berührte, zuckte Finn de Boer zusammen. „Es tut mir leid, das setzt mir alles doch ziemlich zu", flüsterte Finn de Boer. Bernd wiederholte seine Frage erneut. „Ich kannte sie nicht besonders gut", lautete die Antwort. „Wir haben uns bei einigen Turnieren gesehen und auch das ein oder andere kurze Gespräch geführt. Aber wirklich gekannt habe ich sie nicht."

Das letzte Gespräch, dass Niklas und Bernd führten, war das mit Kody Dawson. Sie gingen davon aus, dass dieses Gespräch die meiste Zeit in Anspruch nehmen würde. Oder sich sogar konkrete Verdachtsmomente gegen Kody Dawson ergeben könnten.

Auch das Gespräch begannen die Ermittler mit der Frage nach dem Tagesablauf. „Als ich um 15.30 Uhr eintraf warf ich einen kurzen Blick in den Practiceroom. Da die Boards belegt waren hab ich meine Klamotten abgelegt und im Aufenthaltsraum gewartet. Salvatore und seine Mutter haben mir die Wartezeit mit Cannoli versüßt." Kody lächelte. „Kurz nach 16.00 Uhr habe ich mit dem Training begonnen. Ich habe dann bis 17.30 Uhr trainiert und bin dann wieder zurück in den Aufenthaltsraum. Salvatores Mutter hatte mir noch einen Cannolo in den Kühlschrank gelegt. Wissen sie, ich kann ein wenig italienisch. Zwei der Köche im Hotel meiner Eltern stammen aus Italien. Ich habe früher öfter mit ihren Kindern gespielt. Da sind einige Brocken hängen geblieben. Da hatte ich wohl einen Stein im Brett." Wieder lächelte Kody Dawson. Dann wurde sein Blick ernst. „Ich hatte den Cannolo gerade gegessen und mir noch einen Espresso gemacht, als ich erfuhr, was passiert war." Bernd sah, dass Kody Dawson Tränen in die Augen stiegen.

„Wie gut kannten sie Stacy?", fragte Bernd. „Wir haben uns im vergangenen Jahr ein paar Mal auch privat getroffen, wenn Stacy bei einem Turnier als Walk-on-Girl arbeitete oder als Zuschauerin dabei war. Wir haben uns gut verstanden. Ich habe sie sehr gemocht und wollte die Beziehung zu ihr vertiefen. Wir haben auch außerhalb der Turniere Kontakt gehalten. Meistens per Skype. Aber im November, nach dem Turnier in Belgien, hat sie den Kontakt zu mir ohne Begründung abgebrochen. Sie war dort auch als Walk-on-Girl und ich hatte mich gefreut sie mal wieder persönlich zu sehen, aber sie hat mich ignoriert, sogar richtig gemieden. Die telefonischen Kontakte waren schon deutlich zurückgegangen. Im vergangenen Jahr habe ich das Turnier hier in Bonn im Oktober ja ausgelassen und ich dachte sie wäre sauer auf mich. Aber scheinbar steckte mehr dahinter. Aber sie wollte mir einfach nicht sagen was. Seitdem hatten wir, mit Ausnahme beruflicher Zusammentreffen, keinen Kontakt mehr." Kody schwieg. „Leider", setzte er leise nach. „Ich habe dann kurz nach Weihnachten noch einmal einen letzten Versuch unternommen Stacy zurückzugewinnen. Leider ohne Erfolg. Sie hat mich sehr...", Kody zögerte einen Moment. „Sie hat mir deutlich zu verstehen gegeben, dass ich sie in Ruhe lassen soll." „Und das hat sie wütend gemacht?", hakte Bernd nach. Kody Dawson schüttelte vehement den Kopf. „Nein, ich war nicht wütend. Ich war einfach nur traurig. Und bin es heute noch." Kody Dawsons Augen füllten sich mit Tränen.

„Haben sie Stacy gestern gesehen?", fragte Bernd. Kody Dawson schüttelte den Kopf. „Und wie erklären sie sich, dass man einen ihrer Dartpfeile am Tatort gefunden hat?", setzte Bernd die Befragung fort. „Meinen Dart?", fragte Kody entsetzt. „Das kann nicht sein. Keiner meiner Darts fehlt und ich war auch nicht in der Nähe vom Tatort. Wie ich ihnen schon gesagt habe, ich habe Stacy nicht gesehen." Bernd zeigte Kody ein Foto von dem Dartpfeil, den man aus Stacys Hals entfernt hatte. Kody schüttelte nur fassungslos den Kopf. „Sie waren enttäuscht, weil Stacy sie verlassen hatte. Sie hatten gehofft, dass sie sie treffen würden. Und so war es auch. Sie wollten noch einmal mit ihr reden, sie zurückgewinnen, aber Stacy hat sie abblitzen lassen. Sie haben sich gestritten, und da haben sie die Beherrschung verloren." Bernd blickte Kody fest in die Augen. Dessen Augen waren weit aufgerissen. Mit offenem Mund starrte er Bernd an und schüttelte nur immer wieder abwehrend den Kopf und die Hände. „Nein. Nein. Nein!", rief Kody Dawson. „Ich habe ihr nichts getan. Ich hätte ihr niemals was getan!"

„Sie hatten die Gelegenheit, ein Motiv und die Beweise am Tatort deuten auf sie als Täter hin", führte Bernd aus. „Wir haben einen richterlichen Durchsuchungsbeschluss für ihr Hotelzimmer beantragt." „Den brauchen sie nicht", erwiderte Kody Dawson. „Hier haben sie meine Schlüsselkarte. Schauen sie sich um. Sie werden nichts finden."

Niklas und Bernd waren sich vollkommen bewusst, dass Durchsuchungen nach den Bestimmungen der §§ 102 ff. der Strafprozessordnung grundsätzlich nur durch einen Richter angeordnet werden dürfen. Bei der Durchsuchung von Wohnungen ist es der verfassungsrechtlich gewollte Normalfall, dass ein Richter eine Wohnungsdurchsuchung anordnet. Daher müssen die Ermittler in jedem Einzelfall prüfen, ob die Anordnung eines Richters eingeholt werden kann. Es ist nicht zulässig mit der Einholung einer richterlichen Durchsuchungsanordnung so lange zu warten, bis tatsächlich eine zeitliche Dringlichkeit besteht. Und so hatten sich die Ermittler mit den bereits vorliegenden Erkenntnissen der Kriminaltechnik unverzüglich um einen Durchsuchungsbeschluss bemüht, bislang aber keine Rückmeldung erhalten. Es war davon auszugehen, dass der Richter das nicht allzu umfassende Beweismaterial genau bewertete, bevor er eine Entscheidung traf.

Willigt der Betroffene jedoch ausdrücklich in die Durchsuchung ein, darf die Polizei ohne richterliche Anordnung tätig werden. Niklas griff daher nach der Schlüsselkarte und reichte sie an einen Kollegen weiter, der sich zusammen mit einigen Kriminaltechnikern auf den Weg machte.

Insgeheim war Niklas froh, dass Kody die Schlüsselkarte freiwillig ausgehändigt hatte, denn er wollte an dessen Unschuld glauben. Und der Durchsuchung zustimmen konnte und wollte er als gutes Zeichen werten. Obwohl er genau wusste, dass schon viele Täter gedacht hatten, dass sie cleverer seien als die Polizei, und diese Überheblichkeit dann bitter bereut hatten.

Doch nicht nur für das Hotelzimmer von Kody Dawson, auch für die Wohnung von Marvin Groterhorst hatten die Ermittler einen Durchsuchungsbeschluss angefragt. Auch wenn dieser mittlerweile aufgrund des Gesetzes über Hilfen und Schutzmaßnahmen bei psychischen Krankheiten zwangsweise in einer psychiatrischen Klinik untergebracht war blieb er ein Verdächtiger. Und im Unterschied zu dem Hotelzimmer von Kody Dawson hatte der Richter seine Entscheidung im Hinblick auf die Wohnung von Marvin Groterhorst bereits getroffen und den Ermittlern einen Durchsuchungsbeschluss ausgestellt.

Niklas und Bernd hatten die Spurensicherung bereits informiert. Sie selbst wollten erst nach einem Abstecher in die Gerichtsmedizin zu der Wohnung fahren um sich dort umzuschauen.

9. Kapitel

Christiane und Jonas waren auf dem Weg zu der Wohnanlage der Universität, in der Stacy wohnte, um sich mit deren Kommilitoninnen und Kommilitonen zu unterhalten. Dort angekommen sahen sie, dass vor der Wohnungstür von Stacy Blumen und Briefe niedergelegt worden waren. Ihr Tod hatte sich also bereits bis zu ihren Mitbewohnern und ihren Kommilitonen herumgesprochen. Ein ewiges Licht brannte neben einer Engelsstatue aus weißem Polyresin. Stacys Eltern hatten Jonas und Christiane den Zweitschlüssel ausgehändigt, so dass sie die Wohnung problemlos betreten konnten. Als sie den Schlüssel ins Schloss steckte nahm sich Christiane einen Moment Zeit um sich zu sammeln, bevor sie den Schlüssel im Schloss drehte und das Zimmer betrat. Sie fühlte sich nicht wohl dabei in die Privatsphäre der Toten einzudringen, auch wenn es nötig war, um den Täter zu überführen.

Als Christiane und Jonas das Zimmer betraten, glaubten sie sofort, dass Stacy sich dort wohl gefühlt hatte. Der Raum war eigentlich nur zweckmäßig eingerichtet. Da das Zimmer möbliert vermietet wurde waren nur die notwendigsten Einrichtungsgegenstände vorhanden. Ein Bett, ein Kleiderschrank, ein Schreibtisch, ein Stuhl und ein Regal. Aber Stacy hatte es trotzdem geschafft, dem Raum eine ganz persönliche Note zu geben.

Das Bett nutzte sie auch als Couch. Kopfkissen und Bettdecke bewahrte sie in einer Unterbettkommode auf. Das Spannbettlaken war schwarz. Auf dem Bett lagen viele Kissen in unterschiedlichen Größen. Die meisten Kissen waren unifarben, einige wiesen romantische Blumenmuster auf. Im ganzen Zimmer waren Rottöne vorherrschend. Über dem Bett befand sich eine selbstgestaltete Fotowand. Fotos von Freunden, der Familie, Feiern und Urlauben sowie Auftritten waren dort angebracht. Dazwischen immer wieder Erinnerungsstücke wie Postkarten, Eintrittskarten, Flugtickets und anderes. Neben dem Bett stand ein kleiner Nachttisch auf dem Stacy ein Foto von sich und ihren Eltern in einem selbst gestalteten Rahmen stehen hatte. Der Familie zu Füßen lag ein schokoladenbrauner Labrador und blickte in die Kamera. Christiane nahm das

Foto in die Hand und blickte in die Gesichter einer glücklichen Familie. Die liebevolle Gestaltung des Bilderrahmens zeigte, wie wichtig Stacy ihre Familie gewesen war.

An der dem Bett gegenüberliegenden Wand stand das Regal mit einem kleinen Fernseher und der Schreibtisch, auf dem Stacys Laptop lag. Unter dem Schreibtisch stand ein kleiner Papierkorb. Statt einer Schreibtischlampe hatte Stacy eine Stehlampe neben dem Schreibtisch mit beweglichen Leuchtarmen. So konnte sie die Fläche des Schreibtisches optimal nutzen und verfügte dennoch über eine ausreichende Beleuchtung. Den Kleiderschrank hatte Stacy farblich und thematisch angepasst, indem sie eine Schranktür mit Wandtattoos verziert hatte. Die andere Tür hatte sie mit Spiegelfliesen beklebt. Neben dem Kleiderschrank stand eine rote Wäschetruhe mit herausnehmbarem Wäschesack.

Am Fenster waren rotkarierte Vorhänge angebracht. Um mehr Stauraum zu haben, hatte Stacy noch einige rote Wandregale montiert. Auf diesen standen einige Aufbewahrungsboxen und Dekoration, die überwiegend aus Erinnerungsstücken zu bestehen schien. Die meisten Dinge schienen aus Urlauben zu stammen, andere von Feierlichkeiten. An der Decke hing eine moderne silberfarbene Deckenleuchte, die wie Äste mit integrierten LED-Lämpchen aussah.

„Den nehmen wir auf jeden Fall mit", meinte Jonas mit Blick auf den Laptop. Dann wandte er sich den Regalböden zu während Christiane die Wandregale inspizierte. In einer Aufbewahrungsbox fand Christiane Briefe, in einer anderen waren viele Fotos. Beide Boxen stellte Christiane zu dem Laptop, um sie ebenfalls mitzunehmen. Im Regal fand Jonas keine Hinweise auf Stacys Privatleben oder ein Mordmotiv. Das Regal war voll mit Fachbüchern sowie Bellestrik und Filmen auf DVD. In dem Regal bewahrte Stacy zudem ihre Kameras auf. Fotografie schien eine Leidenschaft von Stacy gewesen zu sein. Sie hatte eine Digitalkamera, eine Systemkamera und eine Unterwasserkamera. Darüber hinaus lagen eine Videokamera sowie mehrere Speicherkarten in dem Regal, die Jonas in einen Beutel packte und zu dem Laptop und den Aufbewahrungsboxen legte. Dann kontrollierte er die Kameras, konnte dort aber keine weiteren Speicherkarten finden. Die Kontrolle zeigte zudem, dass auch keine Bilder auf den internen Speichern zu finden waren, so dass Jonas die Kameras wieder ins Regal legte. Zwischen den Kissen und unter der Matratze fanden Christiane und Jonas nichts von Interesse. Gleiches galt für die Unterbettkommode.

Im Kleiderschrank konnte Jonas ebenfalls nichts finden, was seine Aufmerksamkeit erregte. Als Christiane aufblickte und den Inhalt des Kleiderschrankes sah, entlockte ihr dieser allerdings ein anerkennendes Pfeifen. Jonas blickte irritiert zu ihr rüber. „Okay", meinte er. „Die Klamotten sind ja ganz nett, aber..." „Ganz nett", unterbrach Christiane ihn. „Ganz nett ist bei weitem nicht der richtige Ausdruck. Okay, viele der Klamotten sind aus den gängigen Ketten, in denen man günstig einkaufen kann, aber einige der Sachen..." Sie machte eine kurze Pause. Jonas Interesse war geweckt und er blickte Christiane herausfordernd an.

Wenn die Tasche da echt ist", Christiane zeigte auf eine Tasche die auf einem Regalboden des Kleiderschrankes stand, „dann handelt es sich um eine Bowlingtasche von Burberry. Die kostet etwas über 1.000,00 €. Und die Schuhe dort", Christiane deutete auf ein Paar Schuhe, dass auf dem Boden des Kleiderschrankes stand, „das sind Pumps von Louboutin. Die erkennt man an der roten Sohle. Wenn die echt sind, dann kosten die rund 500,00 €." Jonas war irritiert. Er hätte nie gedacht, dass Christiane sich so gut mit Mode und Designern auskannte. Diese musste sich ein Lächeln verkneifen. Ihr war bewusst, dass ihr Kollege sie immer nur als Polizistin, nicht aber als Frau wahrnahm. „Und wahrscheinlich ist da noch das ein oder andere Designerteil zwischen den eher preisgünstigen Klamotten. Sieht jedenfalls auf den ersten Blick so aus." „Dann muss Stacy einen Gönner gehabt haben", sagte Jonas. „Von ihren Einkünften hätte sie sich das wohl nicht leisten können. Das haben ihre Eltern ja auch bestätigt." Christiane nickte. Sie zog eine Schatulle unter einem Stapel mit T-Shirts im Schrank hervor. In dieser befanden sich einige Schmuckstücke von Bulgari. „Die sind mindestens 10.000,00 € wert", sagte Christiane an Jonas gewandt und packte den Schmuck zu den anderen Dingen, die sie mit auf die Polizeidienststelle nehmen wollten. Als sie im Kleiderschrank eine Reisetasche fand, nutzten sie diese um die Tasche von Burberry, die Louboutins und einige weitere Designerstücke einzupacken und diese ebenfalls mitzunehmen. Den Schmuck packte Christiane dazu.

Nachdem Christiane und Jonas ihre Untersuchung des Zimmers beendet und die Sachen im Wagen verstaut hatten, begaben sie sich in die Gemeinschaftsküche des Hauses. Dort trafen sie einige Bewohnerinnen und Bewohner der Wohnanlage an. Alle äußerten sich durchweg positiv über Stacy, kannten sie jedoch nicht allzu gut. Es kam immer wieder vor, dass in der Wohnanlage spontane Partys gefeiert wurden. Keine riesigen Besäufnisse mit lauter Musik, sondern gemütliche Zusammenkünfte. Immer in der Gemeinschaftsküche. Jedes Mal fing es damit an, dass eine oder mehrere Personen in der Küche was kochten und Hinzukommenden anboten mitzuessen. Einige Eingeladenen revanchierten sich mit Getränken. Andere hatten Snacks vorrätig und gesellten sich auch dazu und so setzte sich das Ganze fort, bis die Küche voll war und alle gemeinsam aßen, tranken und lachten. Und Stacy war immer dabei. Mit ihrem ansteckenden Lachen war sie ein gern gesehener Gast. Zudem machte sie tolle Fotos und stellte sie allen zur Verfügung.

Christiane und Jonas erfuhren dort zudem, dass Stacy häufig Zeit mit den beiden Mädchen verbrachte, die die Zimmer gegenüber von ihr bewohnten. Alicia und Coleen. Zudem gehörten noch zwei Mädchen zu der Clique, die allerdings nicht im Carl-Schulz-Haus sondern im Tillmannhaus wohnten, und den gleichen Studiengang wie Stacy besuchten. Kathrin und Agnieszka. Alle mit denen Jonas und Christiane sprachen gingen davon aus, dass Alicia und Coleen zu ihren Freundinnen ins Tillmannhaus gegangen waren, um gemeinsam zu trauern.

„Wisst ihr ob Stacy einen Freund hatte? Gab es jemanden, der sie hier öfter besucht hat oder Stacy öfter abgeholt hat?", fragte Jonas in die Runde. Kollektives Kopfschütteln. „Es gab einige Jungs die

Interesse an Stacy hatten. Aber Stacy wollte keine Beziehung", wurde den Ermittlern mitgeteilt. „Ich habe sie nie zu jemandem ins Auto steigen sehen. Sie hat alle Termine mit dem Fahrrad wahrgenommen. Ein eigenes Auto hatte sie nicht. Wenn der Weg länger war, fuhr sie mit dem Rad zur nächsten S-Bahn oder U-Bahn-Station. Oder sie nahm den Bus. Die Haltestelle ist ja direkt vor der Tür."

Christiane und Jonas ließen den Wagen stehen und begaben sich zu Fuß zum Tillmannhaus um mit Stacys Freundinnen zu sprechen. Agnieszka bewohnte dort ein Appartement. Sie hatte ein eigenes Zimmer mit einem kleinen Bad für sich allein und einer kleinen Einbauküche. In diesem Appartement trafen die Ermittler Stacys Freundinnen an. Sie hatten sich dort getroffen und trauerten gemeinsam um ihre Freundin. Sie hatten haufenweise Fotos ausgebreitet und schwelgten in Erinnerungen. Dabei lachten und weinten sie gleichzeitig. Christiane und Jonas setzten sich dazu, nachdem Agnieszka ihnen die Tür geöffnet und sie hereingebeten hatte.

„Gab es jemanden, vor dem Stacy Angst hatte oder mit dem es in letzter Zeit einen Streit gab der eskaliert sein könnte?", wandte sich Jonas an die Freundinnen. Kollektives Kopfschütteln. „Nein, alle mochten Stacy", sagte Agnieszka. „Stacy hatte einige enge Freundinnen mit denen sie sich regelmäßig traf. Wir gehörten auch dazu. Mit den anderen Kommilitonen und Mitbewohnern pflegte sie lockere Kontakte. Die üblichen Küchenpartys halt und kurze Gespräche. Das blieb eher oberflächlich. Sie brauchte einige Zeit bis sie Vertrauen fasste. Aber dann war sie die beste Freundin die man sich wünschen konnte." Agnieszka schluchzte auf und brauchte einen Moment bevor sie weitersprechen konnte. „Aber sie war immer nett und höflich. Und hilfsbereit. Sie hatte mit niemandem Probleme."

„Hatte Stacy einen Freund?", setzte Jonas das Gespräch mit Stacys Freundinnen fort. Agnieszka, Kathrin und Coleen schüttelten erneut den Kopf. Alicia zögerte kurz. „Ich glaub da gab es jemanden", sagte sie leise. „Aber sie hat nie darüber gesprochen. Als ich mir vor zwei Wochen ein Kleid von ihr für die Campusparty leihen

62

wollte, habe ich gesehen, dass sie eine teure Handtasche im Schrank hatte. Ich hab sie darauf angesprochen und gefragt, ob die Tasche ein Geschenk war. Stacy hat die Kleiderschranktür schnell geschlossen und behauptet, dass es sich um eine gefälschte Tasche aus dem Türkeiurlaub handelt. Aber die Tasche sah hochwertig aus und ihre Reaktion war..... irgendwie komisch. So abwehrend. Ich habe die Tasche nie wieder erwähnt." Die anderen drei Freundinnen blickten Alicia überrascht an. „Naja", sagte sie. „Ich dachte, wenn Stacy nicht darüber reden will, dann behalte ich es für mich. Auch euch gegenüber. Wir haben Loyalität in unserer Freundschaft immer ganz groß geschrieben. Und es war ja auch nur ein Verdacht." Alicia blickte ihre Freundinnen fast entschuldigend an. Diese lächelten sie warmherzig an und nickten. „Auch ich hab gedacht, dass Stacy etwas vor uns verheimlicht", räumte Coleen ein. „Allerdings geht mir dieser Gedanke schon länger im Kopf herum. Vor einigen Monaten, als wir im Blue Lagoon Cocktails getrunken haben, da hab ich Stacy gesehen als ich zur Toilette musste. Sie telefonierte. Aber es war nicht ihr normales Handy. Ich vermute, dass sie ein zweites Handy hatte." Coleen schaute unsicher zu Christiane und Jonas. Christiane merkte, das Coleen das Gefühl hatte, Stacy zu verraten. „Es ist wirklich wichtig, dass sie ehrlich zu uns sind", sagte Christiane. Coleen nickte. „Ich weiß aber wirklich nicht, wer es sein könnte. Ich habe nie mitbekommen, mit wem sie telefonierte oder dass sie Besuch von jemandem bekommen hätte oder so. Ich wünschte ich hätte sie einfach gefragt." Tränen liefen über Coleens Gesicht.

„Ich denke, wir haben alle etwas geahnt", meinte Kathrin und nahm Coleen tröstend in den Arm. „Irgendetwas war anders in den vergangenen Monaten. Ich kann es nicht wirklich beschreiben. Es gab keine speziellen Momente, in denen mir etwas aufgefallen wäre. Es war einfach nur so ein Gefühl." Agnieszka nickte zustimmend. „Aber sie wirkte nicht besorgt", ergänzte sie. „Oder ängstlich. Auf mich wirkte sie glücklich. Darum hab ich sie auch nie angesprochen. Ich hab mir gedacht, dass sie uns irgendwann schon erzählen wird was los ist. Wenn sie dazu bereit ist. Wie gesagt, Stacy war eher zurückhaltend. Und auch wenn sie uns vertraute, dachte ich, dass es vielleicht immer noch Dinge gibt, die sie erst mit sich selbst ausmachen muss, bevor sie bereit ist, anderen davon zu erzählen."

„Wie war das Verhältnis zwischen Stacy und Kody Dawson?", fragte Christiane. „Das ist doch dieser schottische Dartspieler mit dem Stacy letztes Jahr häufiger Kontakt hatte, oder?", fragte Alicia. Christiane nickte bestätigend. „Die beiden haben im vergangenen Jahr häufiger geskypt. Sie haben sich gut verstanden und viel gelacht. Aber irgendwann im Herbst wurden die Kontakte unregelmäßiger bis der Kontakt dann irgendwann ganz abbrach. Als ich sie fragte warum, meinte sie nur, dass sie das Gefühl habe, dass er mehr von ihr wolle als sie von ihm. Aufgrund der Entfernung könne sie sich eine Beziehung nicht vorstellen und daher habe sie beschlossen, den Kontakt abzubrechen." „Gab es vielleicht Streit zwischen den beiden oder hat Kody versucht, Stacy unter Druck zu setzen die Beziehung wieder aufzunehmen?", wandte sich Christiane an Alicia. Diese verneinte. „Anfangs hat er um Stacy gekämpft. Aber Stacy ließ sich nicht darauf ein und irgendwann Anfang des Jahres hat er dann aufgegeben. Schade eigentlich, denn ich fand ihn sehr sympathisch und die beiden passten gut zusammen. Aber Stacy sah das wohl anders. Ich kann mir einfach nicht vorstellen, dass er etwas mit ihrem Tod zu tun hat." Alicia schwieg. „Allerdings hat Stacy ihn wirklich ziemlich mies behandelt. Ich kann mir schon vorstellen, dass er ziemlich verletzt und auch wütend war", entgegnete Coleen.

„Wie meinen sie das?", hakte Christiane nach. „Ich habe ein Telefonat mitbekommen. Das muss kurz nach Weihnachten gewesen sein. Stacy und ich waren gerade vom shoppen zurück und hatten uns in der Küche einen heißen Kakao mit Sahne gemacht. Wir wollten einfach noch ein bisschen quatschen als Kody sich meldete. Er hat Stacy gefragt, ob sie das neue Jahr nicht nutzen wollten um sich wieder anzunähern. Er hat Stacy seine Liebe gestanden und sie quasi angefleht ihm und einer Beziehung eine Chance zu geben. Er konnte einfach nicht verstehen, warum Stacy ihm seit einiger Zeit die kalte Schulter zeigte. Er bat immer wieder dass sie es ihm erklären solle. Sollte er einen Fehler gemacht haben wollte er alles versuchen um das Vertrauen und die Zuneigung von Stacy zurückzugewinnen. Aber Stacy wollte von alledem nichts wissen. Sie war...", Coleen suchte einen Moment nach den richtigen Worten. „Eiskalt. Fast schon herzlos. Sie hat ihm unverblümt mitgeteilt, dass er sie einfach in Ruhe lassen soll. Es sei aus. Und damit solle er sich endlich abfinden." Christiane schaute Coleen fragend an. „Mein Vater ist Amerikaner. Ich bin bilingual aufgewachsen und hab darum unfreiwillig ziemlich viel mitbekommen", erklärte Coleen.

Jonas überlegte einen Moment, wie er die nächste Frage formulieren sollte. „Sie haben Stacy als nett, höflich und hilfsbereit beschrieben. Wie haben sie es sich erklärt, dass sie Kody Dawson gegenüber so schroff reagierte?" Die vier Freundinnen blickten sich an. „Darüber haben wir uns auch unterhalten nachdem Coleen uns von dem Gespräch zwischen Stacy und Kody erzählt hatte", antwortete Kathrin. „Aber wir fanden keine Erklärung. Wir waren alle der Überzeugung, dass dieses Verhalten so gar nicht zu Stacy passte. Die einzige Erklärung die uns einfiel war, dass irgendetwas zwischen Stacy und Kody vorgefallen sein musste, dass sie unglaublich verletzt und auch verärgert hat. Aber wenn dem so war, dann hat sie nie ein Wort darüber verloren. Weder über den Grund für das Ende ihrer Freundschaft zu Kody noch über das letzte Telefonat der beiden."

„Ich glaube Stacy hat Kody auch die Kette zurückgeschickt, nachdem sie die Freundschaft beendet hat", ergänzte Agnieszka. „Zumindest habe ich sie seitdem nie mehr an Stacy gesehen." „Welche Kette?", fragte Christiane. „Kody hat ihr zum Geburtstag eine großgliedrige Statementkette aus Edelstahl geschenkt", erklärte Agnieszka. „Er hatte sie extra für Stacy anfertigen lassen. Die Kette sah aus wie eine Absperrkette wie man sie im Baumarkt bekommt. Die hatte er ausgewählt, weil er durch eine solche Kette mit Stacy ins Gespräch gekommen war. Stacy war an einer solchen Kette hängengeblieben und ihm quasi direkt in die Arme gefallen. Und sie hat ihm wohl direkt gefallen, denn er hat sie spontan auf einen Kaffee eingeladen. Damit sie den Schock verdauen konnte, hat er gesagt. Von da an haben sie ihren Kontakt intensiviert und sind sich näher gekommen. An das Kettenglied, dass auf Stacys Dekolletee auflag, hatte Kody weitere Glieder anschweißen lassen, die immer etwas kleiner wurden. Wie eine Pyramide. An der Spitze der Pyramide konnte man Anhänger einhaken. Die hatte Kody ebenfalls selbst gestaltet und herstellen lassen. Er hatte sich für einen Dartpfeil und eine Nachbildung von Stacys Volleyballtrikot entschieden. Sogar mit ihrer Rückennummer. Und für elegantere Outfits hatte er ihr einen wunderschönen Anhänger mit einem facettierten roten Granat geschenkt. Rot war Stacys absolute Lieblingsfarbe. Sie hat diese Kette geliebt und damals ständig getragen."

Christiane und Jonas unterhielten sich noch ein wenig mit den Freundinnen bevor sie zu ihrem Wagen zurückgingen und zur Dienststelle fuhren um sich mit Niklas und Bernd auszutauschen. Auf dem Weg hielten sie bei der Trattoria Venèxia. Dort bekam man die beste Pizza in ganz Bonn. Sie bestellten vier Pizzen zum Mitnehmen. Es würde ein langer Tag.

10. Kapitel

Nach ihren Gesprächen mit den Spielern machten sich Niklas und Bernd auf den Weg zur Gerichtsmedizin um sich noch einmal mit Dr. Lemmen zu unterhalten. Dieser hatte sich die Drosselmarke am Hals der Toten noch einmal angeschaut. „Die Drosselmarke am Hals der Toten verläuft horizontal und ist zirkulär. Es gibt keine freie Stelle im Nacken. Der Täter hat das Strangwerkzeug mit großer Kraft zugezogen. Das Strangwerkzeug hat auf der Haut der Toten geformte Hautmarken hinterlassen. Ich habe ihnen ein Foto der Strangmarken ausgedruckt." Dr. Lemmen reichte Bernd einen Ausdruck. „Für mich sieht das aus wie Kettenglieder. Aber recht groß, was nicht für eine Schmuckkette spricht", erläuterte Dr. Lemmen das Foto. „Mir liegen mittlerweile zudem die Ergebnisse der Bluttests vor. Im Blut der Toten konnten weder Drogen noch Alkohol nachgewiesen werden. Eine Haaranalyse hat zudem gezeigt, dass das Opfer auch in der Vergangenheit keine Drogen konsumiert hat. Ich konnte zudem keine Anzeichen für einen sexuellen Missbrauch finden."

Die Ermittler verabschiedeten sich von Dr. Lemmen und machten sich auf den Weg um von Detlef die neusten Erkenntnisse der Kriminaltechnik zu erfahren. Dieser erwartete sie bereits. Er hielt den Bericht in Händen und fing sofort an zu erklären. „Wir haben die Substanz aus der Kopfwunde des Opfers analysiert. Es handelt sich um Putz und Wandfarbe. Aufgrund der Zusammensetzung können wir die Partikel der Wand des Lagerraums zuordnen. Wir haben zudem die Spuren an der Wand gesichert. Es handelt sich um menschliches Blut. Eine DNA-Analyse hat ergeben, dass es das Blut des Opfers ist. Wir können also mit ziemlicher Sicherheit davon ausgehen, dass das Opfer mit dem Kopf gegen die Wand geschlagen wurde."

Niklas wolte etwas erwidern, aber Detlef bedeutete ihm, dass er noch nicht fertig war. „Auf der Kleidung des Opfers wurden Spuren gefunden, die wahrscheinlich vom Täter auf das Opfer übertragen wurden. Sie befanden sich auf der Rückseite des T-Shirts des Opfers. Es handelt sich um Polyesterfasern." „Dartshirts sind aus Polyester", warf Niklas ein. Detlef schaute kurz zu ihm herüber bevor er weitersprach. „Stimmt. Allerdings sind die gefundenen Fasern schwarz. Und die Farbe ist bei Dartshirts vermutlich nicht gerade selten." Niklas murmelte resigniert Zustimmung. „Und jeder Spieler hat mehrere Dartshirts. Es ist davon auszugehen, dass sich der Täter des Shirts entledigt hat", ergänzte er. „Zumal sich mit ziemlicher Sicherheit Blutspuren auf dem Shirt befunden haben. Der Täter hat Stacy rücklings erdrosselt. Aus ihrer Platzwunde muss daher zwingend Blut auf sein Shirt gelangt sein."

„Das ist durchaus wahrscheinlich", stimmte Detlef zu. „Bei der Durchsuchung von Kody Dawsons Hotelzimmer wurden keinerlei Anzeichen gefunden, dass das Opfer und der Verdächtige Kontakt miteinander hatten. Wir haben alle Kleidungsstücke des Verdächtigen auf Blutspuren untersucht. Nichts. Zudem wurden von allen Kleidungsstücken Proben genommen um sie mit den auf Stacys Kleidung gefundenen Spuren abzugleichen. Bislang ebenfalls ohne Ergebnis", setzte Detlef seinen Bericht fort.

„Was ist mit dem Dartpfeil, der im Hals des Opfers gefunden wurde?", fragte Niklas. „An dem Dartpfeil selbst wurden keine Fingerabdrücke gefunden. Auch nicht auf dem Flight. Was jedoch auf dem Dartpfeil festzustellen war, waren Rückstände von Desinfektionsmittel und Zellstoff. Vermutlich hat der Täter den Dartpfeil sorgfältig gereinigt, um keine Spuren zu hinterlassen, und ein Taschentuch benutzt, als er den Dartpfeil in den Hals des Opfers stieß." Mit diesen Worten beendete Detlef seinen Bericht. Er klappte die Mappe mit dem Bericht zu und reichte sie Niklas.

„Also haben wir nichts was auf den Täter schließen lässt", fasste Niklas zusammen. Bernd schüttelte den Kopf. „Das kannst du so nicht sagen", widersprach er. „Wir können anhand der Spuren den Tathergang zweifelsfrei belegen. Außerdem dauert erdrosseln ohne Lockerung des Strangwerkzeugs rund 4 bis 5 Minuten. Mindestens. Der Vorgang des Erdrosselns ist also anstrengend. Der Täter hat zwar nach den bisherigen Erkenntnissen keine DNA-Spuren auf dem Opfer hinterlassen, aber die Kriminaltechnik hat die Untersuchung ja auch noch nicht abgeschlossen. Es besteht also durchaus noch die Chance das DNA-Profil des Täters zu bekommen."

Bei diesen Worten blickte Bernd zu Detlef der zustimmend nickte. Dann fuhr er fort. „Diese akribische Suche dauert nun mal etwas. Ich gehe aber davon aus, dass der Täter DNA-Spuren auf dem Dartshirt und auch auf dem Strangwerkzeug hinterlassen hat. Wenn wir das Shirt finden, dass der Täter bei der Tat anhatte, oder das Strangwerkzeug, dann bekommen wir definitiv einen Hinweis auf den Täter. Die Spusi wird die gesamte Wäsche des Hotels und auch den gesamten Müll durchsuchen. Vielleicht haben wir ja Glück und der Täter hat die Sachen im Hotel entsorgt."

Detlef nickte zustimmend. „Meine Kollegen sind im Moment auch noch in der Wohnung von Marvin Groterhorst um sich dort umzuschauen. Und ich habe mit der psychiatrischen Einrichtung gesprochen, in der euer Verdächtiger zurzeit untergebracht ist. Ein Kollege war dort, um die Kleidung sicherzustellen, die euer Verdächtiger am Tattag getragen hat. Er darf dort ja eh nur bestimmte Kleidungsstücke tragen und die Klinik stellt ihm diese. Mit diesen Beweisstücken werde ich mich unverzüglich beschäftigen. Und ihr bekommt natürlich sofort Bescheid, wenn die Analyse abgeschlossen ist."

Von der Kriminaltechnik aus fuhren Bernd und Niklas in die Wohnung von Marvin Groterhorst. Die Wohnung war recht klein und sehr spartanisch eingerichtet. Einige volle Umzugskartons standen noch im Flur und im Schlafzimmer. Im Wohnzimmer allerdings verschlug es Bernd und Niklas den Atem. Neben einem Zweisitzersofa und einer Fernsehkommode mit einem Flachbildschirm stand nur eine große Kommode im Wohnzimmer. Diese fungierte als eine Art Schrein. Sie stand voll mit Fotos einer jungen hübschen Frau mit langen schwarzen Haaren. Allerdings handelte es sich bei der Frau nicht um das Opfer, sondern um Jessica Stratmanns, die sich den Nachstellungen des Herrn Groterhorst ausgesetzt sah.

An der Wohnzimmerwand war der Name Jessica in großen buntbemalten Holzbuchstaben zu lesen. Auch an den Wänden fanden sich viele Fotos. Als Bernd und Niklas diese näher betrachteten stellten sie fest, dass es sich dabei überwiegend um gemeinsame Fotos von Jessica Stratmanns und Marvin Groterhorst handelte. Dass es sich dabei um mit einem Bildbearbeitungsprogramm zusammengestellte Fotos handelte war selbst für sie als Laien eindeutig erkennbar. Die Fotos waren ziemlich dilettantisch manipuliert worden, was jedoch umso deutlicher zeigte, wie sehr Marvin Groterhorst in seiner eigenen Welt lebte.

„Ich kann einfach nicht verstehen das Herr Groterhorst aus der psychiatrischen Klinik entlassen worden ist. Wenn ich mir das hier so ansehe bin ich mir sicher, dass Herr Groterhorst für Frau Stratmanns eine Gefahr darstellt. Ich glaube Herr Groterhorst ist in einer psychiatrischen Klinik sehr gut aufgehoben." Während er sprach nahm Niklas eines der Fotos in die Hand. Es zeigte Jessica Stratmanns und Marvin Groterhorst vermeintlich in einem gemeinsamen Urlaub an der See.

Bernd nickte zustimmend. „Ich glaube man muss kein Psychologe sein um zu sehen, dass Herr Groterhorst ein tiefgehendes Problem hat. Aber konzentrieren wir uns mal wieder auf unseren Mordfall. Siehst du auf den ersten Blick irgendetwas was darauf hindeutet, dass Herr Groterhorst in irgendeiner Beziehung zu unserem Opfer stand oder unser Opfer seine Aufmerksamkeit auf sich gezogen hat?"

Niklas sah sich noch einmal alle Fotos auf der Kommode an. Sie zeigten eindeutig Jessica Stratmanns. Es gab nicht den kleinsten Hinweis darauf, dass sich Marvin Groterhorsts Aufmerksamkeit von Jessica auf Stacy verlagert hätte.

„Habt ihr irgendwelche Hinweise auf das Opfer oder auf eine Verbindung zwischen dem Opfer und Herrn Groterhorst bzw. zu dem Mord gefunden?" Niklas wandte sich an einen Mitarbeiter der Spurensicherung, der sich noch in der Wohnung befand. Dieser schüttelte den Kopf. „Bislang nichts. Und wir sind so gut wie durch. Vielleicht gibt der Laptop des Verdächtigen noch etwas her, aber den können wir erst auswerten wenn wir wieder im Labor sind. Solange müsst ihr euch schon noch gedulden."

Bernd und Niklas verließen in Gedanken versunken die Wohnung. Während der Rückfahrt ins Büro sprachen beide kein Wort. Sie waren schockiert davon, dass Marvin Groterhorst vor wenigen Monaten aus der psychiatrischen Klinik entlassen worden war und eine Arbeitsstelle gefunden hatte, obwohl er augenscheinlich unter einer massiven psychischen Störung litt.

Im Büro zurück studierten sie noch einmal den Bericht der Kriminaltechnik. Kurze Zeit später trafen auch Christiane und Jonas ein. Während sie die mitgebrachten Pizzen aßen brachten sie sich gegenseitig auf den neusten Stand.

Dabei entging ihnen natürlich nicht, dass die Halskette, die Kody Dawson dem Opfer geschenkt hatte, als Tatwerkzeug in Betracht kam. Und da ihre Freundinnen davon ausgingen, dass sie ihm die Kette nach der Trennung zurückgeschickt hatte, verstärkte das die Verdachtsmomente gegen Kody Dawson. Aber damit wollten sie sich zu einem späteren Zeitpunkt befassen. Und zwar dann, wenn sie sich ein umfassendes Bild des Tattages gemacht hatten.

„Lasst uns die Aussage des Hotelmitarbeiters, der die Leiche gefunden hat, noch einmal durchgehen", schlug Christiane vor. Die Befragung hatte bereits am Tattag stattgefunden und Niklas kramte in seinen Unterlagen nach den Notizen, die er sich bei dem Gespräch gemacht hatte. „Herr Gerhard hat die Leiche um circa zehn vor sechs gefunden", fasste Niklas das Gespräch zusammen. „Eigentlich wäre er gar nicht in den Lagerraum gegangen, aber die Kaffeelieferung war verspätet eingetroffen und konnte daher vorher noch nicht eingeräumt werden. Er hat den Wurf aufs Bull abgewartet und dann den Lagerraum betreten um den Kaffee wegzuräumen. Dabei hat er die Füße des Opfers hinter den Getränkekisten hervorragen gesehen. Er ist hin und da lag Stacy auf dem Boden. Aufgrund der blutenden Kopfwunde ist er zuerst davon ausgegangen, dass sie ohnmächtig geworden und gestürzt ist. Als er genauer hingesehen hat wurde ihm klar, dass Stacy tot war. Er ist dann sofort aus dem Lagerraum raus und hat die Security informiert. Marcell Böhmer, um genau zu sein. Und der hat dann alles Weitere in die Wege geleitet. Er hat die Polizei verständigt, einige seiner Mitarbeiter postiert und mich zum Tatort gerufen. Zudem hat er den Verantwortlichen der ISDA informiert, da die Veranstaltung ja nicht wie geplant beginnen konnte."

Nachdem sich die Ermittler ausgetauscht hatten fuhren Christiane und Jonas zu der Securityfirma um mit dem Mitarbeiter zu sprechen, der dazu abgestellt gewesen war, ein unbefugtes Betreten des Spielerbereichs zu verhindern.

Danach stand eine Fahrt zum Hotel Schweizer Hof auf dem Programm um mit den Hotelmitarbeiterinnen und -mitarbeitern zu sprechen. Dadurch wollten sie in Erfahrung bringen, ob irgendjemand Marvin Groterhorst in dem Zeitraum gesehen hatte, in dem nach den vorliegenden Obduktionsergebnissen der Todeszeitpunkt lag. Marvin Groterhorst konnten sie dazu ja im Moment nicht befragen. Das hatte auch eine Rücksprache mit der psychiatrischen Klinik ergeben, in der er zurzeit behandelt wurde. Er war aufgrund seiner psychischen Situation nicht vernehmungsfähig, so dass die Ermittler auf andere Weise versuchen mussten seinen Tagesablauf zu rekonstruieren.

Niklas und Bernd nutzen die Zeit, in der Jonas und Christiane die Befragungen durchführten, um die zeitlichen Abläufe des Tattages detailliert darzustellen. Dazu verwendeten sie ein Mindmap aus Kunststoff, um das Ergebnis der Befragung der Dartspieler am Vormittag zu visualisieren. Dabei ordneten sie den einzelnen Räumlichkeiten des Spielerbereichs verschiedene Farben zu. Rot für den Practiceroom, blau für den Raum, in dem der Wurf aufs Bullseye ausgetragen wurde und grün für den Aufenthaltsraum:

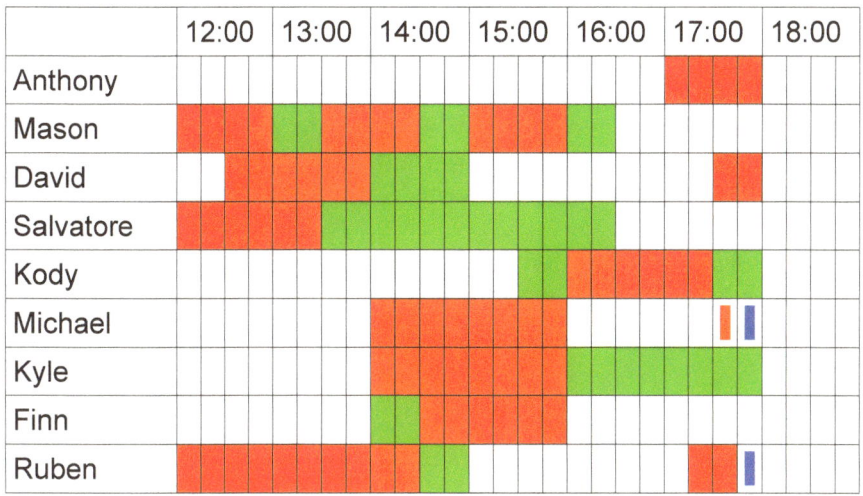

	12:00	13:00	14:00	15:00	16:00	17:00	18:00
Anthony							
Mason							
David							
Salvatore							
Kody							
Michael							
Kyle							
Finn							
Ruben							

„Kody Dawson war also zwischen 16:00 Uhr und 16:30 Uhr allein im Practiceroom. Niemand hätte gesehen, wenn er den Raum verlassen und mit Stacy in den Lagerraum gegangen wär", stellte Bernd mit Blick auf das Mindmap fest. Niklas nickte. Sie hatten zwar einen Verdächtigen, aber mittlerweile deutete auch Einiges auf Kody Dawson als Täter hin. „Aber wieso sollte er seinen Dart am Tatort zurücklassen?", fragte Niklas mehr sich selbst als Bernd. „Wenn er ansonsten clever genug ist, alle Beweise, die auf ihn als Täter hindeuten könnten, zu vernichten."

„Du weißt doch wie das ist", meinte Bernd. „Wenn ein Täter im Affekt handelt oder in Rage ist, dann denkt er für eine gewisse Zeit nicht rational. Vielleicht wollte er Stacy die Kette zurückgeben. Sie an die schöne gemeinsame Zeit erinnern. Ein letzter Versöhnungsversuch. Und als sie ihn abgewiesen hat ist er einfach ausgerastet und hat die Kontrolle verloren."

Niklas sah Bernd an. „Aber wieso finden wir dann keine Fingerabdrücke auf dem Dartfeil und dem Flight. Wieso wurde der Dartpfeil gereinigt und unter Zuhilfenahme eines Taschentuches in den Hals des Opfers gerammt. Das spricht für eine geplante Tat und dafür das der Täter organisiert ist." „Meinst du das jemand Kody Dawson den Mord anhängen will?", fragte Bernd. Niklas hörte den Zweifel in Bernds Stimme, doch genau das war es, was er dachte. Auch wenn Niklas Bernd nicht antwortete, konnte der Niklas Gedanken lesen. „Okay", sagte Bernd. „Nehmen wir mal an das stimmt. Wer außer Kody Dawson hätte ein Motiv Stacy etwas anzutun?"

Niklas wollte gerade antworten, als Dr. Lemmen den Raum betrat. „Ich habe Neuigkeiten", wandte er sich an die Ermittler. „Das Opfer war schwanger."

11. Kapitel

Als Christiane und Jonas bei der Securityfirma eintrafen wurden sie bereits von Marcell Böhmer erwartet. Er führte sie in die Büroräume und stellte den Ermittlern sein Büro für das Gespräch mit dem Mitarbeiter zur Verfügung, der den Zugang zum Spielerbereich kontrolliert hatte. Oliver Krämer.

„Ich habe den gesamten Spielerbereich um 11:30 Uhr kontrolliert, um auszuschließen, dass sich bereits Unbefugte vor Ort befanden. Nach meinem Kontrollgang habe ich mich vor der Flügeltür zum Aufenthaltsbereich postiert und darauf geachtet, dass niemand den Bereich betritt, der nicht berechtigt ist." „Woher wussten sie, wer berechtigt ist?", fragte Jonas. „Alle Spieler sowie deren Begleitungen haben entsprechende Ausweise die sie mit sich führen müssen um den Bereich zu betreten", erklärte Oliver Krämer. „Und was ist mit dem Hotelpersonal?", hakte Jonas nach. „Da sieht es etwas anders aus. Wenn die Person die Dienstkleidung des Hotels und ein Mitarbeiterschild trägt gehen wir grundsätzlich von einer Berechtigung aus. Gleiches gilt für Mitarbeiter des Veranstalters." Jonas zog fragend die Augenbrauen hoch. „Es ist so", erklärte Oliver Krämer, „es sind keine bestimmten Mitarbeiter des Hotels eingeteilt die Aufgaben im Spielerbereich wahrzunehmen. Es gibt festgelegte Zeiten und dann wird derjenige tätig, der gerade abkömmlich ist. Und wenn außerhalb der festgelegten Zeiten ein Bedarf besteht, dann kann aus dem Aufenthaltsraum der Hotelservice informiert werden. Da gilt dann das Gleiche. Da uns das Hotel also keine festen Personen benennen konnte haben wir diese Regelung getroffen."

„Und der Zugang an dem sie standen war der einzige Zugang zu den Räumlichkeiten?", fragte Christiane. Oliver Krämer verneinte. „Es gibt natürlich noch den Zugang über die Treppe von der Bühne aus. Über den Weg ist ja auch ihr Kollege zum Tatort gelangt. Aber dieser Zugang wurde ab circa 16.45 Uhr von einem Kollegen von mir bewacht. Damit kein Zuschauer in die Räumlichkeiten gelangen konnte. Ab 17.00 Uhr ist ja Einlass." „Und vorher?" „Vorher war an dem Eingang niemand abgestellt."

Die Ermittler baten Marcell Böhmer zu dem Gespräch hinzu. „Herr Krämer hat uns gerade mitgeteilt, dass der Zugang zum Spielerbereich von der Bühne aus erst ab circa 16.45 Uhr gesichert wurde. Vorher war keiner ihrer Mitarbeiter an dieser Tür", sagte Christiane. „Würde sie uns das bitte erklären?" „In der Halle waren ja nur Mitarbeiter von uns und von der ISDA sowie Hotelangestellte. Und die hatten ja die Befugnis sich auch im Spielerbereich aufzuhalten", führte Marcell Böhmer aus. „Daher bestand aus unserer Sicht keine Notwendigkeit jemanden an diesem Zugang zu postieren. Auch die Utensilien der Fernsehsender waren bereits am Vortag aufgebaut worden. Unsere Anwesenheit haben wir auf den Einlass der Reporter abgestimmt. Die hatten ab 16.45 Uhr Zutritt zur Halle."

Das bedeutet, dass alle Personen, die Zutritt zur Halle hatten, auch in den Spielerbereich gelangen konnten", fasste Jonas zusammen. Marcell Böhmer nickte. „Allerdings wäre es meines Erachtens sehr schwer gewesen unbemerkt bis zum Spielerbereich zu gelangen. Dazu hätte derjenige die Bühne betreten und die Treppe zur Empore nehmen müssen. Dabei müsste ihn jemand gesehen haben. Da bin ich mir sicher. Es fällt auf, wenn sich jemand dort aufhält, der dort eigentlich nicht hingehört. Und auf die Bühne gehörte - zumindest zur Tatzeit – niemand. Außer vielleicht der ein oder andere Spieler, der die Zeit genutzt hat um sich schon mal zu akklimatisieren. Einfach schon mal einen kleinen Eindruck bekommen." „Kommt das häufig vor?", fragte Jonas nach. Marcell Böhmer überlegte kurz. „Eigentlich nicht", sagte er. „Gerade die erfahrenen Spieler bleiben eher oben. Einige jüngere Spieler oder Spieler, die erst seit Kurzem dabei sind, die sieht man aber schon mal auf der Bühne. Vielleicht hoffen sie, dass das Lampenfieber weniger wird, wenn sie die Bühne bereits kennen. Aber das klappt nicht. Wenn die Halle voll ist und die Zuschauer toben, dann überrollt es sie wie eine Riesenwelle."

Jonas und Christiane sahen sich mit einem leicht verzweifelten Blick an. Ihnen war bewusst, dass sich die Zahl derjenigen, die die Tat verübt haben konnten, gerade enorm vergrößert hatte. Denn auch wenn Marcell Böhmer vermutete, dass es bemerkt worden wäre, wenn ein Mitarbeiter des Hotels, der ISDA oder der Security die Bühne und die Treppe betreten hätte, so konnte er doch nicht ausschließen, dass es jemandem unbemerkt gelungen war. „Ich denke, wir sollten uns die Halle noch einmal anschauen", meinte Christiane an Jonas gewandt. Dieser nickte und zückte sein Handy, um Niklas und Bernd zu informieren. Sie mussten ja eh ins Hotel. Und so konnten sie alles in einem Aufwasch erledigen.

Danach bedankten sich die beiden bei Marcell Böhmer und Oliver Krämer für das Gespräch und machten sich auf den Weg zum Schweizer Hof. Dort wurden sie bereits von der Hotelleitung, Frau Schwalb, erwartet, da Jonas ihr Kommen telefonisch angekündigt hatte.

Frau Schwalb bat die Ermittler zuerst in ihr Büro, um mit ihnen über Marvin Groterhorst zu sprechen. „Nach den Unterlagen, die sie uns zur Verfügung gestellt haben, arbeitet Herr Groterhorst nun seit acht Wochen bei ihnen. Ist ihnen in der Zeit irgendetwas an seinem Verhalten aufgefallen?", fragte Jonas. Frau Schwalb schüttelte den Kopf. „Nein. Er war überaus hilfsbereit und ansonsten eher zurückhaltend. Im Einstellungsgespräch hat er mir erzählt, dass er verlobt ist und seiner Verlobten ihre Traumhochzeit ermöglichen möchte. Daher suche er eine Anstellung im Hotelgewerbe, da dort mit dem Schichtdienst mehr zu verdienen sei. Außerdem könne er dann mehr Zeit mit seiner Verlobten verbringen. Er ist so verliebt. Das habe ich ganz deutlich gespürt. Und da er über umfangreiche Fremdsprachenkenntnisse verfügt und beim Probearbeiten einen sehr guten Eindruck hinterlassen hat, habe ich ihm eine Anstellung gegeben. Ein unbefristeter Vertrag mit sechs Monaten Probezeit. Und bis jetzt bin ich überaus zufrieden mit ihm. Ich kann mir wirklich nicht vorstellen, dass er etwas mit diesem furchtbaren Verbrechen zu tun hat."

„Hat es irgendwelche Beschwerden von Gästen oder von Mitarbeiterinnen gegeben? Fühlte sich jemand von Herrn Groterhorst belästigt oder fühlte sich jemand in seiner Gegenwart unwohl?" Wieder verneinte Frau Schwalb. „Herr Groterhorst war bei den Kollegen sehr beliebt. Sowohl bei den weiblichen als auch bei den männlichen. Er war sehr kollegial und hilfsbereit und immer gerne bereit für die Kollegen einzuspringen wenn eine Schicht mal spontan getauscht werden musste."

„Wissen sie wo sich Herr Groterhorst gestern in der Zeit von 15.30 Uhr bis 16.30 Uhr aufgehalten hat nachdem er die Kühlschränke im Spielerbereich aufgefüllt hat?" Frau Schwalb kramte in einer Schreibtischschublade und holte den Dienstplan des Vortages heraus. „Er war dazu eingeteilt die Tische in unserem Restaurantbereich für die Gäste einzudecken, die Halbpension gebucht haben und daher ein Buffet zum Abendessen erhalten. In der Zeit zwischen 14.00 Uhr und 16.00 Uhr bieten wir dort Kaffee und Kuchen an. Und ab 17.30 Uhr gibt es dann das Abendbuffet. Die Mitarbeiter müssen also bis 16.00 Uhr darauf achten, dass das Kuchenbuffet immer ausreichend bestückt ist und genug Kaffee und Tee zur Verfügung steht. Außerdem räumen sie benutztes Geschirr ab. Danach wird dann für den Abendservice eingedeckt."

„Können sie uns bestätigen, dass sich Herr Groterhorst die ganze Zeit über dort aufgehalten hat?" Frau Schwalb verneinte. „Ich bin nicht während des gesamten Services vor Ort. Dazu haben wir hier zu viele verschiedene Bereiche und ich zu viele Aufgaben, als dass das möglich wäre. Ich kann ihnen aber sagen wer zusammen mit Herrn Groterhorst Dienst hatte. Die beiden Kollegen sind derzeit auch im Haus. Wenn sie mit ihnen sprechen möchten wäre das also möglich."

„Das würden wir sehr gerne", antwortete Jonas. „Wäre es möglich, dass wir das Gespräch hier führen oder gibt es eine andere Räumlichkeit, wo wir ungestört sind?" Frau Schwalb stellte den Ermittlern ihr Büro zur Verfügung und ließ die Kollegen von Marvin Groterhorst informieren, dass die Polizei sie sprechen wolle.

Christiane und Jonas sprachen nacheinander mit den Kollegen. Die Aussagen, die sie bekamen, deckten sich vollständig. Sie hatten den Service gemacht während Marvin Groterhorst die Kühlschränke aufgefüllt hatte. Gegen 15.15 Uhr war er in den Restaurantbereich zurückgekehrt und hatte beim Service geholfen.

Gegen 16.00 Uhr bat er die Kollegen um eine kurze Pause, um mit seiner Verlobten zu telefonieren. Seine Kollegen hatten keine Einwände, schließlich machten sie dafür regelmäßig eine Raucherpause. Und in der Zeit schmiss Marvin Groterhorst den Laden dann alleine. Am Tattag hatten sie gegen 15.45 Uhr für rund fünf Minuten eine entsprechende Pause gemacht. Das Telefonat, das Marvin Groterhorst führte, hatte nach Angaben der Kollegen rund 20 Minuten gedauert. Dann war er wieder zum Service dazugestoßen und hatte beim Eindecken der Tische und den weiteren Vorbereitungen geholfen. Keinem der Kollegen war eine Veränderung im Verhalten von Marvin Groterhorst aufgefallen als er aus der Pause zurückkam. Er wirkte nicht nervös oder fahrig sondern genauso ruhig und entspannt wie vor seiner Pause.

Auf den fehlenden Knopf an der Weste angesprochen gaben beide Kollegen an, dass ihnen da nichts aufgefallen war. Sie hatten weder bemerkt, dass ein Knopf fehlte, noch konnten sie Angaben dazu machen, wann der Knopf ungefähr verloren gegangen war.

Nachdem sie die Befragungen beendet hatten führte Frau Schwalb die Ermittler zu dem Veranstaltungssaal und schloss die Tür auf. Sie bat die Ermittler einzutreten und drückte Jonas eine Visitenkarte in die Hand. „Bitte rufen sie mich an wenn sie fertig sind, damit ich abschließen kann." Dann wandte sie sich ab und verließ den Saal.

Jonas und Christiane traten durch die Tischreihen hindurch zur Bühne. Der sichtbare Teil der Bühne war rund einen Meter hoch. An der rechten Seite befand sich eine Treppe über die man die Bühne auch von der Halle aus betreten konnte. Mit etwa drei Schritten gelangte man von dort aus zu der Treppe, die zur Empore und damit zum Spielerbereich führte. Der von der Halle aus nicht sichtbare Teil der Bühne war durch einen schweren schwarzen Vorhang abgetrennt. Über den nicht sichtbaren Teil der Bühne gelangte man in einen der Vorräume der Halle, in denen Merchandisingartikel, Getränke und Speisen verkauft wurden.

Nachdem sich die Ermittler einen Überblick verschafft hatten kehrten sie in die Halle zurück. Jonas holte sein Handy aus der Tasche und rief Niklas an. „Was wird in den letzten Stunden vor dem Einlass eigentlich noch im Bühnenbereich bzw. in der Halle gemacht?" „Keine Ahnung", antwortete Niklas. „Ich denke, dass die Stewards der ISDA erst kurz vor dem Einlass ihre Position beziehen. Vermutlich sind hauptsächlich Servicemitarbeiter unterwegs, die die Essens- und Getränkestände bestücken, den Wertmarkenverkauf vorbereiten et cetera. Und der Shop wird aufgebaut. Zudem geh ich mal davon aus, dass der Aufbau nochmal kontrolliert und die 180er-Schilder auf den Tischen ausgelegt werden." „Die was?", fragte Jonas. In seiner Stimme schwang absolute Ahnungslosigkeit mit. „Die 180er-Schilder", wiederholte Niklas. „Schafft es ein Spieler alle drei Darts in die Trippelzwanzig zu werfen, dann erzielt er 180 Punkte. Die höchste, mit drei Darts zu erzielende Punktzahl. Und das wird von den Zuschauern gefeiert und bejubelt. Und dabei werden diese Schilder hochgehalten." „Aha", meinte Jonas. „Sonst noch was?" „Sonst fällt mir spontan nichts ein. Aber wenn ihr eh gerade im Hotel seid könntet ihr ja mal mit Dean Lanston sprechen, dem Organisator für die ISDA in Deutschland, Österreich und der Schweiz. Und mit Frau Schwalb. Dann wissen wir es mit Bestimmtheit."

Jonas hatte den Lautsprecher eingeschaltet, damit Christiane mithören konnte, und er nicht alles wiederholen musste. Sie hatte sich während des Telefonats einige Notizen gemacht. Jonas wählte die Nummer von Frau Schwalb und bat sie in die Halle zu kommen. Zudem ließ er einen Hotelmitarbeiter zum Zimmer von Dean Lanston schicken, damit dieser sich ebenfalls in der Halle einfand.

12. Kapitel

Niklas und Bernd blickten sich einen Moment lang sprachlos an. Dann wandten sie sich Dr. Lemmen zu, der sie aufmerksam anschaute. Als er merkte, dass er die volle Aufmerksamkeit der Beiden genoss, teilte er ihnen seine neusten Erkenntnisse mit. „Ich habe mir alle Daten, die mir zu dem Opfer vorliegen, noch einmal genau angeschaut. Das Opfer wies äußerliche Anzeichen für eine Schwangerschaft auf, wie verdunkelte Brustwarzen. Auch die Hormonwerte deuteten auf eine Schwangerschaft hin. Ich habe dann mit der vorliegenden Urinprobe einen Schwangerschaftstest gemacht. Der war positiv. Anhand des Embryos in der Gebärmutter des Opfers lässt sich die Schwangerschaftswoche ziemlich exakt bestimmen. Der Embryo war 1,2 cm groß. Ohren, Nase und Mund waren bereits zu erkennen. Die Arme und die Beine waren bereits gut erkennbar ausgebildet. Ich gehe daher davon aus, dass das Opfer in der siebten Schwangerschaftswoche war."

„Meinen sie, dass das Opfer von der Schwangerschaft gewusst hat?", fragte Bernd. „Die Frage lässt sich nur dann mit Sicherheit mit ja beantworten, wenn sie einen positiven Schwangerschaftstest oder einen Mutterpass bei dem Opfer finden", antwortete Dr. Lemmen. „Jede Schwangerschaft verläuft anders und jede Frau ist anders. Es gibt Frauen, die bis zur Entbindung nicht wissen, dass sie ein Kind erwarten. Und das trifft auch auf erfahrene Frauen zu, die teilweise sogar bereits mehrere Kinder geboren haben. Das kann daran liegen, dass diese Frauen es verdrängen. Aber es gibt noch viele weitere Erklärungen. Zum Beispiel, dass die Schwangerschaft komplett anders verläuft als die vorherigen Schwangerschaften, so dass die Frau daher keine Schwangerschaft vermutet. Auf jeden Fall sollte das Opfer gemerkt haben, dass etwas anders ist. In der siebten Schwangerschaftswoche tritt vielfach noch die allgemein bekannte Morgenübelkeit auf. Dazu kommt eine andauernde Müdigkeit und ein Spannen in den Brüsten. Ab der siebten Schwangerschaftswoche ist zudem häufig ein beidseitiges Ziehen im Unterleib festzustellen, das meistens durch allgemeine Veränderungen der Gebärmutter und des umliegenden Gewebes verursacht wird. Symptome also, die vom Opfer auch auf Stress zurückgeführt worden sein könnten, zum Beispiel durch das Studium."

Bernd und Niklas nickten nachdrücklich und erinnerten Dr. Lemmen in diesem Augenblick an zwei Wackeldackel. Ein leichtes Lächeln umspielte seinen Mund bevor er weitersprach. „Wenn sie den Gynäkologen des Opfers kennen, kann er ihnen vielleicht weitere Informationen geben." „Und was ist mit der ärztlichen Schweigepflicht?", fragte Niklas. „Die endet nicht mit dem Tod des Patienten", wurde er von Dr. Lemmen belehrt. „Und eine Entbindung durch die Angehörigen ist nicht möglich. Die Erteilung von Auskünften stellt daher grundsätzlich einen Verstoß gegen die ärztliche Schweigepflicht dar. Allerdings kann der Arzt zu der Einschätzung gelangen, dass die Offenbarung der Patienteninformationen im sogenannten mutmaßlichen Interesse des Verstorbenen liegt." „Und das ist hier der Fall?" „Diese Entscheidung trifft der behandelnde Arzt. Aber ich könnte mir vorstellen, dass der Gynäkologe zu der Einschätzung gelangt, dass die Offenbarung im Patienteninteresse liegt."

Dr. Lemmen hatte den Satz noch nicht beendet, da hielt Niklas bereits den Zettel mit der Telefonnummer von Stacys Eltern in der Hand und angelte mit der anderen Hand nach seinem Handy. Nach viermaligem Klingeln meldete sich Stacys Mutter. Ihre Stimme verriet mehr als deutlich ihre Erschöpfung und ihre Verzweiflung „Hausmann". „Reuter, Kriminalpolizei Bonn", meldete sich Niklas und konnte hören, wie Stacys Mutter die Luft deutlich hörbar einzog und danach anhielt. „Ich hätte noch eine Frage ihre Tochter betreffend." Niklas machte eine kurze Pause, doch da Frau Hausmann nicht reagierte, fuhr er fort. „Wir müssten wissen, welchen Gynäkologen und welchen Allgemeinmediziner ihre Tochter aufsuchte", stellte Niklas seine Frage. Doch statt einer Antwort stellte Frau Hausmann eine Gegenfrage. „Warum wollen sie das wissen?" Niklas zögerte kaum merklich bevor er Frau Hausmann die Frage beantwortete. „Für unseren Gerichtsmediziner ist es immer sehr hilfreich, soweit möglich, die Patientenakten der Opfer hinzuzuziehen um seine Autopsieergebnisse richtig einschätzen zu können und keine falschen Schlüsse zu ziehen", improvisierte er und hoffte, dass sich Frau Hausmann mit dieser Antwort zufrieden geben würde. Sollte Frau Hausmann den Ausführungen keinen Glauben schenken, so ließ sie es sich nicht anmerken. „Ja, natürlich", sagte sie. „Ich weiß nicht, ob Stacy die Ärzte in letzter Zeit gewechselt hat, aber als sie noch zu Hause gelebt hat, konsultierte sie den gleichen Hausarzt wie mein Mann und ich. Dr. Großenbaum in der Lindenstraße. Ihre Gynäkologin war Frau Dr. Schuster. Sie hat ihre Praxis in der Königsallee."

Niklas, der die Daten während des Telefonats auf einem Zettel notiert hatte, bedankte sich bei Stacys Mutter und legte auf. Er blickte Dr. Lemmen an und reichte ihm den Zettel. Dieser nickte nur kurz und griff zum Hörer. Für einen kurzen Moment war Niklas irritiert, bis er realisierte, dass Dr. Lemmen nicht die Gynäkologin anrief. Als der Hörer am anderen Ende der Leitung abgehoben wurde, erklärte Dr. Lemmen in knappen Worten seine Funktion und sein Anliegen. Dann fragte er nach der privaten Telefonnummer von Frau Dr. Schuster. Danach hörte er einfach zu und machte sich einige kurze Notizen, bedankte sich und legte auf. „Es gibt einen gynäkologischen Notdienst in Bonn", erklärte Dr. Lemmen an Niklas und Bernd gewandt. „Und meines Wissens wirken fast alle Gynäkologen im Raum Bonn mit. Da wir Wochenende haben ist die Praxis von Frau Dr. Schuster nicht besetzt, aber die Mitarbeiter des Notdienstes müssen wissen, wie sie die Ärzte im Notfall erreichen können. Also, was lag da näher". „Als dort anzurufen und sich die Kontaktdaten geben zu lassen", beendete Niklas den Satz und nickte anerkennend. Aus dem Augenwinkel konnte er sehen, dass Bernd ähnlich beeindruckt war wie er. Dr. Lemmen lächelte und wählte die Nummer, die er soeben erfahren hatte.

„Schuster", meldete sich eine sympathisch klingende Frauenstimme. „Dr. Lemmen, Gerichtsmediziner der Stadt Bonn", antwortete Dr. Lemmen und wartete einen Augenblick, bis er sich sicher war, dass Frau Dr. Schuster diese Information verdaut hatte und ihm wieder ihre ungeteilte Aufmerksamkeit schenkte. „Ich bräuchte ein paar Informationen von ihnen." Er schilderte Frau Dr. Schuster die Umstände, die zu seinem Anruf geführt hatten. Der Unterhaltung, die sich anschloss, konnten Niklas und Bernd nicht mehr folgen. Viel zu viele medizinische Fachausdrücke. Aber beide waren zuversichtlich, dass Dr. Lemmen die Informationen erhielt, die ihn interessierten. Zumindest schlossen sie das aus der Dauer der Unterhaltung. „Vielen Dank Frau Dr. Schuster. Bis nächsten Donnerstag. Und vielen Dank für das Angebot." Mit diesen Worten beendete Dr. Lemmen das Gespräch und wandte sich wieder Niklas und Bernd zu. Als er in die Gesichter der Ermittler blickte musste er trotz der Ernsthaftigkeit der Situation lachen. „Es ist nicht das, was sie denken. Ich nutze doch keine Mordermittlung um ein Date auszumachen. Frau Dr. Schuster wirkt an einer klinischen Studie mit, die höchst interessant ist, und hat mich eingeladen, mir das einmal anzusehen." „Und wenn dabei ein weiteres Treffen für sie rausspringt hätten sie auch nichts dagegen", mutmaßte Bernd. Dr. Lemmen antwortete nicht, doch das leichte Lächeln um seine Mundwinkel verriet ihn.

„Frau Dr. Schuster hat versprochen in ihre Praxisräume zu fahren, um die Patientenakte des Opfers einzusehen. Sie wird mir die benötigten Informationen dann schnellstmöglich zukommen lassen. Spätestens in einer Stunde müssten mir die Unterlagen vorliegen." Mit diesen Worten verabschiedete sich Dr. Lemmen und kehrte in die Gerichtsmedizin zurück.

13. Kapitel

Frau Schwalb fand sich nach Jonas Anruf in der Halle ein. „Bitte schildern sie uns die Abläufe am Freitag vor Beginn der Veranstaltung", bat Christiane. Frau Schwalb dachte einen Moment lang nach. „Die Tische und Stühle haben wir bereits am Donnerstag aufgebaut. Gleiches gilt für die Verkaufsstände und den Shop. Allerdings wurden nur die Aufbauten erledigt. Am Freitag haben wir dann um 13.00 Uhr damit begonnen, die Essensstände und die Getränkeausgaben zu bestücken. Zuerst wurden Tabletts, Gläser, Teller und Besteck eingeräumt. Dann ging es mit den Getränken weiter. Da es zu viel Aufwand wäre, wenn alle Zuschauer in bar bezahlen würden, wird bei solchen Veranstaltungen mit Wertmarken gearbeitet. Wir hatten drei Stände vorbereitet, an denen Wertmarken verkauft werden sollten. Wertmarken und Wechselgeld haben wir gegen 16.30 Uhr an diese Stände gebracht. Ab diesem Zeitpunkt sind die zuständigen Mitarbeiterinnen und Mitarbeiter an den Ständen verblieben, um Diebstählen vorzubeugen. Die Speisen, die an den Ständen verkauft werden sollten, wurden in der Zeit in der Küche vorbereitet und ebenfalls gegen 16.30 Uhr an die Stände gebracht. Gegen 16.45 Uhr waren dann alle Vorbereitungen abgeschlossen und ich bin zu den Abräumern gegangen um mit ihnen vor Beginn der Veranstaltung nochmal die Abläufe durchzusprechen. Die Zuschauer kaufen unmittelbar nach dem Einlass die ersten Getränke und auch schon Essen. Und damit beginnt dann auch die Arbeit für die Abräumer. Sie gehen durch die Reihen und sammeln die leeren Becher und den Müll ein. Ansonsten würde uns der Bechernachschub recht schnell ausgehen. Da müssen also alle Handgriffe und Absprachen sitzen."

Frau Schwalb überlegte einen Moment bevor sie weitersprach. „Und dann müssen natürlich auch noch alle Dinge bereitgestellt werden, die während der Veranstaltung auf der Bühne benötigt werden. Also eine ausreichende Anzahl Handtücher, Gläser, Karaffen, Wasser und Eis. Für kurze Wege. Dafür gibt es einen kleinen Raum hinter der Bühne."

Als Frau Schwalb die fragenden Gesichter der Ermittler sah forderte sie diese mit einer Handbewegung auf ihr zu folgen. Sie betrat die Bühne und den dahinterliegenden, abgetrennten Teil. Sie durchquerte diesen und schob einen Vorhang zur Seite. Hinter dem Vorhang kam eine Tür zum Vorschein. Als Frau Schwalb die Tür öffnete sahen Jonas und Christiane einen kleinen Lagerraum, in dem die von Frau Schwalb angesprochenen Gegenstände aufbewahrt wurden. Zudem eine Gefriertruhe. Jonas öffnete die Gefriertruhe und blickte auf mehrere Säcke mit Eiswürfeln. Christiane dokumentierte alles bevor sie mit Frau Schwalb in die Halle zurückkehrten.

Dort wurden sie bereits von Dean Lanston erwartet, der ihnen freundlich die Hand reichte. „Wie kann ich ihnen helfen?", fragte er in fast akzentfreiem Deutsch. „Wir hätten einige Fragen zu den Abläufen am Freitag. In der Zeit, bevor die Halle für den Publikumsverkehr geöffnet wurde." „Was möchten sie wissen?" „Alles", lautete Jonas Antwort. Dean Lanston ließ seinen Blick für einen Augenblick durch die Halle schweifen, bevor er an der Bühne hängenblieb. „Fangen wir bei der Bühne an", sagte er. „Die Aufbauten auf der Bühne hatten wir bereits am Vortag erledigt. Mit Ausnahme des Boards. Das haben wir gegen 16.00 Uhr aufgehangen. Zusammen mit dem Surrounder."

Jonas und Christiane blickten ihn fragend an. „Das ist der Ring aus Sisal rund um das Dartboard. In dem Surrounder bleiben Darts, die knapp neben das Board geworfen werden, stecken", führte Dean Lanston erläuternd aus. Christiane und Jonas wandten ihren Blick zur Bühne und nickten kurz. „Das war der Abschluss der Arbeiten", fuhr Dean Lanston fort. „Vorher haben wir nochmal alles durchgecheckt. Ab 14.00 Uhr etwa. Die gesamte Technik und so. Wir haben nochmal kontrolliert, ob alle Walk-on-Songs zur Verfügung standen, haben einen Soundcheck gemacht, die Bildschirme und die Kameras geprüft etcetera. Zudem wurden die 180er-Schilder auf den Tischen verteilt". Dean Lanston zeigte auf eines der Schilder. „Die wurden hingelegt, nachdem wir die Artikel am Merchandisingstand ausgepackt hatten. Die Schilder liegen nicht nur auf den Tischen sondern können auch am Stand mitgenommen werden. Darum machen wir das immer in einem Arbeitsschritt."

Dean Lanston überlegte kurz bevor er fortfuhr. „Ab 16.30 Uhr haben sich die Stewards an den Notausgängen und einigen anderen neuralgischen Punkten in der Halle positioniert und noch einmal kontrolliert, ob alles in Ordnung ist. Und ich habe zusammen mit dem Brandschutzingenieur der Stadt Bonn noch einmal die Halle inspiziert. Er war bereits am Vorabend in der Halle gewesen. Da aus brandschutztechnischer Sicht noch ein paar kleine Änderungen bei der Bestuhlung erforderlich waren, wollte er vor Beginn der Veranstaltung noch einmal die Umsetzung kontrollieren. Das dauerte etwa 15 Minuten. Dann bin ich in den Vorraum gegangen und habe mit den Mitarbeiterinnen und Mitarbeitern noch einmal die Einlasskontrolle durchgesprochen. Zuerst am VIP-Eingang und dann auch am Haupteingang. Die Vorbereitungen waren bereits abgeschlossen als ich eintraf, so dass es für mich nichts mehr zu veranlassen gab."

„Was für Vorbereitungen waren das?", fragten Christiane und Jonas unisono. „Die Mitarbeiter haben die Einlassarmbänder bereitgelegt und die Technik getestet. Zudem wurden die Absperrungen im Außenbereich aufgebaut. Das allerdings bereits um 12.00 Uhr. Viele Fans stellen sich lange vor Beginn der Veranstaltung an. Da muss alles rechtzeitig vorbereitet sein."

Christiane bat sowohl Frau Schwalb als auch Dean Lanston um eine Aufstellung aller Personen, die sich in den Stunden vor dem Einlass des Publikums in den Räumlichkeiten aufgehalten haben müssten. Frau Schwalb führte ein kurzes Telefonat. Wenige Minuten später erschien eine Mitarbeiterin des Hotels und händigte die gewünschte Aufstellung aus. Beim Blick auf die Liste verschlug es Christiane für einen kurzen Augenblick die Sprache. Sie tauschte einen schnellen Blick mit Jonas und sah, dass es ihm ähnlich erging. Auf der Liste standen über 100 Personen.

„Ja, es wird häufig unterschätzt, wie viele helfende Hände vor und hinter den Kulissen benötigt werden, um so ein großes Event auf die Beine zu stellen", erklärte Frau Schwalb, der die Reaktion der beiden Ermittler nicht entgangen war. Dean Lanston nickte bestätigend. „Und ich denke, ich erleichtere ihnen ihre Ermittlungen mit meinen Angaben auch nicht." Dann ließ er sich die Emailadresse von Jonas geben und schickte ihm die gewünschte Aufstellung direkt vom Handy aus zu. Ein Blick genügte Christiane und Jonas und sie waren sich sicher, dass Dean Lanston mit seiner Einschätzung eindeutig richtig lag. Die Liste war ebenfalls ellenlang. „Und die Daten der Security fehlen noch", seufzte Christiane.

Die Ermittler bedankten sich bei Frau Schwalb und Dean Lanston für die Informationen und ließen sich von beiden eine Handynummer für kurzfristige Rückfragen geben. Jonas schnappte sich sein Handy und rief bei Marcell Böhmer an, damit auch dieser ihm eine Aufstellung der im Veranstaltungsbereich anwesenden Personen zur Verfügung stellte. Dann informierte er Niklas und Bernd über die neusten Erkenntnisse und setzte sich zu Christiane, die es sich an einem der Tische bequem gemacht und angefangen hatte, die erhaltenen Informationen zu sortieren.

„Wenn ich das im Vorraum richtig gesehen hab, dann gibt es fünf Stände für den Getränkeverkauf und drei Stände, an denen Essen verkauft werden sollte. Das Einräumen haben 20 Personen erledigt. Da sind die Personen schon mit drin, die die Getränke zum Einräumen geholt haben und so weiter. Diese Personen haben sich auch darum gekümmert die Vorbereitungen hinter der Bühne zu treffen. Dann war Schichtwechsel. An jedem Stand waren fünf Personen für den Verkauf eingeteilt. Das macht 40 Personen, die spätestens um 16.30 Uhr in der Halle waren. Dann die drei Stände, an denen der Wertmarkenverkauf erfolgen sollte. An diesen Ständen waren jeweils zwei Personen zum Verkauf eingeteilt. Die waren ebenfalls spätestens ab 16.30 Uhr in der Halle. In der Küche waren 8 Köche und 12 Küchenhilfen im Einsatz, die auch das Spülen übernommen haben. Und dann sind da noch die 20 Abräumer die sich um das Einsammeln der leeren Becher und des Mülls kümmern sollten. Das macht 106 Personen, ohne Frau Schwalb und vier weitere Mitarbeiterinnen, die die Arbeiten und Abläufe kontrolliert haben." „111 Personen. Schnapszahl", kommentierte Jonas trocken, aber Christiane konnte ihm ansehen, dass ihm diese Zahl gehörig Kopfzerbrechen bereitete. Er griff nach seinem Handy. „Eine Frage noch Frau Schwalb", hörte Christiane ihn sagen. „Hatten alle Personen auf ihrer Liste bereits ab circa 14.00 Uhr Zutritt zu den Räumlichkeiten oder gibt es Personen, die nachweislich erst später gekommen sind?" Jonas hörte einige Augenblicke aufmerksam zu. Dann bedankte er sich und legte auf. „Ab 15.00 Uhr gab es in einem Nebenraum der Küche für alle Hotelmitarbeiter die wollten ein Personalessen. Es kann also niemand als abwesend ausgeschlossen werden", informierte er Christiane. „Das hilft uns also nicht weiter."

„Bei den Mitarbeitern der ISDA sieht es da nicht wirklich besser aus", kommentierte Christiane Jonas Blick aufs Display seines Handys. „Die Verantwortlichen der ISDA, insgesamt 10 Personen, haben sich um den Aufbau des Boards und den gesamten Check gekümmert. Für den Marchandisingstand waren 6 Mitarbeiter eingeteilt, die auch die Verteilung der 180er-Schilder übernommen haben. In der Halle haben sich dann 20 Stewards postiert und die Einlasskontrolle wurde von insgesamt 12 Personen abgewickelt. Das sind zwar deutlich weniger als von Seiten des Hotels, aber immer noch eine unglaubliche Menge, wenn alle als Verdächtige in Frage kommen."

„48 Personen", rechnete Christiane zusammen und bestätigte Jonas nach einem kurzen Telefonat mit Dean Lanston, dass auch er keine Personen ausschließen könne, die nachweislich erst zu einem späteren Zeitpunkt die Veranstaltungsräume betreten hätten. „Mit Ausnahme der Personen der ISDA, die auf der Bühne stehen. Die hatten sich wohl für 14.00 Uhr zu einem gemeinsamen Mittagessen in einem nahegelegenen Restaurant verabredet und sind erst gegen 16.00 Uhr zur Halle zurückgekommen."

„Damit sind wir schon bei 159 weiteren Verdächtigen." In Jonas Stimme schwang Resignation mit. „Und Marcell Böhmer hat auch noch 25 Personen mitgeteilt, die für den Abend eingeteilt waren. Er hat sie alle zu einer Besprechung um 16.00 Uhr zusammengerufen, aber wer sich vorher schon wo aufgehalten hat..." Jonas zuckte die Achseln.

„Wir werden schon eine Möglichkeit finden, den Kreis der Verdächtigen weiter einzugrenzen", versuchte Christiane nicht nur Jonas sondern auch sich selbst aufzumuntern. Dann nahmen die beiden Ermittler die Halle und den Bühnenbereich sowie die Räumlichkeiten hinter der Bühne noch einmal genau in Augenschein.

14. Kapitel

Niklas und Bernd kochten sich einen starken Kaffee, bevor sie sich wieder dem Fall zuwandten. Die Informationen von Dr. Lemmen hatten dem Fall einige neue Aspekte hinzugefügt. Und Bernd vertraute auf Niklas Bauchgefühl, auch wenn ihm bewusst war, dass Niklas aufgrund seiner Leidenschaft für den Dartsport vielleicht nicht immer den notwendigen Abstand hatte. Aber Niklas war ein Profi. Und er musste ihm Recht geben. Irgendetwas an dem Fall schien nicht zusammenzupassen.

Als Niklas in das Gesicht seines Kollegen sah und sein Telefonat mit Jonas Revue passieren ließ musste er unwillkürlich an seine ersten Schritte in der Dartsportgemeinschaft zurückdenken. Bernd und die anderen Kollegen waren mit alldem genauso überfordert wie er damals. Dieser Sport hatte seine ganz eigene Sprache, und es dauerte einige Zeit, bis man sie wirklich verstand.

Er selbst hatte den Dartsport mehr zufällig während seiner Ausbildung für sich entdeckt. Er hatte schon immer gerne E-Dart gespielt und schon als Teenager eine Scheibe in seinem Zimmer hängen gehabt. Als sie sich mit einigen Studenten von der Fachhochschule mal abends auf ein Bier getroffen hatten, war er mit einem Kommilitonen während einer E-Dart-Partie in der Kneipe ins Gespräch gekommen. Als dieser ihm von den Steeldartturnieren der ISDA erzählte, von denen eines auch in Bonn ausgetragen würde, und ihm anbot, einfach mal mitzukommen, wollte er eigentlich ablehnen. Selber spielen okay, aber stundenlang in einer Halle sitzen um zu einer Bühne zu starren, auf der er wahrscheinlich eh nicht viel erkennen konnte, dass konnte er sich einfach nicht vorstellen. Er konnte einfach nicht glauben, dass ihm das gefallen würde. Aber er wollte seinem Kommilitonen nicht vor den Kopf stoßen, also sagte er ja. Und das hatte er keine Sekunde bereut. Bereits vor dem ersten Spiel hatte ihn die Atmosphäre und die Spannung in der Halle gepackt. Und nach dem ersten Spiel war er so gefesselt, dass für ihn feststand, dass dies nicht sein letzter Besuch gewesen sein würde.

Allerdings erinnerte er sich auch noch gut daran, dass er den Gesprächen kaum folgen konnte. Zwar spielte er E-Dart, aber das nur als Hobby. Und mit den Fachbegriffen hatte er sich nie auseinandergesetzt. Natürlich wusste er, was das Bulls Eye ist, aber viele andere Begriffe wie Shanghai-Finish waren für ihn damals ein Buch mit sieben Siegeln.

Da er sich vor seinem Kommilitonen und dessen Freunden nicht als Unwissender outen wollte hatte er einfach nur zugehört und sich kaum an den Unterhaltungen beteiligt. Das war natürlich nicht unbemerkt geblieben. Und so musste er mit der Sprache rausrücken und bekam einen Crashkurs zur Terminologie anhand der Spiele, die auf der Bühne ausgetragen wurden. Dabei prasselte so viel auf ihn ein, dass er am Ende des Abends mindestens die Hälfte schon wieder vergessen hatte.

Niklas konnte sich also nur allzu gut vorstellen, wie es seinen Kollegen im Moment erging. Die Dartsportszene war für sie absolutes Neuland. Und sich alles zu merken eine echte Herausforderung.

Bernd und Niklas vertieften sich noch einmal in ihre Unterlagen und gingen die Aussagen und Informationen Punkt für Punkt durch. Keiner sprach. Beide hingen ihren Gedanken nach und machten sich Notizen. Diese Arbeitsweise hatten sie in den vergangenen Jahren entwickelt. Im Laufe ihrer Zusammenarbeit hatten sie festgestellt, dass sie so die besten Ergebnisse erzielten. Jeder nahm die Dinge anders wahr, bemerkte Nuancen, die dem anderen vielleicht entgingen. Und am Ende hatten sie eine gute Grundlage, um verschiedene Lösungsansätze und Feinheiten zu diskutieren, und nach Anhaltspunkten zu suchen, die zur Lösung des Falls beitragen konnten. Als sie die Unterlagen gesichtet hatten hingen sie noch einen Moment ihren Gedanken nach.

„Nach den Aussagen von Stacys Freundinnen können wir davon ausgehen, dass das Opfer einen heimlichen Freund hatte und nun von diesem schwanger war", brach Bernd das Schweigen. „Lass uns einfach mal mit den Möglichkeiten spielen", entgegnete Niklas. „Wie schon Sherlock Holmes sagte: Wenn man das Unmögliche ausgeschlossen hat, muss das, was übrig bleibt, die Wahrheit sein, so unwahrscheinlich sie auch klingen mag."

Bernd nickte. „Okay, fangen wir an. Ich gehe mal davon aus, dass wir uns einig sind, dass Marvin Groterhorst als Täter in Betracht kommt. Allerdings fehlt uns bei ihm das Motiv. Und darum sollten wir ihn bei unseren Überlegungen erst mal ausklammern und schauen, welche Möglichkeiten sonst noch so bestehen. Einverstanden?"

Niklas nickte. „Stacy war schwanger", sagte er. „Das kann von einer Beziehung, einem One-Night-Stand oder auch aus einem sexuellen Übergriff herrühren. Wenn die Schwangerschaft das Ergebnis eines sexuellen Übergriffs wäre, dann müsste dieser in etwa stattgefunden haben, als das Turnier in den Niederlanden gespielt wurde, von dem Anthony erzählt hat. Wenn sie dort von einem Spieler oder einem Mitarbeiter der ISDA vergewaltigt worden wäre, dann würden die Hotelmitarbeiter und auch die Mitarbeiter der Security als Tatverdächtige ausscheiden. Stacy könnte denjenigen mit der Schwangerschaft konfrontiert haben und ihm gesagt haben, dass sie ihn anzeigen wird. Und da der Täter das verhindern wollte, musste sie sterben."

Bernd schüttelte zweifelnd den Kopf. „Meinst Du wirklich, sie würde ihren Vergewaltiger erst informieren bevor sie ihn anzeigt?" „Hast recht", räumte Niklas ein. „Und die Schwangerschaft war noch nicht so weit fortgeschritten, dass man es ihr hätte ansehen können." „Und es ist eher unwahrscheinlich, dass jemand zufällig mitbekommen hat, dass sie schwanger war. Scheinbar hat sie ja noch nicht einmal mit ihren Freundinnen darüber gesprochen. Und selbst wenn das Opfer Schwangerschaftsbeschwerden hatte, so wird wohl kaum jemand zum Mörder, nur weil das Mädchen, dass er vergewaltigt hat, mal kotzt", setzte Bernd die Spekulationen fort. „Also ist es eher unwahrscheinlich, dass der Mord eine Vertuschungstat für eine vorangegangene Vergewaltigung ist", meinte Niklas.

Bernd überlegte kurz. „Hier könnten aber zwei Punkte zusammenkommen. Wenn das Opfer einen Freund hatte und vergewaltigt wurde, dann könnte der Freund aus Eifersucht zum Mörder geworden sein, weil er dachte, dass sie ihn betrogen hat." „Gleiches gilt, wenn es keine Vergewaltigung sondern ein One-Night-Stand war", ergänzte Niklas. „In dem Fall könnte der Freund des Opfers, zum Beispiel einer der Spieler, sich auch bloßgestellt gefühlt haben oder um seinen Ruf gefürchtet haben. Bei dem Ego einiger Spieler ist nicht auszuschließen, dass sie ihre Freundin lieber tot sehen würden als zugeben zu müssen, dass jemand anders ihnen den Rang abgelaufen hat", ergänzte Bernd. „Und dann gibt es natürlich noch die Möglichkeit, dass das Kind vom Freund der Toten ist und ein Dritter Wind davon bekommen hat und Stacy getötet hat. Zum Beispiel Kody Dawson."

„Also wäre wohl ein Mord aus Eifersucht oder gekränkter Eitelkeit am wahrscheinlichsten, wenn wir davon ausgehen, dass der Mord mit der Schwangerschaft in Zusammenhang steht", fasste Niklas zusammen.

„Und es gibt einige Umstände, die auf Kody Dawson als Täter hindeuten. Er befand sich zu der Zeit, als das Opfer ermordet wurde, allein im Practiceroom. Und er hat dem Opfer eine Kette geschenkt, die eine Ähnlichkeit mit dem Strangwerkzeug aufzuweisen scheint. Und es ist nicht unwahrscheinlich, dass diese Kette sich in seinem Besitz befindet, da das Opfer sie ihm nach der Trennung zurückgeschickt hat. Zudem war er von dem Opfer recht derbe zurückgewiesen worden, was ihn sehr getroffen hat, da er sich in das Opfer verliebt hatte. Und dann ist da noch der Dartpfeil, den wir im Hals des Opfers gefunden haben", führte Bernd weiter aus.

„Aber wer sagt uns, dass der Mord tatsächlich mit der Schwangerschaft im Zusammenhang steht?", fragte Niklas. „Es gibt so viele andere Möglichkeiten. Wir wissen ja gar nicht, ob es tatsächlich einen Freund gab, dem das Opfer die teuren Geschenke verdankt." „Woran denkst du?", fragte Bernd. „Als Walk-on-Girl ist man immer hinter den Kulissen, bekommt viele Dinge mit. Vielleicht wusste Stacy etwas und hat versucht, aus diesem Wissen Kapital zu schlagen. Und das ist ihr zum Verhängnis geworden", zeigte Niklas eine weitere Möglichkeit auf. „Erpressung?", überlegte Bernd. „Könnte stimmen. Allerdings ist auch nicht auszuschließen, dass Stacy Liebesdienste der gehobenen Kategorie anbot und ihr Tod damit im Zusammenhang steht. Ein Schäferstündchen, das aus dem Ruder gelaufen ist. Oder Uneinigkeit über die Rahmenbedingungen." „Oder aber es kommt beides zusammen und Stacy hat ihre Kunden erpresst oder zumindest zu erpressen versucht", spann Niklas den Faden weiter.

„Glaubst du, dass das Mordmotiv im Dartsport liegen könnte?" Bernd blickte Niklas fragend an. „Du meinst, ob ich mir vorstellen kann, dass sie sterben musste, weil einer der Spieler abergläubisch war?", fragte Niklas nach. Bernd nickte. „Vorstellen kann ich es mir nicht", erwiderte Niklas. „Aber ich möchte es auch nicht ausschließen. Es geht auch beim Dartsport mittlerweile um die Popularität. Denn es werden zwar echt hohe Gewinnsummen ausgespielt, aber die Spieler erzielen ja auch noch auf anderen Wegen Einkünfte. Und das nicht zu knapp. Sei es durch Einladungen zu Turnieren, Werbung oder Merchandisingartikeln. Je mehr Erfolge man feiern kann und je populärer man ist, umso größer sind die Summen auf dem Konto. Und Habgier war schon immer ein Mordmotiv. Aber auch Eifersüchteleien oder Streitigkeiten, z.B. zwischen den Walk-on-Girls könnten ein Mordmotiv sein. Vielleicht hatte eine Andere ein Auge auf Kody Dawson geworfen und konnte nicht ertragen, dass er nur Augen und Gefühle für Stacy hatte. Und dann haben wir da auch noch Marvin Groterhorst, den wir ja jetzt beim Spekulieren erst mal außer Acht gelassen haben. Es gibt einfach unzählige Möglichkeiten."

Bernd hätte gerne widersprochen, doch ihm war bewusst, dass Niklas vollkommen richtig lag. Und er wusste auch, dass es noch eine weitere Möglichkeit gab. Die Möglichkeit, die, sollte sie zutreffend sein, die Aufklärung des Falles noch weiter erschweren würde. Zufall. Vielleicht war Stacy ein Zufallsopfer. Falsche Zeit, falscher Ort, was Falsches gesehen oder gehört. Irgendetwas, dass sie nur herausfinden würden, wenn, ja wenn genau das ihnen half, was dann auch zu dem Mord geführt hatte. Zufall. Bernd musste diese Möglichkeit nicht aussprechen. Er kannte Niklas und wusste, dass auch er diese Möglichkeit im Kopf hatte.

„Wir sollten auf jeden Fall nochmal mit Anthony Brown und Mason Pouwels über den Streit sprechen", sagte Niklas. Bernd wollte gerade antworten, als das Telefon klingelte.

Dr. Lemmen teilte den Ermittlern mit, dass sich Frau Dr. Schuster bei ihm gemeldet hatte. „Das Opfer wusste von der Schwangerschaft", gab er durch. „Sie hatte am Montag einen Termin und dort von der Schwangerschaft erfahren. Nach Auskunft von Frau Dr. Schuster hat sich das Opfer sehr über die Nachricht gefreut. Sie habe zwar auch geäußert, dass es schwierig werden würde, ein Kind und das Studium unter einen Hut zu bekommen. Aber sie war davon überzeugt, dass bestimmt alles gut werden würde. Nach der Einschätzung von Frau Dr. Schuster wollte das Opfer das Kind auf jeden Fall behalten. Sie hat sich intensiv darüber beraten lassen, welche Maßnahmen sie zum Schutz des Kindes und ihrer eigenen Gesundheit ergreifen sollte. Und sie hatte bereits die nächsten Vorsorgetermine vereinbart." Dr. Lemmen beendete das Telefonat, nicht ohne darauf hinzuweisen, dass er das DNA-Profil des Vaters für einen Abgleich erstellt habe, und es nicht mit dem von Kody Dawson übereinstimmt.

Dann überließ er die Ermittler ihren Gedanken.

15. Kapitel

Nachdem Christiane und Jonas die Halle und die Bühne noch einmal genau in Augenschein genommen hatten ließ Christiane ihren Blick die Treppe hinauf zur Flügeltür gleiten, hinter der sich der Mord ereignet hatte. Sie war sich sicher, alle erdenklichen Möglichkeiten ausgetestet zu haben. Und keine hatte es ihr ermöglicht, ungesehen die Treppe hinaufzusteigen und in den Spielerbereich zu gelangen. Sie wollte gerade Jonas in den Bereich hinter der Bühne folgen, um die Ermittlungen fortzusetzen, als sie stutzte und am Fuße der Treppe stehen blieb. Jonas, der bereits hinter die Bühne gegangen war, kehrte zurück als er feststellte, dass seine Partnerin ihm nicht gefolgt war. Er fand die Bühne und auch die Halle scheinbar verlassen vor. Seine Rufe nach Christiane blieben allesamt unbeantwortet. Darum verließ er die Bühne und sah sich genauestens in der Halle um. Dann kehrte er wieder auf die Bühne zurück. In diesem Moment trat Christiane hinter der Bühnenabtrennung hervor und lächelte ihn an. „Was zum Teufel", motzte Jonas los, doch Christiane unterbrach ihn. „Ein kleines Experiment. Egal wie ich es angestellt habe, es ist mir nicht gelungen die Treppe unbemerkt nach oben zu gehen. Und wenn man bedenkt, wie viel Bewegung hier am Tattag war, verringert sich die Wahrscheinlichkeit noch mehr, dass es dem Täter gelungen sein kann." „Ja, das ist mir klar", Jonas klang ein wenig angesäuert. Er konnte es nicht leiden, wenn Christiane ihn so zappeln ließ. Sie wusste das, und so viel Spaß es ihr manchmal auch machte, ihren Partner zur Weißglut zu treiben, jetzt war nicht der richtige Augenblick.

„Ich habe mich gefragt, ob es genauso schwierig ist, ungesehen vom Spielerbereich aus nach unten zur Bühne zu kommen. Also habe ich mich oben auf der Treppe versteckt und gewartet. Als du anfingst mich zu suchen, bin ich so schnell wie möglich und ganz tief geduckt die Treppe runter gelaufen, das Geländer ist ja recht hoch. Am Fuß der Treppe bin ich dann sofort hinter den Vorhang gehuscht. Du hast, wie es normal ist, nicht nach oben gesehen, sondern hast nur auf alles geachtet, was sich auf deiner Ebene abgespielt hat. Das ist der Unterschied, warum es deutlich einfacher ist, ungesehen die Treppe hinabzusteigen als hinauf." Christiane lächelte Jonas triumphierend an. Dieser pfiff anerkennend durch die Zähne. „Du meinst, der Täter hat sich nach dem Mord vielleicht unbemerkt nach unten geschlichen und unters Volk gemischt oder irgendwo gewartet, bis er unbemerkt verschwinden konnte? Verdammt. Das könnte glatt stimmen."

Die beiden Ermittler traten hinter die Bühne, schauten sich um und liefen hinter dem Vorhang, der die Bühne abtrennte entlang zum anderen Ende der Bühne. Hier gab es keine Treppe, die vom Saal aus auf die Bühne führte. Allerdings war die Bühne auch nicht so hoch, dass man sie nicht auch ohne Treppe hätte verlassen können. Und unmittelbar dort, wo die Bühne endete, befand sich einer der Notausgänge der Halle. Es war also durchaus möglich, dass sich der Täter die Treppe hinunter hinter die Bühne geschlichen hatte und dann den Notausgang genutzt hatte, um die Halle unbemerkt zu verlassen.

Christiane und Jonas blickten sich mit einer Mischung aus Ungläubigkeit und Begeisterung an, hofften sie doch, mit den Feststellungen der letzten Minuten einen Schritt auf dem Weg zur Aufklärung der Tat gemacht zu haben. Beiden war bewusst, dass sich der Kreis der Verdächtigen erheblich einschränken ließ, wenn ein unbefugtes bzw. unbemerktes Betreten der oberen Räumlichkeiten über die Bühnentreppe quasi ausgeschlossen werden konnte. Das hieß aber auch, dass sie sich noch einmal mit allen Personen unterhalten mussten, die sich in der Halle aufgehalten hatten. Die Einschätzung der Security hatten sie bereits, aber vielleicht hatte ja ein Mitarbeiter der ISDA oder des Hotels etwas bemerkt.

Bevor sie diese Gespräche führten, informierten sie die Spurensicherung, deren Eintreffen sie abwarteten um sich mit den Kriminaltechnikern abzustimmen. Die Wartezeit nutzten sie um Frau Schwalb über das weitere Vorgehen zu informieren. Diese zeigte sich wenig begeistert, was auch zu erwarten gewesen war. Der Mord im Schweizer Hof schrieb schon genug Schlagzeilen, da konnte sie auf Fotos von Leuten im Schutzoverall im Außenbereich des Hotels getrost verzichten. Besonders, da sie sich die damit verbundenen Schlagzeilen schon in den buntesten Farben ausmalte.

Aber ihr war klar, dass die Veranlassungen von Jonas und Christiane notwendig waren. Sie musste also in den sauren Apfel beißen und hinnehmen, dass die negative Presse noch einige Tage andauern würde. Also zuckte sie nur resigniert mit den Schultern als Jonas sie bat den Kriminaltechnikern alle erforderlichen Zugänge zu gewähren.

Frau Schwalb wandte sich gerade wieder zum Gehen als Jonas sie aufhielt. „Eine Frage bitte noch." Als Frau Schwalb sich zu ihm umdrehte fuhr er fort. „Wurden die Mülleimer außerhalb des Gebäudes seit dem Todesfall geleert?"

Frau Schwalb schüttelte den Kopf. „Die regulären Leerungen erfolgen immer Freitags und Montags. Dazu kommen außerplanmäßige Leerungen. Die werden immer dann gemacht wenn bei den täglichen Kontrollgängen festgestellt wird, dass ein Mülleimer voll ist oder der Reinigung bedarf."

Als sie Jonas fragenden Blick sah lieferte sie ihm eine Erklärung. „Wenn zum Beispiel jemand einen noch vollen Kaffeebecher weggeworfen hat. Dann läuft der Kaffee aus dem Mülleimer aus, und das wirft ein schlechtes Licht auf unser Haus. Dann wird der Mülleimer umgehend geleert und auch gesäubert. Und natürlich auch die Fläche, die durch den ausgelaufenen Kaffee verschmutzt wurde."

Jonas nickte verstehend und bedankte sich bei Frau Schwalb. Diese wandte sich nun ihrerseits noch einmal an ihn. „Wenn sie es möglich machen könnten, dann wäre ich ihnen sehr verbunden, wenn die Untersuchungen draußen auf ein Minimum beschränkt würden. Soweit sie es für erforderlich halten können sie die Mülleimer dazu auch gerne abmontieren und mitnehmen. Ich kann ihnen unseren Hausmeister schicken. Der verfügt über das erforderliche Werkzeug für die Demontage."

Jonas versprach ihr zu sehen, was sich machen lässt, und erbat die Kontaktdaten des Hausmeisters. Damit die Kriminaltechniker der Spurensicherung ihn bei Bedarf hinzuziehen könnten.

Kurze Zeit später trafen die Kriminaltechniker der Spurensicherung in der Halle ein und wurden von Christiane und Jonas auf den neusten Stand gebracht. Sie stimmten ab, wo Fingerabdrücke zu nehmen waren und wo nach dem Vorhandensein von weiterem Spurenmaterial gesucht werden sollte. Als die Sprache auf die Mülleimer außerhalb der Veranstaltungshalle kam, schlug Jonas die Mitnahme der Mülleimer vor. Wie versprochen. Und zu seiner Überraschung nickte der Kriminaltechniker erfreut. „Ich wollte schon fragen ob die Möglichkeit eventuell bestünde", sagte er. „So können wir uns dem Inhalt in aller Ruhe widmen und auch ganz ungestört nach Fingerabdrücken suchen. So was draußen zu machen, ohne großräumige Polizeiabsperrung, und das auch noch bei einem medienwirksamen Fall, dass ist wahrlich kein Zuckerschlecken. Ganz im Gegenteil. Das Angebot nehmen wir also gerne an." Er schnappte sich die Telefonnummer des Hausmeisters und legte mit der Arbeit los. Genauso seine Kollegen.

Christiane und Jonas, die in der Halle nicht mehr gebraucht wurden, teilten sich für die anstehenden Gespräche auf. Christiane sprach mit den Mitarbeiterinnen und Mitarbeitern der ISDA. Dabei war ihr Dean Lanston eine große Hilfe, der ihr den Weg zu den betreffenden Personen wies. Von denjenigen, die sie nicht persönlich antreffen konnte, erhielt sie von ihm die Kontaktdaten. Ein Hoch auf die moderne Technik, dachte Christiane, als sie anfing die Mitarbeiter anzurufen, die sich aktuell nicht im Hotel aufhielten. Zusammen mit Dean Lanston gelang es ihr schnell, die vorliegende Namensliste abzuarbeiten. Sogar den Kontakt zu dem Brandschutzingenieur konnte er kurzfristig herstellen. Das Ergebnis war das, das sie erwartet hatte. Niemandem war jemand aufgefallen, der die Treppe nach oben gegangen war. Und das, obwohl viele ihr bestätigten, dass sie den Bühnenbereich in Augenschein genommen hatten. In den Gesprächen konnte Christiane die Leidenschaft aller Befragten für den Dartsport spüren und zweifelte nicht daran, dass ihnen Abweichungen zur Routine aufgefallen wären. Sie genossen es merklich, wenn Dartturniere anstanden. Die Atmosphäre in der Halle, die Gewissheit, Teil einer eingeschworenen Familie zu sein und zu einem gelungenen Turnier beigetragen zu haben. Dies alles sogen sie bereits vor Beginn der Veranstaltung in sich auf. Als Christiane versuchte, Dean Lanston ihren Eindruck zu beschreiben, nickte dieser mit einem breiten Lächeln im Gesicht. „Uns alle verbindet eine Liebe für das was wir tun. Und diese Verbundenheit vereint uns zu einer großen Dartfamilie. Viele Außenstehende denken, dass sich alles nur ums Feiern und Saufen dreht. Auf einige Zuschauer trifft das mit Sicherheit auch zu. Aber Viele wissen die Leistungen, die auf der Bühne gebracht werden, einzuschätzen und erkennen diese an. Bei ihnen steht der Sport im Vordergrund, natürlich in Kombination mit der Stimmung und allem, was dazugehört." Er sah Christiane an. „Sie sollten einmal zu einem Turnier kommen." Und als er sah, dass Christiane etwas erwidern wollte, setzte er nach. „Und jetzt sagen sie mir nicht, dass sie es schon mal im Fernsehen gesehen haben. Das ist zwar ein Anfang, aber kein Vergleich zu einem Liveerlebnis." Die Leidenschaft, mit der Dean Lanston von seinem Sport sprach, war ansteckend. Christiane musste sich eingestehen, dass er ihre Neugier geweckt hatte.

Sie verabschiedete sich von Dean Lanston und ging zu Jonas, der in einem anderen Raum die Mitarbeiterinnen und Mitarbeiter des Hotels befragte, die an dem Tattag für den Turnierbetrieb eingeteilt waren. Auch hier standen nicht alle für ein persönliches Gespräch zur Verfügung. Doch genau wie Dean Lanston war auch Frau Schwalb äußert hilfsbereit, so dass auch Jonas fast alle Mitarbeiterinnen und Mitarbeiter befragen konnte. Die Telefonnummern der wenigen Personen, die er weder persönlich noch telefonisch erreichen konnte, notierte er sich, um es nach der Rückkehr ins Büro noch einmal zu versuchen.

Die Ergebnisse von Jonas und Christiane deckten sich. Keiner der Befragten hatte etwas gesehen. Allerdings hatten die Mitarbeiterinnen und Mitarbeiter des Hotels im Unterschied zu denen der ISDA auch kein besonderes Augenmerk auf die Bühne gehabt. Sie hatten sich nicht längere Zeit in der Halle aufgehalten, sondern diese meistens nur kurz durchquert, um in andere Bereiche des Hotels zu gelangen.

Nachdem sie alle Gespräche erledigt und sich kurz ausgetauscht hatten, machten sich Christiane und Jonas auf den Weg zum Auto, um zur Dienststelle zurückzukehren. Sie waren sich nun sicher, dass niemand die Treppe genutzt hatte, um unbemerkt in den obigen Bereich zu gelangen. Und das wiederum bedeutete, dass der Täter unter den Personen zu suchen war, die sich im Practiceroom und den angrenzenden Bereichen aufgehalten hatten. Und diese Personen waren ihnen alle namentlich bekannt.

Als sie gerade ins Auto einsteigen wollten klingelte Christianes Handy. Es war Niklas, der wissen wollte, ob sie noch im Hotel seien. Als Christiane dies bejahte bat Niklas sie darum mit Anthony Brown und Mason Pouwels zu sprechen und sie zu dem Streit im Practiceroom zu befragen. Niklas hatte die Aussage von David Maddock niedergeschrieben und schickte sie Christiane per Email, damit sie und Jonas sich auf die Befragung vorbereiten konnten.

„Ich schick euch nen Dolmetscher. Der müsste in etwa 30 Minuten bei euch sein." Mit diesen Worten beendete Niklas das Telefonat.

Als der Dolmetscher eintraf begannen Christiane und Jonas mit Anthony Brown. Er betrat den Raum, den Frau Schwalb den Ermittlern zur Verfügung gestellt hatte, und nahm gegenüber den Ermittlern Platz. „Es haben sich noch einige Fragen ergeben", begann Christiane das Gespräch. Anthony Brown schaute sie fragend an. „Wie wir erfahren haben, hatten sie am Freitag einen Streit mit Mason Pouwels. Es ist zu einer Schubserei gekommen, und als sie von Stacys Tod erfahren haben, wollten sie auf ihn losgehen." Und als Anthony Brown keine Reaktion zeigte, fuhr sie fort. „Worum ging es bei dem Streit, als sie Mason weggeschubst haben?"

„Um nichts Besonderes." Anthony Brown machte eine wegwerfende Handbewegung. „Mason hat Freude daran, mich vor den Spielen zu gängeln und zu versuchen, mich zu provozieren und zu verunsichern. Daran habe ich mich eigentlich schon gewöhnt. Aber dieses Mal. Ich weiß nicht. Ich kam da einfach nicht gegen an. Wissen sie, meinem Vater geht es nicht gut, er ist erkrankt und meine Frau ist schwanger. Eine problematische Schwangerschaft. Ich stehe also privat unter ziemlichem Druck und bin darum etwas dünnhäutig. Und als er mir dann mal wieder einen dummen Spruch drückte, da ist mir einfach der Kragen geplatzt."

„Und ihr zweites Aufeinandertreffen? Als sie von Stacys Tod erfahren haben?", hakte Christiane nach. „Da hab ich einfach rot gesehen", gestand Anthony Brown. Er wirkte ehrlich zerknirscht. „Nach alldem, was sich Mason in den letzten Monaten geleistet hat, dazu die ganze Anspannung. Ich war einfach wütend. Ich glaube nicht wirklich, dass Mason etwas mit dem Mord zu tun hat, aber in dem Moment." Anthony Brown brach ab und schaute Christiane fast flehend an.

Diese nickte verstehend. „Ihr ganzer Druck und Frust hat sich gegen Mason entladen", sagte Christiane. „Und wie denken sie jetzt darüber? Trauen sie ihm den Mord zu?" Energisch schüttelte Anthony Brown den Kopf. „Wie schon gesagt, ich kann mir nicht vorstellen, dass Mason etwas damit zu tun hat. Er ist ein absolutes Ekel, aber soweit würde er nicht gehen."

Nach dem Gespräch mit Anthony Brown baten die Ermittler Mason Pouwels zu sich in den Raum. Dieser hatte bereits einige Minuten vor der Tür gewartet und ließ seinem Unmut sofort freien Lauf, als er den Raum betrat. Seine Schimpftirade war lang und ununterbrochen. Es schien fast, als ob er noch nicht einmal kurz Luft holte. Der Dolmetscher blickte Jonas und Christiane etwas ratlos an, sah er sich doch außer Stande, in diesem Tempo zu übersetzen.

„Herr Pouwels ist etwas ungehalten?", fragte Jonas in Richtung des Dolmetschers. Dieser nickte. „Er wartet nicht gerne und betrachtet es als Affront ihm nicht sofort die ungeteilte Aufmerksamkeit zukommen zu lassen", bestätigte dieser. „Wollen sie Details?" Sowohl Jonas als auch Christiane schüttelten den Kopf. Sie warteten geduldig noch einige Augenblicke ab, bis Mason Pouwels auf einem der Stühle Platz nahm und die Ermittler mit einem herablassenden Blick betrachtete.

„Herr Pouwels, wie uns mitgeteilt wurde, hatten sie am Freitag einen Streit mit Anthony Brown. Und als sich die Nachricht von Stacys Tod verbreitete, wollte er auf sie losgehen und beschuldigte sie indirekt des Mordes", wandte sich Christiane an Mason Pouwels, der jedoch keine Reaktion zeigte. „Was können sie uns zu diesem Vorfall sagen?"

Mason Pouwels schnaubte verächtlich und blickte Christiane mit unverhohlener Arroganz und einem breiten Lächeln an. „Dieser Schwächling mag ja ein ganz passabler Dartspieler sein, aber er ist eben auch ein totales Weichei. Kann nicht gut mit Druck umgehen. Dass müssen sie sich mal vorstellen. Der rennt sogar zu einem Psychiater um besser mit Stresssituationen umgehen zu lernen." So wie Mason Pouwels die Worte 'Stresssituationen' und 'Psychiater' betonte war mehr als offensichtlich, was er davon hielt. „Echte Kerle brauchen so was nicht. Wir lieben das direkte Duell. Mann gegen Mann. So jemanden wie Anthony kann ich einfach nicht ernst nehmen. Für mich ist er eine Schande für den Dartsport, und ich denke, bei meinem Standing ist es mein gutes Recht ihm das auch genauso zu sagen." Wieder grinste Mason Pouwels breit und selbstgefällig und lehnte sich betont lässig in seinem Stuhl zurück.

„Ach so", antwortete Christiane. „Echte Kerle gehen also hin und nutzen ihren Einfluss, zum Beispiel, um die Walk-on-Girls zu tauschen, weil sie Angst davor haben, dass an dem Aberglauben, Stacy bringe einem Konkurrenten Glück, etwas dran sein könnte?", provozierte sie Mason Pouwels. Dessen Gesicht lief sofort puterrot an und die Ader auf seiner Stirn pochte bedrohlich. Doch der erwartete Widerspruch blieb aus. „Echte Kerle wissen nicht, wie Mädels wie Stacy oder du heißen, Schätzchen", antwortete Mason Pouwels. „Sie vögeln sie und dann lassen sie sie fallen. Denn zu mehr seid ihr nicht zu gebrauchen." Er warf ihr einen Kuss zu und blickte ihr fest in die Augen. Es fiel Christiane merklich schwer, die Ruhe zu bewahren, doch es gelang ihr. Sie atmete einige Male tief durch, dann führte sie die Unterhaltung fort. „Haben sie das Opfer auch gevögelt, um es mit ihren Worten auszudrücken?" „Ein Gentleman genießt und schweigt", antwortete Mason Pouwels süffisant. „Haben sie dem Opfer Geschenke gemacht?", fragte Christiane weiter.

„Meinen sie, jemand wie ich muss für Sex bezahlen?", brauste Mason Pouwels auf. „Die Weiber stehen Schlange bei mir. Ich habe es nicht nötig jemandem Geschenke zu machen um zu bekommen was ich will." Sein Gesicht, das zwischenzeitlich wieder normal gefärbt gewesen war, nahm wieder einen tiefroten Farbton an. Genauso schnell wie er ausgerastet war beruhigte Mason Pouwels sich jedoch auch wieder. „Ich hab diesem Mädchen nichts getan. Ich kann auch nichts dafür, wenn Anthony sich da in irgendetwas verrennt. Ich habe ihnen ja schon gesagt das der sie nicht alle hat. Der rennt ja nicht umsonst zum Seelenklempner." Mit diesen Worten erhob sich Mason Pouwels und verließ wortlos den Raum. Die Ermittler machten keine Anstalten ihn aufzuhalten.

„Anthony hat recht", unterbrach Jonas die Stille, nachdem er den Dolmetscher verabschiedet hatte. „Mason ist ein Ekel. Und so aufbrausend wie er ist kann ich mir schon vorstellen, dass er einen Menschen verletzen oder gar töten könnte." Christiane nickte langsam. „Du hast recht, aber die Tat war meines Erachtens geplant und nicht im Affekt. Und daher...."

Jonas und Christiane blickten sich an und verließen das Hotel. Sie fuhren ins Büro zurück um sich mit Niklas und Bernd auszutauschen.

16. Kapitel

„Lass uns zu Stacys Teamkolleginnen fahren", unterbrach Bernd das Grübeln. „Vielleicht hat eine von ihnen neue und hilfreiche Informationen für uns. Ich hab die Trainerin telefonisch erreicht. Sie hat die Mannschaft zusammengetrommelt und erwartet uns in einer halben Stunde in der Halle." Niklas nickte stumm und stand auf. Gemeinsam mit Bernd machte er sich auf den Weg.

Als die Beiden an der Halle eintrafen war Stacys Volleyballmannschaft bereits vollständig versammelt und bereit, die Fragen der Ermittler zu beantworten. Die Trauer und das Entsetzen über den Mord an ihrer Teamkollegin und Freundin war den Frauen deutlich anzumerken. Bei so vielen Frauen auf einem Haufen erwartet man ein lautes Geschnatter, Gelächter, einfach eine lebendige Atmosphäre. Stattdessen herrschte eine schon fast beängstigende Stille. Im Hintergrund lief leise Musik. „Goldberg-Variationen von Johann Sebastian Bach", erklärte die Trainerin unaufgefordert. „Stacy hat dieses Werk geliebt. Eigentlich mochte sie keine klassische Musik, aber vor jedem Spiel hat sie sich dieses Werk angehört. Wissen sie, Stacy war vor den Spielen immer sehr nervös. Obwohl es dafür eigentlich keinen Grund gab. Sie war eine unglaublich talentierte Spielerin. Und dieses Stück half ihr, sich zu konzentrieren und die Nervosität zu bekämpfen. Und jetzt spendet es uns ein wenig Trost. Wir haben dadurch das Gefühl, dass Stacy bei uns ist." Die Stimme der Trainerin drohte zu versagen.

Niklas und Bernd warteten einen Moment um ihr Gelegenheit zu geben, sich wieder zu sammeln. Ihnen war mulmig zumute, denn ihre Fragen würden bestimmt nicht nur positive Gefühle und Reaktionen auslösen. Das gehörte zu den unangenehmen Seiten ihres Berufs. Aber auch zu den Unvermeidbaren.

„Wir müssen ihnen einige Fragen stellen um herauszufinden, wer ein Motiv haben könnte, Stacy zu töten. Es ist sehr wichtig, dass sie uns alles sagen, was sie wissen. Auch wenn Stacy es ihnen im Vertrauen erzählt hat oder es ein nicht ganz positives Licht auf ihre Freundin wirft. Sie verraten Stacy damit nicht, sondern helfen, dass ihr Gerechtigkeit widerfährt. Okay?" Niklas blickte die Anwesenden an. Alle nickten, aber er konnte sehen, dass sie zögerten und zweifelten. Er hoffte, dass sich das im Laufe des Gesprächs ändern würde.

Bernd räusperte sich kurz. „Fangen wir mit dem Umfeld an. Hatte Stacy einen Freund bzw. eine männliche Bekanntschaft, bei der sie hoffte, dass sich eine Beziehung entwickeln könnte?" Stummes Kopfschütteln aller Anwesenden. Kein Zögern. Stacy muss ihren Freund wirklich unglaublich gut verborgen haben. Aber warum, schoss es Bernd durch den Kopf. „Sind sie sicher?", hakte er nach. Diesmal kollektives Nicken. Bernd und Niklas schauten sich an und beschlossen zu warten. Sie brauchten Antworten und keine stummen Reaktionen. Schließlich fasste sich eine der jungen Frauen ein Herz.

„Stacy hatte eine lockere Beziehung, wenn man es so nennen will, aber die hatte sie schon vor einiger Zeit beendet. Mit einem Dartspieler, den sie auf der Tour kennengelernt hatte. Sein Name war Kody. Ich glaube, er wünschte sich eine echte Beziehung mit Stacy. Und irgendwann war es dann vorbei. Aber warum, dazu hat sie nichts gesagt. Es war, als ob er einfach verschwunden war. Sie hat mal erwähnt, dass er noch einige Versuche unternommen hat, die sie aber abgeblockt hat und dann ist das Thema nie wieder zur Sprache gekommen." Wieder kollektives Nicken.

Bernd war leicht genervt ob des kollektiven Schweigens. „Ist ihnen irgendetwas aufgefallen? Hat sich Stacy in den vergangenen Wochen oder Monaten verändert oder irgendwie auffällig verhalten?" Kein kollektives Nicken oder Kopfschütteln. Stattdessen gar keine Reaktion. Nur Schweigen. Stumme Blickwechsel. Diesmal dauerte es deutlich länger bis das Schweigen durchbrochen wurde. Wieder war es die junge Frau, die auch schon von der Beziehung zu Kody berichtet hatte, die den Beamten eine Antwort lieferte.

„Uns allen ist aufgefallen, dass Stacy sich verändert hat. Es ist schwer in Worte zu fassen. Sie war noch immer die lebensfrohe und aufgeschlossene junge Frau die wir alle so liebten. Wenn wir trainierten oder ein Spiel hatten, dann war sie voll konzentriert und ehrgeizig wie immer. Wenn wir nach dem Training oder einem Spiel noch zusammensaßen und klönten, dann genossen wir ihre volle Aufmerksamkeit. Sie war hilfsbereit und hatte immer ein offenes Ohr für uns. Aber zwischendurch, zwischen duschen und quatschen oder in anderen Momenten, da zog sie sich zurück und war extrem darauf bedacht, dass niemand mitbekam, was sie machte. Mit wem sie redete. Sie hatte Geheimnisse vor uns und das kannten wir nicht von ihr. Ich meine, wir haben alle unsere Geheimnisse. Auch Stacy. Aber es war so offensichtlich, so...." Die junge Frau suchte nach den richtigen Worten, fand sie aber nicht.

„Haben sie eine Erklärung dafür?" Die junge Frau biss sich auf die Unterlippe. Sie hielt den Kopf gesenkt und blickte schweigend auf den Hallenboden. Bernd und Niklas, die sie nicht drängen wollten, warteten geduldig und versuchten, weder durch Blicke noch durch irgendwelche Handlungen Druck aufzubauen. Es war nicht zu übersehen, dass die junge Frau einen inneren Kampf führte. Sie konnten nur hoffen, dass sich die junge Frau überwinden würde. Denn eine Möglichkeit, sie zur Aussage zu zwingen, gab es nicht. Nach einigen Momenten hob die junge Frau den Kopf und blickte die Ermittler an. Stockend begann sie zu berichten.

„Als ich vergangenen Montag beim Frauenarzt war, war Stacy auch dort. Ich hab sie an der Anmeldung stehen sehen, nachdem sie aus dem Behandlungszimmer kam. Sie hat mich nicht wahrgenommen. Sie...", die junge Frau stockte. Die Unsicherheit schien Oberhand zu gewinnen, doch dann entschloss sie sich doch fortzufahren. „Stacy war schwanger." Schlagartig schwoll die Lautstärke in der Halle deutlich an. Alle redeten wild durcheinander. Keine konnte glauben was sie gerade gehört hatte. Doch auch leichte Vorwürfe wurden laut. Immer wieder waren Sätze wie 'Warum hast du uns das nicht gesagt' zu hören. Niklas war bewusst, dass er einschreiten musste, wenn er weitere Informationen erhalten wollte. Denn ansonsten würde dies in eine endlose Diskussion ausarten. Er räusperte sich deutlich hörbar und nutzte den darauf folgenden, kurzen Moment der Stille um die junge Frau aufzufordern, mit ihren Ausführungen fortzufahren.

„Naja", meinte die junge Frau. „Vielmehr habe ich eigentlich gar nicht mitbekommen. Ich meine, sie machte einen glücklichen Eindruck. Sie lächelte und eine Hand ruhte fast ständig auf ihrem Bauch. Allerdings..." Wieder ein kurzes Zögern. Niklas nickte ihr aufmunternd zu und sie fuhr fort. „Sie lächelte nicht nur glücklich, fast versonnen, sondern murmelte auch vor sich hin. Ich denke sie sprach zu sich selbst ohne es wirklich zu bemerken. Ich krieg nicht mehr ganz genau hin, was sie sagte, aber sinngemäß war es so was wie 'Das wird ihn freuen. Und er wird endlich ganz mir gehören' oder irgendwas in dieser Richtung."

„Haben sie eine Idee, was Stacy damit gemeint haben könnte?", wandte sich Bernd an die junge Frau. Gleichzeitig ließ er seinen Blick auch zwischen den anderen Anwesenden schweifen, als Aufforderung, sich in das Gespräch einzubringen. Doch wieder bekam er nur ein kollektives Kopfschütteln zur Antwort. Diesmal brachte es auch nichts, den Frauen eine gewisse Zeit einzuräumen um ihre Gedanken zu sortieren, und sich vielleicht doch noch zu äußern. Es blieb beim kollektiven Schweigen.

„Fällt ihnen jemand ein, dem Stacy vielleicht von ihrem Freund oder der Schwangerschaft erzählt haben könnte? Ein Vertrauter oder vielleicht auch ein Therapeut?" Bernd unternahm den nächsten Versuch, Informationen zu erhalten, die ihnen bei der Aufklärung des Verbrechens weiterhelfen konnten. Doch wieder nur eins – kollektives Kopfschütteln und Schweigen.

Gerade wollte Bernd seine nächste Frage formulieren, als sich die Trainerin zu Wort meldete. „Stacy brauchte lange um Vertrauen aufzubauen. So war es auch bei uns. Sie hatte daher nicht viele enge Freunde, denen sie sich anvertraute. Auch innerhalb dieser Mannschaft wurde das sehr deutlich. Sie kam mit allen Spielerinnen gut aus. Und wir alle mochten sie unglaublich gerne. Sie war immer die Erste die zur Stelle war, wenn jemand Probleme hatte, aber über sich selbst sprach sie nicht viel. Das größte Vertrauen hatte sie wohl zu Katja." Bei diesen Worten deutete die Trainerin mit dem Kopf auf die junge Frau, von der Niklas und Bernd bislang schon ein paar Informationen bekommen hatten. „Die beiden kennen sich allerdings auch schon seit der Grundschulzeit. Katja hat uns gegenüber also einen deutlichen Vorsprung." Bei diesen Worten umspielte ein sanftes Lächeln ihre Lippen. „Ich denke, wenn Stacy selbst Katja nichts von ihrem neuen Freund erzählt hat, dann muss es einen sehr guten Grund dafür gegeben haben. Allerdings würde mir kein einziger Grund einfallen, den ich mir im Bezug auf Stacy vorstellen könnte."

„Und wenn wir nicht von Stacy reden würden? Was, wenn wir von einer anderen jungen Frau sprächen. Welcher Grund würde ihnen dann einfallen?"

Die Trainerin überlegte kurz. Doch noch bevor sie antworten konnte kamen aus der Runde die unterschiedlichsten Antworten. Nun, da sie – zumindest offiziell – nicht mehr über Stacy sprachen, hatte niemand mehr ein schlechtes Gewissen zu spekulieren.

„Das der Freund ein Krimineller ist." „Ein verheirateter Mann." „Ein Ex von ner Freundin." „Ein Professor von der Uni." „Ein deutlich älterer Mann." Das waren nur einige der wild durcheinander in den Raum geschmissenen Ideen. Die abstruseste Spekulation war wohl die, dass es sich auch um eine Frau gehandelt haben könnte und das Kind durch Samenraub entstand, wofür sich der Kindesvater nun rächen wollte. Aber einige der anderen Ideen schienen durchaus nicht unwahrscheinlich und boten den Ermittlern vielleicht neue Ansätze.

Bernd und Niklas verabschiedeten sich, nicht ohne den Teamkolleginnen und der Trainerin vorher noch das Versprechen abzunehmen, sich auf jeden Fall bei ihnen zu melden, wenn ihnen noch irgendetwas einfallen sollte. „Auch wenn es ihnen noch so unbedeutend erscheint", betonte Niklas noch einmal. Dann wandten sie sich zum Gehen und fuhren zurück ins Büro.

„Was denkst du?", wandte sich Bernd an Niklas als sie im Auto saßen. Dieser überlegte einen Augenblick. Dann antwortete er. „Wenn wir davon ausgehen, dass der Mord mit der Dartsportszene im Zusammenhang steht, dann denke ich, können wir ausschließen, dass Stacy ihren Freund verschwieg, weil sie ihn von der Uni kannte, also ein Professor oder so. Auch eine kriminelle Vergangenheit des Freundes als Grund für ihre Zurückhaltung würde ich ausschließen wollen." „Also wäre es am wahrscheinlichsten, dass es sich um einen deutlich älteren oder einen verheirateten Mann handelt", überlegte Bernd. „Und wenn man Stacys Aussagen beim Frauenarzt mit berücksichtigt, dann spräche vieles für einen verheirateten oder zumindest anderweitig gebundenen Mann."

Niklas nickte. Aber das waren nur Spekulationen. Sie hatten keine Beweise, keine konkreten Anhaltspunkte, nur Gedankenspiele, die zwar durchaus realistisch schienen, aber nun mal nicht belegt werden konnten. Und Niklas wusste, ebenso wie Bernd, dass dies nicht ausreichen würde um den Mord an Stacy aufzuklären und den Täter ins Gefängnis zu bringen.

17. Kapitel

Als sie alle wieder im Büro waren setzten sich die Ermittler zusammen um noch einmal die neusten Erkenntnisse zu besprechen und sich auszutauschen. „Ihr seid echt davon überzeugt, dass der Täter sich nicht heimlich in den Spielerbereich geschlichen, sondern diesen heimlich verlassen hat?" Bernds Stimme klang zweifelnd. Auch Niklas blickte fragend in Richtung von Jonas und Christiane. Diese nickten. „Aber wenn die Möglichkeit besteht, unbemerkt die Treppe hinabzusteigen und hinter dem Vorhang zu verschwinden, warum kann der Täter die Treppe dann nicht unbemerkt hinauf gestiegen sein?" Bernd schüttelte den Kopf. „Das muss doch möglich sein."

Fragend wanderte sein Blick zwischen Christiane und Jonas hin und her. Christiane nickte. „Theoretisch ist das natürlich möglich. Aber nicht in der Praxis. Um hinter den Vorhang zu kommen müsste man durch die Halle, denn der Notausgang ist von außen nicht zu öffnen. Das wäre aufgefallen. Definitiv. Jonas und ich haben etliche Möglichkeiten durchgespielt. Alternativ kann man aus dem Vorraum hinter den Vorhang treten, aber unmittelbar vor der dortigen Bühne befindet sich der Verkaufsstand für die Fanartikel. Waren standen auf der Bühne, sowohl für das Einräumen als auch als Vorrat für den Verkauf während der Veranstaltung. Außer den Mitarbeitern im Verkauf waren noch viele weitere Personen anwesend, auch von der Security. Niemandem ist jemand aufgefallen, der sich hinter den Vorhang oder auf die Bühne begeben hätte. Auch halten es alle Befragten für ausgeschlossen, dass jemand einen unbemerkten Moment abgepasst haben könnte. Und nach den Schilderungen der Abläufe an dem Tag und unserer Ortsbegehung würde ich mich dieser Einschätzung anschließen. Es ist viel wahrscheinlicher, dass der Täter die Treppe genutzt hat, um sich unbemerkt vom Tatort zu entfernen."

„Aber wäre es nicht aufgefallen, wenn jemand den Spielerbereich nicht wieder verlässt?" Bernd war deutlich anzusehen, dass Christianes Erklärung seine Zweifel noch nicht vollständig beseitigt hatte. Wieder schüttelte Christiane nachdrücklich den Kopf. „Ich habe vorhin mit dem Securitymitarbeiter telefoniert, der am Eingang zum Spielerbereich positioniert war. Er hat mir gesagt, dass er lediglich darauf geachtet hat, wer den Raum betreten wollte. Wurde der Raum verlassen, hat er dies zwar registriert, aber nicht weiter darauf geachtet. Er kann keine genaueren Angaben machen, wer zu welchem Zeitpunkt den Spielerbereich verlassen hat beziehungsweise wer den Bereich gegebenenfalls nicht wieder verlassen hat."

„Aber was ist mit den anderen Spielern?" Bernd war noch immer nicht überzeugt. „Die Spieler bewegen sich frei in den verschiedenen Räumlichkeiten und konzentrieren sich dabei auf sich, insbesondere am Practiceboard. Da wird die Umgebung weitestgehend ausgeblendet. Anders sieht es nur aus, wenn die Spieler bewusst den Kontakt suchen, zum Beispiel wenn sie ihr Training beendet haben und noch ein wenig quatschen. Was das angeht ist es also möglich, dass jemand den Spielerbereich über die Treppe zum Saal hin verlässt, ohne dass es einem anderen Spieler auffällt. Zumal der ein oder andere jüngere oder unerfahrene Spieler ja auch schon mal diesen Weg wählt um sich schon einen Eindruck von der Halle zu verschaffen und ein erstes Gefühl für die Bühne zu bekommen. Ich denke, den anderen Spielern wäre es nicht aufgefallen", antwortete Niklas an Stelle von Christiane. Auch wenn ihm missfiel, dass die Theorie von Christiane und Jonas auf einen Dartspieler als Täter hindeutete, musste er einräumen, dass diese sehr wahrscheinlich war.

Bernd hob die Arme. „Okay", lachte er. „Ich gebe mich geschlagen. Gehen wir also davon aus, dass der Täter den Spielerbereich regulär betreten und dann den Weg über die Treppe gewählt hat, um unbemerkt zu verschwinden. Dann hätten wir einen klar umrissenen Kreis potentieller Täter. Was wir nicht haben, ist ein konkreter Verdacht." „Oder ein Motiv", ergänzte Jonas.

„Nun ja", warf Bernd ein. „Nach dem Gespräch mit den Teamkolleginnen und der Trainerin von Stacy hat sich der Verdacht ergeben, dass der Freund von Stacy, den sie so verzweifelt versucht hat geheim zu halten, vielleicht verheiratet oder zumindest fest gebunden war." Er berichtete kurz von Stacys Selbstgespräch, dass Katja beim Frauenarzt aufgeschnappt hatte.

„Auch wenn das durchaus überzeugend klingt ist es dennoch nicht mehr als eine reine Spekulation", sprach Christiane das aus, was Niklas und Bernd sich auch schon gedacht hatten. „Und mit Spekulationen allein können wir den Täter nicht überführen. Das hilft uns also nicht wirklich weiter."

„Aber die Kriminaltechnik hat was für uns", klang es aus Richtung von Bernds Rechner. „Neue Email", sagte er und nickte in Richtung Bildschirm. „An dem Notausgang konnten Fingerabdrücke gesichert werden. Wenn wir Vergleichsproben bekommen, dann kann die Kriminaltechnik einen Abgleich vornehmen. In AFIS sind die Fingerabdrücke nicht gespeichert. Die Kriminaltechniker haben eine Fingerabdruckidentifikation gemacht, also mit dem gefundenen Satz von Fingerabdrücken einen bundesweiten Abgleich durchgeführt. Ohne Ergebnis. Da viele der Verdächtigen nicht aus Deutschland stammen, war davon ja auszugehen. Und Marvin Groterhorst scheidet somit ebenfalls aus, denn seine Abdrücke sind ja im System. Aber es wurde auch eine Fingerabdruckverifikation gemacht, die Fingerabdrücke also mit den Fingerabdrücken einer bestimmten Person abgeglichen. In diesem Fall mit denen von Kody Dawson. Die Fingerabdrücke stimmen nicht überein."

„Das ist doch schon mal ein Anfang", versuchte Niklas Optimismus zu verbreiten. Allerdings war ihm bewusst, dass er von keinem Richter eine Anordnung bekommen würde, die es ihm erlaubte, von allen potentiell Verdächtigen Fingerabdrücke nehmen zu können. Sie brauchten einen konkreten Tatverdächtigen und Indizien. Nur dann bestand die Chance eine entsprechende richterliche Anordnung zu bekommen. Und davon waren sie noch meilenweit entfernt. Und er wusste, dass ihnen die Zeit weglief. Die in Fernsehkrimis immer wieder propagierte Kompetenz der Polizei, Personen aufzuerlegen, die Stadt nicht zu verlassen, gibt es im polizeilichen Alltag nämlich nicht. Und die Dartspieler sowie ihre Begleiter und auch andere, eventuell ermittlungsrelevanten, Personen wurden langsam unruhig und wollten nach Hause zurückkehren. Niklas seufzte hörbar auf.

Die vier Ermittler schauten sich an. In allen Gesichtern stand Müdigkeit geschrieben. Niklas stützte sich auf dem Tisch ab um den sie saßen und erhob sich aus seinem Stuhl. „Schluss für heute", sagte er gähnend. „Morgen gehen wir das Ganze in Ruhe noch einmal durch."

Niklas Kollegen nickten und gingen gemeinsam zum Parkplatz, wo sie sich von einander verabschiedeten. Alle fuhren nach Hause und versuchten, sich ein wenig auszuruhen und zu erholen. Doch Niklas wollte das einfach nicht gelingen. Er fand keine Ruhe. 'Wir haben etwas übersehen'. Dieser Gedanke kreiste in seinem Kopf und ließ ihn sich von einer Seite auf die andere drehen, ohne Schlaf zu finden. Daher stand er deutlich vor der Zeit wieder auf. Nach einer kalten Dusche und einem starken Espresso fühlte er sich halbwegs fit und fuhr zum Büro. Auf dem Weg hielt er bei seiner Lieblingsbäckerei und kaufte Marzipan-, Nougat- und Schokoladencroissants. Im Büro warf er die Kaffeemaschine an und bereitete alle Unterlagen vor. Dann wartete er auf seine Kollegen.

Während er wartete schaute er in seine Emails und stellte fest, dass da noch zwei neue Emails waren, die er noch nicht gelesen hatte. Eine Email enthielt die Auswertungen der Speicherkarten und des Laptops, die Jonas und Christiane aus Stacys Zimmer mitgebracht hatten. Die zweite Email die Durchsuchungsergebnisse.

Niklas wollte gerade die Email zur Auswertung der in Stacys Zimmer gefundenen Speicherkarten lesen, als ein fröhliches 'Guten Morgen' aus Richtung der Bürotür erklang. Als Niklas aufblickte sah er Detlef, der lässig im Türrahmen lehnte. „Hab ich mir doch gedacht, dass du schon da bist. Du hast alle Infos per Email bekommen, aber willst du es vielleicht von mir hören?" Niklas nickte stumm und Detlef schnappte sich ein Marzipancroissant und goss sich einen Kaffee ein, bevor er zu berichten begann.

„Auf dem Laptop haben sich ausschließlich Dokumente für Stacys Studium befunden. Und eine Vielzahl von Ordnern mit Fotos von Partys im Studentenwohnheim. Wir konnten keinerlei Fotos oder Dokumente finden, die nicht in einem unmittelbaren Zusammenhang zum Studium beziehungsweise zum Studentenleben standen. Auch den Verlauf des Internetbrowsers haben wir ausgewertet. Ebenfalls ohne relevante Ergebnisse." Niklas seufzte auf, aber eigentlich hatte er auch nichts anderes erwartet. Er war sich sicher, dass sich alle Anhaltspunkte auf Stacys zweitem und immer noch nicht aufgefundenem Handy befanden.

Kauend deutete Detlef auf einen Ordner auf Niklas Schreibtisch, den dieser bislang noch gar nicht wahrgenommen hatte. In diesem Ordner waren eine Vielzahl von ausgedruckten Fotos sowie Übersichtsseiten, die eine Auflistung aller Fotos je Speicherkarte auswiesen.

Niklas betrachtete die Fotos und musste feststellen, dass Stacy eine wirklich talentierte Fotografin war. Sie verstand es Stimmungen einzufangen und das natürliche Licht optimal zu nutzen. Allerdings boten auch diese Fotos keine Anhaltspunkte zu der Frage, bei wem es sich um Stacys ominösem Freund handelt. Der Ordner enthielt Landschaftsaufnahmen. Dabei war das Spektrum weit gefächert. Niklas fand Aufnahmen aus Wäldern und aus Parks sowie von Gärten. Auch der Rhein und die Eifelregion schienen ein beliebtes Motiv von Stacy gewesen zu sein. Hinzu kamen Bilder, die zweifelsfrei in Urlauben aufgenommen worden sein mussten, denn die Berglandschaften und Strände samt Meer, die auf diesen Bildern zu sehen waren, stammten eindeutig nicht aus der Region. Niklas betrachtete die Fotos eine Weile und hoffte, vielleicht doch noch etwas zu entdecken, doch ohne Ergebnis. Detlef wartete geduldig und nutzte die Zeit um sein Marzipancroissant zu essen. Als Niklas den Ordner zur Seite legte und zu Detlef aufblickte fuhr dieser mit seiner Berichterstattung fort.

„Die Durchsuchung der Wäsche des Hotels ist ohne Ergebnis geblieben. Bei der Durchsuchung des Mülls haben wir uns auf den Veranstaltungsbereich und in der Nähe befindliche Mülleimer beschränkt. Bislang ebenfalls ohne Erfolg. Allerdings stehen die Ergebnisse der Mülleimer außerhalb des Hotels in Nähe des Notausgangs noch aus. Die Ergebnisse kann ich dir vermutlich im Laufe der nächsten Stunden mitteilen."

Als Detlef sah, dass sich Niklas Miene verfinsterte, stand er auf und klopfte ihm aufmunternd auf die Schulter. „Ich hab auch Neuigkeiten für dich, die dich aufmuntern und dir weiterhelfen werden. Wir haben die Untersuchung von Stacys Kleidung abgeschlossen und weitere Spuren sichern können. Auf dem Oberteil von Stacy konnten wir eine Körperflüssigkeit, und zwar Schweiß, sicherstellen. Wahrscheinlich hat der Täter die körperliche Anstrengung unterschätzt, die mit dem Vorgang des Erdrosselns verbunden ist, und ist ins Schwitzen geraten. Zwar enthält Schweiß keine DNA, doch häufig finden sich dort Hautzellen. Uns ist es gelungen aus dem gefundenen Spurenmaterial sogenannte Short-Tandem-Repeats zu gewinnen und diese mit Hilfe der Polymerase-Ketten-Reaktion zu vervielfältigen. Dadurch war die Erstellung eines DNA-Profils möglich. Auch dieses DNA-Profil entlastet Kody Dawson, da keine Übereinstimmung festzustellen ist. Doch nicht nur mit seinem DNA-Profil haben wir einen Abgleich vorgenommen, sondern auch mit dem DNA-Profil des Vaters von Stacys ungeborenem Kind. Und diesmal gab es eine Übereinstimmung. Ausgehend davon, dass der Schweiß vom Täter auf das Opfer übertragen wurde und es sich nicht um eine irrelevante Spurenübertragung handelt, ist der Mörder von Stacy auch der Vater ihres ungeborenen Kindes.“

Und somit vermutlich der spendable Freund, den Stacy sowohl vor ihrer Familie als auch vor ihren Freunden verheimlicht hat, dachte Niklas. Er lehnte sich in seinem Stuhl zurück und blickte auf die Flipcharts, auf denen er mit seinen Kollegen die bisherigen Ermittlungsergebnisse zusammengetragen hatte. Langsam fügten sich die Puzzleteile zu einem Bild zusammen. Doch blieb die Frage offen, um wessen Bild es sich handeln würde. Denn ein konkreter Tatverdächtiger war weiterhin nicht in Sicht.

„Warum wurdest du ermordet“, murmelte Niklas mit Blick auf das Foto von Stacy. „Wer hat dir das angetan.“ Sein Blick ruhte auf dem Foto und seine Gedanken kreisten.

„Du weißt, wo du mich findest, wenn du mich brauchst“, sagte Detlef. „Ich meld mich, sobald ich die weiteren Erkenntnisse vorliegen hab. Und Kopf hoch. Ich bin mir sicher, dass ihr diesen Fall aufklären werdet." Mit diesen Worten verließ Detlef das Büro um sich wieder seiner Arbeit zuzuwenden.

„Und beim nächsten Mal hätte ich gerne ein schönes Stück Mandarinen-Schmand-Kuchen", rief er noch im Weggehen. Niklas musste lächeln. Er schloss für einen Moment die Augen um den Kopf freizukriegen, Kräfte zu sammeln und sich neu zu konzentrieren.

Während er so dasaß schweiften seine Gedanken ab und machten eine Zeitreise. Sie reisten einige Jahre zurück zu dem Tag, als er Stacy kennenlernen durfte. Niklas erinnerte sich an die zufällige Begegnung vor einigen Jahren, als sie sich nach ihrem Auftritt in den Zuschauerbereich begeben hatte, um sich das Spiel von dort anzuschauen. 'Die Atmosphäre ist einfach nicht zu vergleichen' hatte sie ihm damals gesagt, als sie den freien Platz an seinem Tisch besetzt hatte. Sie hatte sich einen Sweater übergeworfen, um nicht erkannt zu werden. Sie stand immer gerne für Fotos mit den Fans zur Verfügung, aber manchmal wollte sie einfach nur Zuschauer sein. Während des Spiels fachsimpelten sie über das Geschehen auf der Bühne und die noch anstehenden Spiele. Die Zeit verging wie im Flug und Stacy musste gehen um sich auf ihren nächsten Auftritt vorzubereiten.

Niklas lächelte, als er daran dachte, wie sie sich verabschiedete. 'Danke das ich einfach ich sein konnte.' Mit diesen Worten war sie aufgestanden und im Getümmel verschwunden. Doch das sollte nicht ihr letztes Zusammentreffen gewesen sein.

In der Sessionpause hatte er Stacy vor dem Hotel wiedergetroffen. Sie wollte gerade loslaufen. Einfach ein bisschen frische Luft schnappen und lud ihn spontan ein, sie zu begleiten. In der Nähe des Hotels gab es eine schöne Parkanlage mit einem Kaffeehaus in der Mitte. Dorthin spazierten sie und wieder nahm das Gesprächsthema Dartsport einen großen Anteil an der Unterhaltung ein. Stacy erzählte einige lustige Anekdoten aus ihrer Tätigkeit, natürlich ohne Namen zu nennen, so dass er aus dem Lachen kaum herauskam. Beim Kaffeehaus angekommen nutzten sie die Gelegenheit es sich gemütlich zu machen. Stacy bestellte ein großes Stück Frankfurter Kranz.

Niklas konnte sich noch gut daran erinnern, denn sein Gesichtsausdruck muss wohl so perplex gewesen sein, dass Stacy anfing zu lachen. 'Hast du etwa gedacht wir Walk-on-Girls sind wie Models und achten auf die Kalorien. Bloß keine Süßigkeiten, Zucker, Kohlenhydrate?' Sie lachte glockenhell und als er etwas erwidern wollte, unterbrach sie ihn mit einer einzigen Geste der Hand. 'Schon okay' sagte sie.

Niklas wusste noch genau wie peinlich es ihm damals war, dass er solche Vorurteile hatte, und er war sich sicher, dass sein Gesicht dunkelrot angelaufen war. Aber Stacy verlor kein Wort mehr darüber. Vielmehr war dieser Moment der Auslöser, dass sie das Thema Dartsport ad acta legten und sich über private Dinge unterhielten, wie zum Beispiel ihre Berufe. Damals hatte er von Stacys Studium und der vorangegangenen Ausbildung erfahren.

Sie war sehr froh gewesen, dass dieser Studiengang nun in Bonn angeboten wurde. Sie hatte es als einen Wink des Schicksals bezeichnet, denn sie fühlte sich sehr eng mit Bonn, ihrer Familie und ihren Freunden und Bekannten, insbesondere auch ihrer Volleyballmannschaft, verbunden. 'Wenn ich für das Studium aus Bonn weg müsste, ich glaub, dann würde ich es nicht machen' hatte sie ihm damals erklärt. 'Hier bin ich glücklich, hier bin ich zu Hause und wegzugehen, und das aufzugeben, wenn auch nur für eine begrenzte Zeit, dass kann ich mir einfach nicht vorstellen.'

Niklas kam es vor, als wenn dieses Gespräch nicht bereits vor Jahren, sondern erst vor wenigen Tagen stattgefunden hätte, so präsent war es ihm in diesem Moment. Und nun war Stacy tot. Ermordet. Und trotz dieser Verbundenheit, die Stacy ihm in diesem Gespräch so deutlich vermittelt hatte, konnten sie jetzt niemanden finden, der ihnen auf der Suche nach Stacys geheimnisvollem Freund weiterhelfen konnte. Das passte einfach nicht zusammen. Warum konnte oder wollte Stacy ihren Bekannten, Freunden und ihrer Familie nichts erzählen?

Niklas seufzte hörbar als er die Augen wieder öffnete. Er ging seine Erinnerungen an die gemeinsame Zeit mit dem Opfer noch einmal durch, hoffend dort vielleicht einen Anhaltspunkt zu finden. Allerdings ohne Erfolg. Er musste weitersuchen. Denn nur dann würde es ihnen gelingen den Mörder zu überführen.

18. Kapitel

Ein Rückblick ins Labor:

Als die Kriminaltechniker mit ihrer Ausbeute vom Hotel im Labor angekommen waren hatten sich einige von ihnen daran gemacht den Inhalt der Mülleimer in Augenschein zu nehmen. Sie hatten gemeinsam mit dem Hausmeister des Hotels drei Mülleimer abmontiert und diese mit ins Labor genommen. Sie hatten sich dabei auf die Mülleimer beschränkt, die in räumlicher Nähe zu dem Notausgang montiert waren. Die Kriminaltechniker hatten die Mülleimer bereits vor Ort nummeriert und den jeweiligen Standort dokumentiert. Die Zeichnung war nicht maßstabsgetreu, erfüllte aber den Zweck der räumlichen Zuordnung. Die genauen Standorte und örtlichen Begebenheiten hatten die Kriminaltechniker zusätzlich durch Fotoaufnahmen festgehalten.

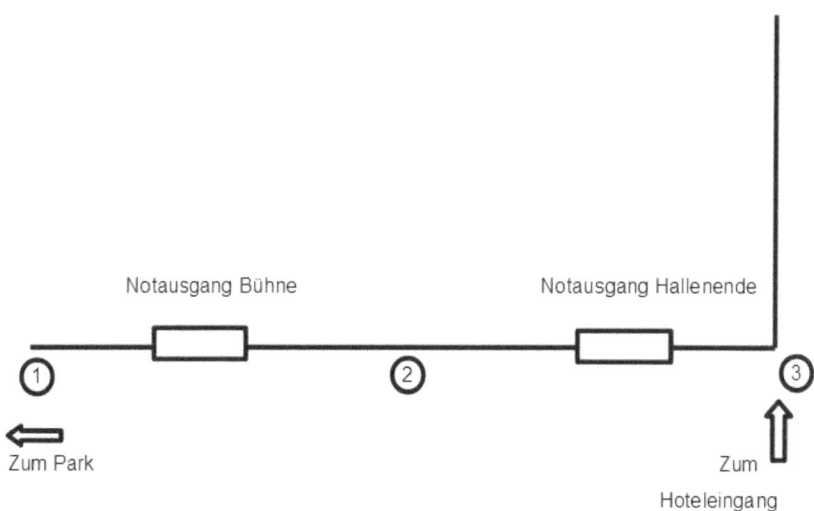

Die Kriminaltechniker hatten den Müll getrennt nach Mülleimern analysiert. Dazu wurde der Inhalte eines jeden Mülleimers auf einer Plane ausgebreitet und jedes Müllstück einzeind gesichtet, dokumentiert und auf eine mögliche Verbindung zum Täter oder zum Opfer untersucht.

Wie es nicht anders zu erwarten gewesen war hatten die Kriminaltechniker damit alle Hände voll zu tun gehabt. Auch wenn die Mülleimer am Freitag noch geleert worden waren hatten die Dartsportfans und Spaziergänger für einige Inhalte gesorgt. Überwiegend in Form von Dosen, Kaffeebechern und Verpackungen von Süßigkeiten. Diese waren von den Kriminaltechnikern separiert worden. Sie auszuwerten wäre aus arbeitsökonomischen Gründen unangemessen gewesen. Die Wahrscheinlichkeit, dass darüber eine Verbindung zum Täter geschaffen werden könnte beziehungsweise diese überhaupt vom Täter stammten, war einfach viel zu gering, als dass sie den Aufwand gerechtfertigt hätte. Zumindest in einem ersten Aufschlag. Würde die Suche ergebnislos bleiben, könnte die Analyse immer noch auf diese Gegenstände ausgeweitet werden.

Die Auswertung der Inhalte des ersten Mülleimers, der einige Meter neben dem Notausgang in Richtung Hotelpark montiert gewesen war, blieb ohne Ergebnis. Auffällig war lediglich, dass dieser Mülleimer viele Kaffeebecher to go und Eisbecher enthielt. Wahrscheinlich von dem kleinen Kiosk im Hotelpark, an dem ein kleines Angebot an Heißgetränken und Erfrischungen, insbesondere in Form von Speiseeis, angeboten wurde.

Doch der Inhalt des zweiten Mülleimers hatte die Aufmerksamkeit der Kriminaltechniker erregt. Als Detlef mit seinen Kollegen den Inhalt sortiert hatte, hatte er unter einem Haufen von Verpackungsmaterialien ein Taschentuch gefunden. Er hatte es mit seinen behandschuhten Fingern vorsichtig hochgehoben und vor sein Gesicht gehalten, um es genauer in Augenschein nehmen zu können. Was er sah hatte ihn zu einem leisen Pfiff veranlasst. Das Taschentuch war blutig.

Das allein war natürlich noch kein Beweis, dass es in einem Bezug zu dem Verbrechen stand, rechtfertigte aber auf jeden Fall eine genauere Untersuchung.

„Gut das der Mensch linksorientiert ist und nicht nur eine erhöhte Aufmerksamkeit für die linke Seite hat sondern sich auch lieber linksherum bewegt. Das nutzt mal nicht nur den Supermärkten", hatte Detlef gemurmelt. Seine Kollegen hatten ihn irritiert angesehen. „Supermärkte setzen bei ihrer Raumplanung auf dieses System und", hatte Detlef zu erklären begonnen, war jedoch rigoros von seinem Kollegen unterbrochen worden. „Das ist mir schon klar", war er ihm ins Wort gefallen. „Aber warum nutzt uns das?"

Detlef hatte wortlos auf den Inhalt des ersten Mülleimers gedeutet. „Wie du siehst werden Kaffeebecher häufig mit kleinen Resten weggeschmissen. Auch in den Eisbechern sind fast immer noch Reste von geschmolzenem Eis. Darum sind die Inhalte des ersten Mülleimers, nun ja, sagen wir mal, verschmutzt. Und klebrig. Überall ausgelaufene Reste, die sich auf dem Müll angesammelt haben. Gehen wir mal davon aus, dass das Taschentuch mit dem Mord in Verbindung steht und vom Täter in dem Mülleimer entsorgt wurde. Hätte der Täter sich nach rechts orientiert, dann wäre das blutige Taschentuch in diesem Mülleimer gelandet. So ist es aber in der, naja, sagen wir mal saubereren Tonne gelandet." Das Wort sauberer hatte Detlef dabei mit den Fingern in Anführungszeichen gesetzt. „Und das kann für uns nur von Vorteil sein." Mit diesen Worten hatte Detlef seine Erklärung beendet und sein Kollege hatte zustimmend genickt. Das war tatsächlich von Vorteil, insbesondere für eventuell vorhandenes Spurenmaterial.

Detlef hatte dem blutigen Taschentuch dann seine ungeteilte Aufmerksamkeit zugewandt, während seine Kollegen sich mit dem Inhalt der dritten Tonne beschäftigt hatten. Detlef war ein wenig erleichtert gewesen, dass er sich nun mit etwas anderem als dem Sortieren und Sichten des Mülls beschäftigen konnte, auch wenn er das nie zugegeben hätte. Denn bei dem Sortieren waren die Kriminaltechniker in Ganzkörperanzüge gehüllt, um zu verhindern, dass sie Spuren, zum Beispiel Haare, in den Müll einbrachten. Über die Schuhe hatten sie Überzieher gezogen. Und natürlich trugen sie Einweghandschuhe. Gerade im Sommer ein nicht wirklich beliebtes Outfit.

Detlefs Kollegen hatten den Müll des dritten Mülleimers auf eine Plastikplane geschüttet, wie sie es auch schon mit den anderen beiden Mülleimern gemacht hatten. Die intensive Sichtung der einzelnen Müllstücke schien ohne Ergebnis zu bleiben. Doch als sie fast mit der Arbeit fertig gewesen waren, zeigte sich doch noch ein interessantes Fundstück. Ein Lippenstift, dessen äußere Hülle eine rote Substanz aufwies. Ob es sich dabei um Blut handelte würde eine genaue Untersuchung ergeben.

Detlef hatte währenddessen mittels eines Hämoglobintests nachgewiesen, dass es sich bei dem Blut auf dem Taschentuch um menschliches Blut handelte. Mit diesem Ergebnis hatte er gerechnet, aber man konnte sich ja nie sicher sein. Immer wieder waren in Mülleimern auch Anhaftungen von tierischem Blut festzustellen, insbesondere in der Nähe von Parks und anderen Grünflächen. Das war dann vielfach auf Verletzungen von Haustieren, zum Beispiel durch herumliegende Scherben, zurückzuführen, die von den Besitzern erstversorgt und dann sorgfältig verbunden worden waren.

Da festgestanden hatte, dass es sich um menschliches Blut handelte, hatte Detlef sich dem nächsten Schritt zugewandt. Ein DNA-Profil aus dem Blut zu gewinnen. Nur so könnte eine eventuell bestehende Verbindung zu der Tat nachgewiesen werden. Detlef hatte zudem getestet, ob neben dem Blut weiteres Spurenmaterial vorhanden war, aus dem sich gegebenenfalls ein weiteres DNA-Profil gewinnen ließ. Nun galt es, die Ergebnisse abzuwarten.

Detlefs Kollegen hatten sich in der Zwischenzeit der Analyse des gefundenen Lippenstiftes gewidmet. Bereits auf den ersten Blick war klar gewesen, dass der gefundene Lippenstift nicht zu der Farbe passte, die das Opfer aufgetragen hatte. Der gefundene Lippenstift war viel heller, fast rosa. Dennoch könnte er dem Opfer gehören.

Detlefs Kollegen hatte eine Probe der rötlichen Substanz, die sich an der Hülle des Lippenstiftes befand, genommen. Die Auswertung der Probe hatte ergeben, dass es sich dabei um Nagellack handelte.

Hatten bereits Färbung und Konsistenz darauf hingewiesen, dass es sich nicht um Blut handelte, hatte dahingehend dadurch nun Gewissheit bestanden. Auf der Hülle waren zudem Fingerabdrücke sichergestellt worden. Ein Abgleich mit den Fingerabdrücken des Opfers hatte keine Übereinstimmung ergeben. Um sicherzugehen, dass der Lippenstift dem Opfer tatsächlich nicht zugeordnet werden konnte, hatten die Kriminaltechniker zudem eine Probe von der Fläche des Lippenstiftes genommen, um Material für ein DNA-Profil zu erhalten. Eine Übereinstimmung ergab sich nicht. Es konnte also davon ausgegangen werden, dass der Lippenstift in keiner Verbindung zum Opfer und seiner Ermordung stand. Natürlich wurden die durchgeführten Test und deren Ergebnisse dennoch genaustens dokumentiert und zu den Fallakten gereicht.

Während der sich ergebenden Wartezeiten hatten sich die Kriminaltechniker eine kurze Pause genehmigt. Der verführerische Duft von frisch gebrühtem Kaffee hatte den Pausenraum durchzogen und auch den letzten Müllgeruch aus ihren Nasen vertrieben. Sandra, eine, oder besser gesagt die einzige Kriminaltechnikerin aus Detlefs Team, wollte bald heiraten, konnte sich bislang aber nicht für die Geschmacksrichtung der Hochzeitstorte entscheiden. Daher hatte sie kurzentschlossen von allen Kuchen, die es in die engere Auswahl geschafft hatten, Proben mitgebracht. Sie hatten sich also durch alle Kuchen durchprobiert und am Ende hatte Sandra eine Abstimmung organisiert. Da die Hochzeitstorte dreistöckig werden sollte – zumindest das stand schon fest – hatte Sandra beschlossen, dass jeder drei Stimmen haben sollte. Schließlich sollte jede Etage eine andere Geschmacksrichtung aufweisen.

Die meisten Stimmen erhielt ein luftiger Vanilleboden, gefüllt mit einer Vanillecreme und frischen Erdbeeren. Auf Platz zwei landete ein Roter Sandkuchen, gefüllt mit einer Frischkäsecreme mit Vanille und Schokoladenstückchen. Den dritten Platz belegte ein wahrgewordener Schokoladentraum. Ein Schokoladenboden gefüllt mit

Schokoladencreme und Schokoladenganache aus Zartbitterschokolade mit 90% Kakaoanteil.

Es stand also fest. Die Etagen wollte Sandra den Platzierungen entsprechend verteilen. Platz 1 für die erste, also größte, Etage und so weiter. So hatten sie alle etwas davon gehabt. Sandra hatte endlich eine Entscheidung getroffen und die anderen waren in den Genuss von sehr leckerem Kuchen gekommen.
„Danke! Ihr habt mir echt geholfen! Stefan, mein Verlobter, macht sich schon die ganze Zeit lustig über mich, weil ich mich einfach nicht entscheiden kann." Sandra hatte gelächelt, aber Detlef hatte gespürt, dass da noch etwas war.

„Alles okay? Können wir dir noch irgendwie helfen?"

Nachdenklich hatte Sandra den Kopf gewiegt. „Nun ja, da gibt es wirklich was. Ihr kennt mich ja nun schon ein bisschen und wisst ja, dass ich nicht so der klassische Typ bin. Und Stefan geht's da ähnlich. Wir haben einen tollen Tortendekorateur, der unsere Torte machen wird, aber leider wissen wir nur, was wir nicht wollen. Wir wollen keine Blumen und Spritzmuster, egal wie naturgetreu und elegant es aussieht. Wir müssen aber Vorgaben machen, damit die Torte gestaltet werden kann. Nicht nur zu den Kuchen sondern auch zur Deko. Ideen?"

Die Kriminaltechniker hatten ein wenig hilflos dreingeblickt. Auch wenn einige von ihnen verheiratet waren, alles, was mit Dekoration zusammenhing, hatten ihre Frauen übernommen. Detlef hatte sich dafür verflucht, dass er die Frage gestellt hatte. Aber dann war ihm doch etwas eingefallen, was Sandra gefallen könnte.

„Ihr beide seid doch musikalisch ziemlich aktiv, oder? Stefan spielt in einer Band und auch du bist der Musik sehr verbunden und singst gerne." Sandra hatte genickt. „Und ihr habt ein Farbkonzept für die Hochzeit?" Wieder hatte Sandra genickt. „Dunkelgrau, silber und lila", hatte sie hinzugefügt.

„Ich würde vorschlagen, dass ihr die unterste und die oberste Etage mit hellgrauem Fondant eindeckt. Die mittlere Etage mit lilafarbenem Fondant. Die beiden Etagen in hellgrau werden mit Noten aus Fondant verziert. In den Farben lila, silber und dunkelgrau. Die zweite Etage bleibt so wie sie ist. Und statt der typischen Hochzeitsfigur auf der obersten Etage zwei Notenschlüssel. Ein lilafarbener Violinschlüssel mit silbernen Verzierungen steht für dich. Und ein silberner Bassschlüssel mit lilafarbenen Verzierungen für deinen Verlobten. Das ist schlicht und geschmackvoll und trotzdem individuell. Und passt thematisch zu euch." Triumphierend hatte Detlef Sandra angeblickt. Sie war absolut perplex gewesen. Die Idee war gut. Sehr gut sogar. Und sie würde Stefan auch gefallen, da war sie sich sicher. Aber das ausgerechnet einer ihrer männlichen Kollegen die zündende Idee haben würde, damit hatte sie nicht gerechnet.

Detlef hatte schmunzeln müssen als er Sandras Gesichtsausdruck gesehen hatte. „Es gibt da eine Fernsehserie über einen Tortenbäcker und Dekorateur aus Amerika. Da bleib ich beim Zappen schon mal hängen", hatte er lächelnd erklärt.

„Ich glaube die werd ich mir auch mal anschauen", hatte Sandra erwidert. Dann hatte sie sich ihr Handy geschnappt um erst ihren Verlobten und dann ihren Tortenbäcker zu informieren.

Sie hatte den Punkt gedanklich in ihrem Hochzeitsplaner abgehakt und sich dann wieder ihrer Arbeit gewidmet.

19. Kapitel

Weder Christiane noch Jonas oder Bernd wunderten sich, als sie ins Büro kamen und Niklas bereits dort war. Allen war bewusst, dass der Fall ihm nahe ging. Sie setzten sich zu ihm und griffen schweigend zu Kaffee und Croissants. Nervennahrung konnten sie alle gebrauchen. Niklas war ihnen dankbar dafür, dass sie ihm keine Fragen stellten. Er hätte ihnen nicht erklären können, was er empfand. Er verstand es ja selber nicht. Aber er fühlte sich, als hätte man ihm etwas genommen. Sein Hobby hatte seine Unschuld verloren. Es war für ihn immer wie ein zweites Leben gewesen, fernab von seinem Beruf, seinem Alltag. Und nun hatten sich diese Welten vermischt. Dies ließ sich nie mehr rückgängig machen. Aber er musste den Täter finden. Würde ihm das nicht gelingen, so könnte er den Dartsport nie wieder genießen. Zumindest empfand er es so. Und das durfte nicht passieren. Dazu bedeuteten ihm der Dartsport und diese zweite Welt, diese zweite Familie, einfach zu viel. Natürlich wollte er jedes Verbrechen aufklären, jeden Täter finden. Für die Opfer und die Angehörigen. Darum war er zur Polizei gegangen. Aber diesmal, so befürchtete er, würde ein Scheitern etwas in ihm zerstören.

Niklas schüttelte den Gedanken ab und wandte sich seinen Kollegen zu. „Guten Morgen!", eröffnete er das Gespräch. „Es gibt neue Erkenntnisse." Dann fasste er die Ergebnisse, die er am Morgen von Detlef erhalten hatte, für seine Kollegen noch einmal zusammen.

„Es besteht somit also der konkrete Verdacht, dass derjenige, mit dem das Opfer eine Liebesbeziehung unterhalten hat, sie ermordet hat", überlegte Christiane. „Aber natürlich bleibt auch die Möglichkeit bestehen, dass Kody Dawson der Täter ist. Er könnte von der Schwangerschaft erfahren haben und das hat das Fass zum Überlaufen gebracht. Er war eh schon angeschlagen, da Stacy die Beziehung zu ihm beendet hat. Vielleicht sind ihm einfach die Sicherungen durchgebrannt."

Niklas schüttelte den Kopf. „Die Tat war geplant", sagte er an Christiane gewandt. „Anders ist es nicht zu erklären, dass weder auf dem Dartpfeil noch auf dem Flight Fingerabdrücke zu finden sind. Ich denke, da sind wir uns einig." Alle nickten zustimmend.

Der Signalton verriet den Eingang einer Email und Niklas stand sofort auf um nachzusehen. Nachdem er von Jonas und Christiane erfahren hatte, dass Marvin Groterhorst sich ab 16.00 Uhr für etwa 20 Minuten nicht an seinem Arbeitsplatz aufgehalten sondern eine Pause gemacht hatte, um ein Telefonat zu führen, hatte Niklas die Verbindungsdaten vom Handy des Verdächtigen angefordert. Diese lagen nun vor und alle waren gespannt darauf, ob sich die Aussage von Marvin Groterhorst damit bestätigen ließ.
Schon auf den ersten Blick konnten sie sehen, dass dies nicht der Fall war. Der Verdächtige hatte am Tattag sein Handy letztmalig um 08.15 Uhr benutzt. Aber warum hatte er dann gegenüber seinen Kollegen erklärt er ginge telefonieren? Und wo war er in der Zeit stattdessen? Marvin Groterhorst hatte somit kein Alibi, zumindest keins, dass den Ermittlern bekannt wäre. Und von ihm selbst konnten sie keine Angaben bekommen. Er war nach Auskunft von den Klinikärzte nicht vernehmungsfähig. Er wurde mit Medikamenten weitestgehend ruhiggestellt.

„Könnte Herr Groterhorst einen Telefonanschluss des Hotels genutzt haben?", fragte Bernd. Jonas schüttelte den Kopf. „Das haben wir Frau Schwalb auch gefragt. Sie kann es natürlich nicht ausschließen, aber es wurde die strikte Order herausgegeben, dass die Hotelanschlüsse für private Gespräche absolut tabu sind. Dafür ist es den Angestellten gestattet ihre Handys während der Arbeitszeit zu benutzen. Im Allgemeinen ist die Hotelleitung bei der Arbeitszeitregelung sehr großzügig. Wichtig ist, dass alle anfallenden Arbeiten fristgerecht erledigt werden. Verzögerungen werden nicht geduldet. Und solange diese Maßgabe eingehalten wird dürfen die Angestellten sich ihre Pausen frei einteilen. Und laut Frau Schwalb klappt dieses System äußerst gut. Viel besser als noch vor einigen Jahren, als es feste Pausenzeiten und Anwesenheitspflichten gab."

„Haben wir einen Anhaltspunkt wo sich Marvin Groterhorst in der Zeit ab 16.00 Uhr aufgehalten hat?", hakte Bernd nach. Jonas und Christiane schüttelten den Kopf. „Die Kollegen wussten nur das er mit seiner Verlobten telefonieren wollte. Das tat er wohl regelmäßig. Jeden Tag führte er ein etwa 20minütiges Gespräch mit seiner Verlobten. Immer etwa in dieser Zeit. Für seine Kollegen war das okay weil er in der Zeit vom anfallenden Arbeitsvolumen her entbehrlich war. Seine Kollegen beschrieben ihn als äußerst rücksichtsvoll. Aber wir wissen, dass er keine Verlobte hat. Warum also hat er sich jeden Tag für etwa 20 Minuten entfernt und was hat er in der Zeit gemacht? Wir haben bislang keinen Hinweis, der uns eine Antwort auf diese Frage liefern würde."

„Was wissen wir sonst noch?", fragte Bernd. „Haben wir weitere Hinweise die auf Marvin Groterhorst als Täter hinweisen oder Beweise die ihn als Täter ausschließen?"

„Bei der Beantwortung der Frage kann ich vielleicht helfen", klang Detlefs muntere Stimme aus Richtung der Bürotür. Die Köpfe der Ermittler fuhren zu ihm herum. Detlef lehnte im Türrahmen. In der Hand hielt er einen Hefter mit den neusten Ergebnissen der Kriminaltechnik. Er betrat das Büro, zog sich einen Stuhl heran, schlug die Mappe auf und begann mit seinem Bericht.

„Der Rechner des Verdächtigen war ziemlich aufschlussreich. Auf ihm befanden sich tausende Fotos von Jessica Stratmanns, auch aktuelle. Er weiß wo sie wohnt, wo sie arbeitet und wo sie zum Sport geht. Er hat zudem mehrere hundert manipulierte Fotos erstellt die ihn zusammen mit Jessica zeigen. Im Park, im Urlaub, beim Stadtbummel. Er hat sich ein gemeinsames Leben mit ihr erträumt und per Foto erschaffen."

Detlef machte eine kurze Pause für etwaige Zwischenfragen. Als keine kamen fuhr er fort. „Wie ihr wisst haben wir zudem die Kleidung des Verdächtigen zur kriminaltechnischen Untersuchung vorliegen. Auf der Kleidung von Herrn Groterhorst befinden sich keinerlei Blutspuren oder anderes Spurenmaterial das vom Opfer stammt. Die Fasern, die auf der Kleidung des Opfers gefunden wurden, stammen definitiv nicht von der Kleidung des Verdächtigen. Ausgehend von der Platzwunde, die das Opfer vermutlich im Kampf mit dem Täter davongetragen hat, hätten wir deutliche Blutspuren auf der Kleidung des Verdächtigen finden müssen. Marvin Groterhorst hätte sich also umziehen oder seine Kleidung irgendwie schützen müssen. Er hätte nach der Tat also nicht sofort an seinen Arbeitsplatz zurückkehren können. Er hätte sich umziehen müssen oder die Kleidung, die er zum Schutz trug, zum Beispiel ein Dartshirt, entsorgen müssen. Also nein, wir haben keinerlei Beweise, die Marvin Groterhorst weiter belasten oder entlasten. Auf eins sollte ich aber noch hinweisen. Wir haben Spermaspuren in der Unterhose des Opfers gefunden und auch an der Innenseite der Hose im Bereich der Oberschenkel. Es gibt aber keinen Hinweis darauf, dass der Verdächtige Geschlechtsverkehr hatte. Wir konnten keine Vaginalflüssigkeit feststellen. Aufgrund der Menge der gefundenen Spermarückstände ist es aber eher unwahrscheinlich, dass ein Kondom benutzt wurde. Ich würde auch ausschließen wollen, dass er Oralverkehr hatte, denn auch dabei wäre die Menge an Sperma, die auf seinen Körper und von dort auf seine Kleidung gelangt ist, nicht zu erklären."

„Und was bedeutet das?", fragte Christiane. „Masturbation", antwortete Detlef lapidar. „Du meinst unser Verdächtiger hat sich zurückgezogen um sich einen runter zu holen?" Perplex blickte Christiane Detlef an. „Ich kann euch nicht sagen, wann der Verdächtige Hand angelegt hat. Ich halte es aber durchaus für möglich. Euer Täter ist, nach allem was wir wissen, vollkommen auf eine Frau fixiert. Diese Fixierung wird mit einem sexuellen Verlangen einhergehen. Und da er seinen Trieb nicht mit dem Objekt seiner Begierde ausleben kann bleiben ja nicht allzu viele Alternativen. Aber das ist reine Spekulation, die sich nicht durch wissenschaftliche Erkenntnisse stützen lässt."

„Gibt es irgendwelche Beweise dafür, dass der Knopf von Marvin Groterhorsts Weste nach dem Tod auf dem Opfer platziert worden ist?", fragte Niklas. Detlef schüttelte den Kopf. „Im Unterschied zu dem Dartpfeil wurde der Knopf nicht manipuliert. Zumindest gibt es keine Hinweise darauf, dass eine andere Person als Marvin Groterhorst den Knopf angefasst hat. Allerdings könnte die Person natürlich Handschuhe getragen haben um keine Spuren zu hinterlassen."

„Ist absehbar wann wir mit dem Verdächtigen sprechen können?", fragte Christiane. Diesmal war es Niklas, der den Kopf schüttelte. „Ich habe mit dem behandelnden Arzt von Marvin Groterhorst gesprochen, kurz bevor ihr kamt. Er hat einen massiven psychotischen Schub. Er musste ruhiggestellt werden um eine Selbst- und eine Fremdgefährdung zu verhindern. Er soll medikamentös eingestellt werden. Wie ich erfahren habe, ist eine solche Einstellung bereits erfolgt, als er wegen des Nachstellens in einer Klinik untergebracht war. Aber die Blutanalyse hat gezeigt, dass er seine Medikamente wohl seit einiger Zeit nicht mehr eingenommen hat. Es wird also mit Sicherheit noch einige Tage dauern bis wir mit ihm sprechen können. Vielleicht auch länger."

Schweigend blickten sich die Ermittler an, nachdem Detlef sich von ihnen verabschiedet hatte um im Labor weiter zu arbeiten. Der Knopf, der am Tatort gefunden wurde, belastete Marvin Groterhorst. Und er hatte kein Alibi. Zumindest kein bekanntes und nachweisbares Alibi. Aber die anderen Spuren sprachen dafür, dass der geheimnisvolle Freund des Opfers der Täter war. Sie mussten Marvin Groterhorst entweder überführen oder entlasten.

„Ich habe Jessica Stratmanns auf die Dienststelle gebeten", unterbrach Niklas das Schweigen. „Sie müsste jeden Moment hier sein." Bereits wenige Minuten später klingelte das Telefon. Jessica Stratmanns war eingetroffen und Christiane ging sie abholen.

Bernd wusste nicht, was er erwartet hatte, aber was er erlebte als Christiane mit Jessica Stratmanns ins Büro kam, war es nicht. Er hatte die Strafakte sorgfältig studiert und ihr entnommen, dass Frau Stratmanns extrem unter den damaligen Vorfällen gelitten hatte. Sie hatte sich vollkommen zurückgezogen. Dieser Rückzug war so weit gegangen, dass sie alle Fenster ihrer Wohnung verhangen hatte. Die Wohnungstür hatte sie mit mehreren Schlössern gesichert. Sie hatte sich vollkommen verbarrikadiert und die Wohnung nicht mehr verlassen. Ihre Eltern mussten alle Besorgungen für sie erledigen und sich mittels eines Meldesystems ankündigen. Unangekündigte Besuche hatten Panikattacken bei Jessica Stratmanns ausgelöst, weshalb sie sowohl ihre Klingel als auch das Telefon abgeschaltet hatte. Ihre einzige Verbindung zur Außenwelt war ihr Laptop. Jedes unerwartete oder lautere Geräusch hatte ebenfalls Panikattacken zur Folge gehabt. Selbst enge Freunde fanden keinen Zugang zu ihr. Neben ihren Eltern vertraute Jessica Stratmanns nur einer weiteren Person.

Und jetzt sah er eine freundliche, lebensbejahende junge Frau vor sich, die Selbstbewusstsein und Offenheit ausstrahlte und das Leben zu genießen schien. Unwillkürlich wünschte sich Bernd sie hätten sie nicht vorgeladen. Oder besser gesagt, sie müssten nicht mit ihr sprechen. Er bekam Angst. Angst, dass die Ermittlungen und die gewonnenen Erkenntnisse Jessica Stratmanns seelisch kaputt machen würden. Und das es diesmal endgültig sein könnte.

Auch Niklas ging Einiges durch den Kopf als er Jessica Stratmanns erblickte. Aber ihm setzte mehr die verblüffende Ähnlichkeit mit Stacy zu als die Frage, wie sich die nun kommende Befragung auf Jessica Stratmanns auswirken würde. Als Jessica Stratmanns, begleitet von Christiane, das Büro betrat stockte ihm für einen kurzen Moment der Atem und er brauchte einen Augenblick um sich zu fangen. Mit einer Handbewegung bedeutete er Jessica Stratmanns Platz zu nehmen während Christiane ihr einen Kaffee einschüttete. Niklas setzte sich zu ihr an den Tisch und räusperte sich kurz.

„Frau Stratmanns, vielen Dank das sie so kurzfristig kommen konnten. Wie ich ihnen bereits am Telefon mitgeteilt habe, hoffe ich, dass sie uns bei unseren Ermittlungen weiterhelfen können." Niklas machte eine kurze Pause, aber Jessica Stratmanns schwieg und blickte ihn nur fragend an.

„Kennen sie diese Frau?", fragte Niklas und reichte Jessica Stratmanns ein Foto von Stacy. Diese schüttelte den Kopf. „Wer ist das?", fragte sie. „Die Ähnlichkeit mit mir ist ja verblüffend." Mit einer Mischung aus Faszination und Irritation betrachtete sie das

Foto. „Sind sie sicher?", hakte Niklas nach. „Ganz sicher", antwortete Jessica Stratmanns. „Worum geht es hier denn eigentlich?"

Bernd meinte einen Anflug von Angst in ihrer Stimme zu hören. Er wusste, dass das Gespräch nun sehr unangenehm werden würde. „Die Frau, die sie auf dem Foto sehen, wurde ermordet aufgefunden." Während er sprach nahm er am Tisch gegenüber von Jessica Stratmanns Platz. „Und was habe ich damit zu tun?", fragte sie und blickte Bernd aufmerksam aber auch ein wenig neugierig an.

„Im Zuge unserer Ermittlungen sind wir auf Marvin Groterhorst aufmerksam geworden", antwortete Bernd. Bei der Nennung des Namens stieß Jessica Stratmanns einen grellen Schrei aus und sprang wie von der Tarantel gestochen von ihrem Stuhl auf. In ihrer Hektik stieß sie gegen den Tisch und der Kaffee aus ihrer Tasse ergoss sich über die Tischplatte.

„Bitte beruhigen sie sich", sagte Christiane mit sanfter Stimme und legte ihr beruhigend den Arm um die Schultern. Sie spürte, dass Jessica Stratmanns am ganzen Körper zitterte. Mit leichtem Druck bugsierte sie Jessica Stratmanns wieder auf den Stuhl. Jonas, der in der Zwischenzeit den Kaffee vom Tisch gewischt hatte, reichte ihr ein Glas Wasser. Mit zitternden Händen trank sie einige Schlucke.

„Ist er.... Bedeutet das.... Wo.... Wieso ist er wieder..... Wie kann das sein?" Jessica Stratmanns war sichtlich mitgenommen, bemühte sich aber, sich wieder zu fangen. Bernd übernahm das Antworten. „Herr Groterhorst wurde vor einigen Monaten aus der psychiatrischen Klinik entlassen und ist hier nach Bonn gezogen, wo er eine Arbeitsstelle gefunden hat. Der Mord ereignete sich auf dieser Arbeitsstelle und so wurden wir auf ihn aufmerksam. Und wie sie schon festgestellt haben hat das Opfer eine große äußerliche Ähnlichkeit mit ihnen." „Und sie meinen Herr Groterhorst könnte der Täter sein? Und das diese junge Frau sterben musste weil sie mir ähnlich sah?"

„Im Moment stehen wir noch ganz am Anfang unserer Ermittlungen", antwortete Niklas. „Wir müssen allen Spuren und Hinweisen nachgehen und dürfen keine Möglichkeit außer Acht lassen." Jessica Stratmanns murmelte Zustimmung. „Wo ist er?", fragte sie und es war nicht zu übersehen, dass sie um Fassung rang. „Ich bin mir sicher sie verstehen, dass ich ihnen keine genauen Auskünfte über eine laufende Ermittlung geben darf", erwiderte Niklas. „Aber ich kann ihnen versichern, dass Herr Groterhorst sicher untergebracht ist und von ihm im Moment definitiv keine Gefahr für sie ausgeht. Und nach allem was ich bislang weiß, gehe ich davon aus, dass das auch noch verdammt lange so bleiben wird." Kollektives Nicken der anderen Ermittler. In Jessica Stratmanns Blick sah man noch leichte Zweifel, aber es war trotzdem deutlich zu spüren, dass sie sich etwas entspannte und beruhigte.

„Ich weiß, dass ist jetzt ein ziemlicher Schock für sie", übernahm Christiane die Gesprächsführung. „Aber fühlen sie sich in der Lage uns einige Fragen zu beantworten?" Jessica Stratmanns nickte und nahm einen großen Schluck aus dem Wasserglas. „Was wollen sie wissen?"

„Bitte erzählen sie uns, was damals passiert ist."

Jessica Stratmanns Augen füllten sich mit Tränen. Mit stockender Stimme fing sie an von ihrem Martyrium zu berichten. „Ich arbeitete damals in einem Supermarkt. Als Kassiererin. Wie ich später erfahren habe kam Herr Groterhorst eines Tages in den Supermarkt in dem ich arbeitete. Wie es der Zufall wollte, war ich die Kassiererin, die ihn bediente. Er fiel mir nicht weiter auf. Er war ein Kunde von vielen an diesem Tag, aber bei ihm hat die Begegnung wohl etwas ausgelöst. Die Freundlichkeit, die ich ihm wie all meinen Kunden und Kundinnen entgegengebracht habe, hat er - wohl aufgrund einer schweren psychischen Erkrankung - vollkommen missinterpretiert. Er war sich sicher, dass ich in ihn verliebt bin. Und nicht nur das. Er lebte in der Phantasie eine Beziehung mit mir zu führen. Jeden Tag erhielt ich Liebesbriefe und Blumen von ihm. Ich verlor meinen Job, weil er ständig dort anrief und mich sprechen wollte, um zu fragen, wie es mir geht und was ich gemacht habe. Damals hatte ich noch keine Ahnung um wen es sich handelte. Ich wusste nur, dass es da jemanden gab, der mich auf Schritt und Tritt verfolgte. Der in den gleichen Restaurants aß wie ich, sich die gleichen Filme ansah wie ich, die gleichen Diskotheken besuchte wie ich. Woher ich das wusste? Weil er mir am nächsten Tag erzählte oder schrieb wie toll ich aussah in dem roten Kleid oder wie schön er unseren gemeinsamen Abend gefunden hat und dass er sich freut, dass mir die Lasagne so gut geschmeckt hat. Wie gesagt, mein Job war weg. Mein Chef wusste zwar um die Situation und hat mich unterstützt so gut er konnte, aber irgendwann brachte Herr Groterhorst mit seinem Telefonterror alles zum Erliegen. Das Telefon klingelte in einer Tour. Er ließ sich nicht abwimmeln. Rief immer und immer wieder an, bis ich ans Telefon kam. Dann war Ruhe. Aber natürlich nicht lange. Maximal eine halbe Stunde, dann ging alles wieder von vorne los. So konnte es nicht weitergehen und ich kann verstehen, dass mein damaliger Chef die Konsequenzen gezogen hat." Jessica Stratmanns machte eine kurze Pause um einen Schluck zu trinken.

„Nach der Kündigung erlebte ich den Telefonterror dann zu Hause. Selbst nachdem ich meine Nummer gewechselt hatte, hatte ich nur wenige Tage Ruhe. Dann hatte er meine neue Nummer rausgefunden und es wurde noch schlimmer als es vorher schon war. Irgendwann habe ich mich kaum noch aus dem Haus getraut. Jede Person, die mir auf der Straße begegnete, habe ich verdächtigt mein Stalker zu sein. Und ich hatte Angst. Angst davor, wozu er wohl noch in der Lage wäre. Und mit meiner Angst habe ich ja auch richtig gelegen." Jessica Stratmanns gönnte sich noch einmal eine kurze Pause. Mittlerweile wirkte sie äußerlich vollkommen ruhig, aber es fiel ihr immer noch sichtlich schwer, über das Erlebte zu sprechen.

„Eines Tages hatte ich die Schnauze einfach voll. Irgendetwas in mir bäumte sich auf. Wollte sich nicht unterkriegen lassen. Wollte nicht zulassen, dass mein ganzes Leben von meiner Angst vor diesem Stalker bestimmt wurde. Ich ging also in eine kleine Bar in der Nähe meiner Wohnung um einen Cocktail zu trinken. Einen einzigen Cocktail. Noch dazu alkoholfrei. Was sollte da schon passieren. Zumindest versuchte ich mir das einzureden. Ich kann ihnen sagen was passieren sollte. Herr Groterhorst nutzte einen kurzen Moment der Unaufmerksamkeit und mischte mir irgendein Benzodiazepin in mein Getränk. Sie wissen ja sicher, dass diese Mittel in hoher Dosierung eine Willenlosigkeit und Manipulierbarkeit zur Folge haben. Und die wollte dieses Dreckschwein ausnutzen." Es gelang Jessica Stratmanns nicht länger, sachlich zu bleiben. Sie war wütend. Unglaublich wütend. Dieser Mann hatte ihr so viel angetan. Und sie hasst ihn dafür. „Wenn meine Freundin Saskia nicht gewesen wäre....", Jessica Stratmanns Stimme brach. Diesmal dauerte es deutlich länger, bis sie weitersprechen konnte.

„Saskia kam in die Bar, gerade als Herr Groterhorst den Arm um mich legte und mich in Richtung der Toiletten führte. Mein Gang war wohl ziemlich unsicher und schwankend, und das kam Saskia spanisch vor. Sie wusste, dass ich keinen Alkohol trinke und dass ich aufgrund meines Stalkers extrem misstrauisch war und den Kontakt zu Unbekannten vermied. Ich wollte um jeden Preis die Kontrolle behalten und war viel zu ängstlich als dass ich mich auf ein kleines spontanes Abenteuer mit einer Zufallsbekanntschaft eingelassen hätte. Saskia rief sofort die Polizei und folgte uns um zu sehen wo wir hingingen. Es dauerte Gott sei Dank nur wenige Minuten bis die Polizei eintraf. Herr Groterhorst hatte sich da mit mir schon auf der Toilette eingeschlossen und mich bis auf die Unterwäsche ausgezogen. Als die Polizei die Toilettentür öffnete stand er mit heruntergelassener Hose da. Er ging die Polizisten an, weil sie ihn und seine Freundin störten, und bestand immer wieder darauf, dass man uns in Ruhe lassen sollte. Frisch Verliebte bräuchten nun mal ihre Zweisamkeit." Angewidert verzog Jessica Stratmanns das Gesicht. „Ich habe großes Glück gehabt", flüsterte sie. „Wenn Saskia nicht gewesen wäre oder die Polizei länger gebraucht hätte, dann hätte dieser Mistkerl mich vergewaltigt. Das alles war so schon schwer genug. Aber wenn mehr passiert wäre... Ich weiß nicht ob ich mich davon erholt hätte."

Zum ersten Mal im Verlauf des Gesprächs sah Jessica Stratmanns Niklas direkt in die Augen. „Es war so verdammt schwer. Ich habe mir therapeutische Hilfe gesucht und mein altes Leben komplett hinter mir gelassen. Ich habe alle Kontakte abgebrochen. Außer zu Saskia. Sie ist zusammen mit mir nach Bonn gezogen und hat mich dabei unterstützt mir ein neues Leben aufzubauen. Wir sind ein tolles Team und wohnen immer noch als WG zusammen. Ich dachte dieser Alptraum wäre zu Ende. Aber da habe ich mich wohl geirrt." Bei diesen Worten liefen Tränen über ihr Gesicht. Christiane reichte ihr ein Taschentuch und Jessica Stratmanns lächelte dankbar.

„Glauben sie, dass es jemals enden wird?", fragte sie. „Ja, das glaube ich", antwortete Christiane. Und das tat sie wirklich. Sie war davon überzeugt, dass Marvin Groterhorst sich Jessica Stratmanns so schnell nicht wieder würde nähern können. Unabhängig davon, ob er sich des Mordes schuldig gemacht hatte oder nicht. Er müsste in jedem Fall wieder psychiatrisch betreut werden. Und aufgrund der Schwere der Erkrankung war sie sich sicher, dass er langfristig in der geschlossenen Abteilung der psychiatrischen Klinik bleiben würde.

„Können sie sich vorstellen, dass Herr Groterhorst etwas auf das Opfer projiziert hat? Dass er sie in dem Opfer gesehen hat? Dass er sein Interesse an ihnen auf das Opfer verlagert hat, weil es ihnen ähnlich sah?", fragte Niklas. Langsam schüttelte Jessica Stratmanns den Kopf. „Ich habe mich in der Therapie intensiv mit dem Erlebten und somit natürlich auch mit Herrn Groterhorst auseinandergesetzt. Es gibt eine Einteilung der Stalker in Gruppen, wussten sie das? Der Gruppeneinteilung liegen die Motivation und das Beziehungsverhältnis zu Grunde. Bei Herrn Groterhorst dürfte es sich um einen sogenannten beziehungssuchenden Stalker handeln. Er hat eindeutig eine Fehlwahrnehmung was meine Beziehungsbereitschaft mit ihm betrifft. Ich würde sogar so weit gehen zu behaupten, dass er an Erotomanie leidet." Als sie die fragenden Blicke sah erklärte sie. „Liebeswahn. Jemand, der an Liebeswahn leidet, ist fest davon überzeugt, dass die Person, die er liebt, diese Liebe erwidert, sie aber verheimlicht und nur durch geheime Signale zeigt. Bei einem beziehungssuchenden Stalker wird das Opfer häufig als Seelenverwandter betrachtet. Der Stalker ist sich sicher, dass es seine Bestimmung ist, mit dem Opfer zusammen zu sein.

Auch wenn ich mir wünschen würde, dass es anders ist. Die Fixierung von Herrn Groterhorst betrifft mich als Person und nicht meinen Typ Frau. Ich befürchte, ich bin in seinen Wahnvorstellungen nicht so einfach austauschbar." Es folgte ein verbittertes Lachen.

„Gab es in den letzten Wochen oder Monaten irgendwelche Anhaltspunkte dafür, dass Herr Groterhorst wieder in ihrem Leben war? Deutete irgendwas darauf hin? Ist ihnen irgendetwas aufgefallen?" Nachdenklich schüttelte Jessica Stratmanns den Kopf. „Nein, nichts. Es gab keine Telefonanrufe, keine Liebesbriefe oder Blumen. Wenn er wieder da war, und danach sieht es ja wohl aus, dann hat er sein Verhalten komplett geändert."

„Herr Groterhorst hat seinen Arbeitsplatz täglich gegen 16.00 Uhr verlassen. Er hat Pause gemacht und ist rund 20 Minuten später zurückgekehrt. Fällt ihnen dazu vielleicht etwas ein?"

„Da kann ich nichts zu sagen", antwortete Jessica Stratmanns. „Wie gesagt, ich habe Herrn Groterhorst seit der Gerichtsverhandlung nicht mehr gesehen. Und er hat auch nicht versucht Kontakt zu mir aufzunehmen. Ich dachte, er würde immer noch in der psychiatrischen Klinik behandelt. Also nein, ich kann ihnen nichts dazu sagen. Wo ist seine Arbeitsstelle denn überhaupt?"

Da einige Informationen über den Mord bereits bei der Presse angekommen waren, darunter natürlich auch der Name des Hotels, in dem die Leiche gefunden worden war, gab es für die Ermittler keinen Grund Jessica Stratmanns diese Frage nicht zu beantworten. „Im Hotel Schweizer Hof."

Schlagartig wich die Farbe aus Jessica Stratmanns Gesicht. Sie wurde kreidebleich und Niklas befürchtete, dass sie ohnmächtig werden würde. „Ich glaub mir wird schlecht", murmelte sie und sprang auf. Christiane sprang ebenfalls auf und lief ihr hinterher, um ihr den Weg zur Toilette zu zeigen. Jessica Stratmanns musste sich übergeben. „Geht`s wieder?", fragte Christiane während Jessica Stratmanns sich kaltes Wasser ins Gesicht spritzte. Diese nickte. „Ja, alles okay. Aber das war einfach alles zu viel." Christiane konnte das verstehen, aber noch waren sie nicht am Ende. Ein paar Fragen musste Jessica Stratmanns ihnen noch beantworten. Und darum setzte Niklas die Befragung fort, als Christiane mit Jessica Stratmanns ins Büro zurückkehrte.

„Würden sie mir bitte erklären, warum sie so heftig auf die Nachricht reagiert haben, dass Herr Groterhorst im Schweizer Hof arbeitet?" „Weil mir in diesem Moment klar geworden ist, dass er mich beobachtet hat. Das er in meiner Nähe war und ich ihn nicht bemerkt habe." Als Jessica Stratmanns die verständnislosen Blicke der Ermittler sah fügte sie erklärend hinzu. „Ich arbeite bei einem Versicherungsmakler. Unser Büro ist in dem Gebäudekomplex gegenüber des Schweizer Hofs. Jeden Tag um 16.00 Uhr mache ich Feierabend. Am Kiosk im Hotelpark hol ich mir dann noch einen Kaffee für den Weg zur S-Bahn. Und dass er immer in dieser Zeit Pause gemacht hat, dass war ganz bestimmt kein Zufall. Ich mein, ich kann es natürlich nicht belegen, denn ich habe ihn ja nicht bewusst wahrgenommen, aber jetzt bin ich mir sicher, dass er da war und mich beobachtet hat.

Die Ermittler tauschten einen schnellen Blick. Sie waren sich einig. Marvin Groterhorst hatte Jessica Stratmanns nach seiner Entlassung aus der psychiatrischen Klinik gesucht und gefunden. Und er hatte dort weitergemacht, wo er aufgehört hatte. Oder besser gesagt, aufhören musste. „Können sie abschätzen wie lange sie sich immer dort aufhalten?", fragte Niklas. Jessica Stratmanns nickte. „Ich muss die Bahn um 16.10 Uhr kriegen. Der Kioskmitarbeiter kennt mich schon. Darum steht immer schon alles parat. Meistens wechseln wir noch ein paar Worte, aber spätestens um 16.05 Uhr muss ich los, sonst verpass ich die S-Bahn. Es ist also quasi nur ein kleiner Zwischenstopp auf meinem Heimweg."

Die Ermittler bedankten sich bei Jessica Stratmanns und verabschiedeten sich, nicht ohne ihr noch einmal zu versichern, dass von Herrn Groterhorst momentan keine Gefahr für sie ausging. Und sie alles daran setzen würden, dass das auch so bleibt.

„Und? Was denkt ihr?" Fragend blickte Niklas seine Kollegen an. Nachdenklich wiegte Jonas den Kopf. „Ich glaube, dass Frau Stratmanns mit ihrer Einschätzung richtig liegt. Herr Groterhorst ist auf sie fixiert. Er will sie und keinen Ersatz, der ihr in irgendeiner Form ähnlich sieht. Aber das beweist nicht, dass er nichts mit Stacys Tod zu tun hat. Selbst wenn er auch am Tattag Frau Stratmanns beobachtet hat, blieb ihm genug Zeit, um den Mord zu begehen. Und sein Knopf wurde auf der Leiche gefunden. Der Tatverdacht besteht also weiterhin. Auch wenn ich eher glaube, dass Herr Groterhorst Jessica Stratmanns beobachtet hat und er durch ihren Anblick so erregt war, dass er sich irgendwo, wo er unbeobachtet war, einen runtergeholt hat."

Zustimmendes Nicken von Bernd und Christiane. Allen war bewusst, dass sie mit ihren Ermittlungen immer noch am Anfang standen. Aber wie sollten sie rausfinden, ob Marvin Groterhorst wirklich unschuldig war. Zumindest im Bezug auf den Mord. Schweigend blickten sich die Ermittler an. Gerade als Niklas die Stille durchbrechen und mit seinen Kollegen das weitere Vorgehen abstimmen wollte, klingelte erneut das Telefon. Niklas nahm das Gespräch an. „Okay, ich komm ihn abholen."

„Unten in der Leitstelle steht Herr Hermsen. Er ist wohl ein Angestellter im Schweizer Hof, der eine Aussage im Todesfall Stacy machen möchte", wandte er sich an seine Kollegen. Dann ging er los um Herrn Hermsen abzuholen und ihn ins Büro zu bringen.

In der Leitstelle traf Niklas auf einen mittelalten Mann von etwa 50 Jahren mit graumellierten Haaren und wachen blauen Augen, die Niklas aufmerksam musterten. Niklas begleitete Herrn Hermsen ins Büro und bat ihn Platz zu nehmen. Den angebotenen Kaffee lehnte Herr Hermsen ab. Ein Wasser nahm er jedoch. „Herr Hermsen. Wie mir mitgeteilt wurde, möchten sie mit mir sprechen. Nach ihren Angaben können sie etwas im Mordfall des Walk-on-Girls beitragen. Worum geht es?", begann Niklas das Gespräch.

„Ich komme gerade von meiner Schicht im Schweizer Hof", führte Herr Hermsen aus. „Und dort habe ich erfahren, dass sie Fragen zu meinem Kollegen, Herrn Groterhorst, haben. Es ging dabei wohl irgendwie um die Zeit, nachdem Marvin die Kühlschränke aufgefüllt hat. Und da war wohl auch noch was mit seiner Weste, wenn ich das richtig verstanden habe, und nicht alle Infos wie bei der stillen Post komplett verdreht wiedergegeben wurden." Fragend blickte er Niklas an. Dieser nickte bestätigend. „Und was können sie dazu aussagen?", fragte er.

„Ich kann nicht sagen wann und wie Marvin den Knopf verloren hat. Aber ich kann ihnen zeigen das der Knopf gegen zehn nach drei nicht mehr an der Weste war." „Und wie?", hakte Niklas nach.

„Als ich im Hotel unterwegs war habe ich auf dem Flur Ruben Molenaar getroffen. Marvin kam gerade vom Auffüllen der Kühlschränke. Und da ich ein großer Fan von Ruben bin, habe ich Marvin gebeten, ein Foto von mir und Ruben zu machen. Und weil ich das Foto ursprünglich als Selfie machen wollte – war ja niemand da außer mir – war die Kameraeinstellung noch falsch und Marvin hat erst ein Selfie von sich gemacht, bevor er das Foto von mir und Ruben schoss. Und auf diesem Selfie ist eindeutig zu sehen, dass ein Knopf an Marvins Weste fehlt." Herr Hermsen kramte sein Handy aus der Tasche und zeigte Niklas das Foto.

„Darf ich?", fragte Niklas. Herr Hermsen nickte und Niklas lud das Foto per USB-Kabel auf seinen Computer. Das Foto war mit einem Zeitstempel versehen. Nach diesem war das Foto am Tattag um 15:09 Uhr aufgenommen worden. Und es war eindeutig erkennbar, dass an der Weste des Verdächtigen ein Knopf fehlte.

Niklas und seine Kollegen bedankten sich bei Herrn Hermsen, nachdem sie seine Personalien aufgenommen hatten. Bernd brachte Herrn Hermsen zum Ausgang. Als er ins Büro zurückkehrte setzte er sich wieder zu den anderen. „Jetzt versteh ich gar nichts mehr", meinte er. „Wenn der Knopf schon vor der Tat abgerissen war, warum lag er dann auf den Haaren des Opfers und nicht darunter? Das ergibt doch alles keinen Sinn!"

Jonas schnappte sich den Laptop vom Schreibtisch und rief die Tatortfotos auf. „Ich glaub ich hab da ne Idee", sagte er und deutete auf ein Foto der Auffindesituation. Er vergrößerte das Foto und deutete auf die Getränkekisten, die den Blick auf das Opfer von der Tür aus verdeckt hatten. „Ist natürlich nur Spekulation, aber es wäre doch möglich, dass Herr Groterhorst mit seiner Weste an den Kisten hängen geblieben ist und sich dabei den Knopf abgerissen hat. Der Knopf ist in die Getränkekiste gefallen und dort erst mal liegen geblieben. Der Bereich zwischen den Kisten und dem Körper der Toten ist ziemlich beengt. Es wäre doch möglich, dass der Täter beim Weggehen gegen die Kisten gestoßen ist und der Knopf dann erst herausgefallen und auf den Haaren des Opfers gelandet ist." Fragend blickte Jonas seine Kollegen an.

„Ja, so könnte es gewesen sein", stimmte Niklas zu. „Und eins wissen wir mit Sicherheit. Wir müssen weiter nach Beweisen suchen um den Täter zu überführen." „Und wo sollen wir da ansetzen?", fragte Jonas.

„„Lasst uns die sichergestellten Beweise und die Zeitachse noch einmal durchgehen. Vielleicht fällt uns noch etwa auf", antwortete Niklas.

Alle nahmen sich die entsprechenden Unterlagen und lasen sich diese in Ruhe noch einmal durch. Es herrschte absolute Stille im Büro. Diese wurde nur von einem gelegentlichen Schluck aus der Kaffeetasse oder dem genüsslichen Biss in ein Plätzchen unterbrochen. Erst als sie alle die Unterlagen noch einmal akribisch gesichtet hatten, sprachen sie wieder miteinander. So machte sich jeder unbeeinflusst seine Gedanken. Da jeder eine andere Perspektive hatte, sowohl auf die eigene Ermittlungsarbeit als auch auf die der Kollegen, ergaben sich dabei häufig einige interessante Ansätze, die sie im Anschluss diskutierten und in ihre weitere Ermittlungsarbeit einfließen ließen.

Als der Letzte die Unterlagen aus der Hand legte und sie das Brainstorming beginnen wollten, klingelte das Telefon. Jonas stand auf, um ranzugehen. Der Anruf war von der Spurensicherung. In einem Mülleimer in unmittelbarer Nähe des Notausgangs war ein blutiges Taschentuch gefunden worden. Die Kriminaltechnik war mit der Auswertung des Spurenmaterials beschäftigt. Erst nach Abschluss der Untersuchungen würde feststehen, ob dieses Taschentuch mit dem Verbrechen in Zusammenhang stand oder nicht.

20. Kapitel

Nach der vorliegenden Sachlage waren sich die Ermittler einig, dass die Kette, die Kody Dawson für Stacy hatte fertigen lassen und ihr geschenkt hatte, als Tatwaffe in Betracht kommt. Sie beschlossen daher noch einmal mit Kody Dawson zu sprechen. Glücklicherweise stand kurzfristig ein Dolmetscher für das Gespräch zur Verfügung.

Als Kody Dawson auf dem Polizeirevier eintraf konnte er sich nicht erklären, warum die Ermittler noch einmal mit ihm sprechen wollten. Entsprechend nervös war er, als er gegenüber von Bernd und Niklas am Tisch Platz nahm. Auch Christiane und Jonas waren anwesend, da sie sich entschlossen hatten, das Gespräch im Büro und nicht im Vernehmungsraum zu führen. Sie hielten sich aber im Hintergrund und hörten nur zu. Diese Übermacht verunsicherte Kody Dawson noch zusätzlich. Seine Hände zitterten so sehr, dass er fast den Kaffee verschüttete, den die Ermittler ihm anboten.

„Herr Dawson, wir haben sie noch einmal hergebeten, da wir einige Fragen zu einem Schmuckstück haben, das sie Stacy geschenkt haben sollen." Niklas machte eine kurze Pause bevor er weitersprach, in der Hoffnung, dass Kody Dawson sich ein wenig beruhigte. Dann fuhr er fort. „Wie wir erfahren haben, haben sie für Stacy eine Kette anfertigen lassen. Eine großgliedrige Kette, die an eine Absperrkette erinnert. Ist das zutreffend?"

Kody Dawson nickte. Ein leichtes Lächeln umspielte seine Lippen. „Ja, das stimmt", sagte er. „Ich habe diese Kette entworfen um Stacy an unsere erste Begegnung zu erinnern. Naja, also nicht wirklich unsere erste Begegnung, aber die Begegnung, die dazu geführt hat, dass wir uns besser kennengelernt haben. Ich habe viel Zeit und auch ganz viel Herz in den Entwurf gesteckt. Und Stacy hat sich sehr über mein Geschenk gefreut."

„Wie genau sah diese Kette aus?", fragte Niklas.

„Nun ja, wie sie schon gesagt haben, war es eine großgliedrige Kette. An ihrem Ende laufen die Glieder pyramidenförmig zusammen. Das letzte Glied, also quasi die Spitze der Pyramide, ist dazu gedacht Anhänger daran anzubringen. Wissen sie, für meine erste Begegnung mit Stacy, die zu unserem Kennenlernen führte, war eine Absperrkette ausschlaggebend. Stacy war mit ihren Gedanken ganz woanders und achtete nicht darauf wo sie hinlief. Und da war diese Absperrkette. Und sie stolperte darüber und wäre fast gefallen. Es gelang mir quasi im letzten Moment sie aufzufangen. Sie hat sich furchtbar erschrocken und zitterte am ganzen Körper. Ich habe sie sanft in den Arm genommen und in ein nahegelegenes Café geführt damit sie sich wieder beruhigte. Natürlich habe ich ihr auch ein Getränk spendiert. Und nachdem sich der erste Schock gelegt hatte wurde es ein wunderschöner Nachmittag. Wir haben uns auf Anhieb gut verstanden und viel miteinander gelacht. Immer wenn Stacy lachte hatte sie dieses unglaubliche Leuchten in den Augen. Oder dieses niedliche Grübchen am Mundwinkel wenn sie lächelte. Sie war einfach bezaubernd und ich war auf Anhieb von ihr angetan. Ich genoss jede Sekunde mit ihr. Und als wir aufstanden, um uns zu verabschieden, habe ich sie ganz spontan um ein weiteres Treffen gebeten. Sie können sich gar nicht vorstellen, wie glücklich ich war, als sie zustimmte. Gleich am nächsten Tag haben wir uns wieder getroffen. Und für uns beide stand fest, dass wir in Kontakt bleiben wollten. Wir tauschten unsere Kontakte aus, und als das Turnier zu Ende war, und wir uns verabschieden mussten, war ich traurig und glücklich zugleich. Traurig, weil ich Stacy zurücklassen musste, und glücklich, weil ich diesen wundervollen Menschen kennengelernt hatte und sie nun ein Teil meines Lebens war."

Während er sprach hatten Kodys Hände aufgehört zu zittern und er wirkte vollkommen entspannt. Fast hätte man meinen können er sei glücklich, aber in seinen Augen sah man deutlich die Trauer über den erlittenen Verlust. „Möchten sie die Kette sehen?", fragte er an Niklas gewandt.

„Stacy hat ihnen die Kette also zurückgegeben als sie sich von ihnen getrennt hat?" „Nein, dass hat sie nicht. Und das hätte ich auch nicht gewollt. Das sie sich von mir getrennt hat hat nichts daran geändert, dass ich sie unglaublich gern hatte. Und diese Kette spiegelt ihre Persönlichkeit wieder. Sie ist für sie bestimmt. Und darum habe ich gewollt, dass sie sie behält. Und darum habe ich das Thema auch nie angesprochen."

„Und wie wollen sie uns die Kette dann zeigen?", fragte Bernd. Kody Dawson zog sein Handy aus der Jackentasche und suchte einen Augenblick. Dann reichte er Bernd das Handy. Auf dem Display war ein Foto der Kette zu sehen. Sie war auf einem Schmucktablett ausgebreitet. In ihrer Mitte lagen einige Anhänger. Genau wie Stacys Freundinnen erzählt hatten.

Christiane und Jonas kamen hinzu um sich das Foto ebenfalls anzuschauen. Ein außergewöhnlich persönliches Geschenk und es zeugt von einem wirklich guten Geschmack, dachte Christiane, während sie auf das Display schaute.

„Dürfte ich mir das Foto kopieren?", fragte Niklas. Kody Dawson nickte und Niklas schloss das Handy an seinen PC an und übertrug das Foto. Dann gab er Kody Dawson das Handy zurück. „Warum interessieren sie sich so für diese Kette?", fragte dieser an Niklas gewandt. „Es tut mir leid, aber da es sich um eine laufende Ermittlung handelt kann ich ihnen darauf leider keine Antwort geben. Haben sie eine Ahnung, wo Stacy die Kette aufbewahrt hat?"

Kody Dawson schüttelte den Kopf. „Ich hab keine Ahnung. Wir hatten ja nun schon längere Zeit keinen privaten Kontakt mehr. Ich weiß noch nicht mal, ob sie die Kette überhaupt noch hatte. Vielleicht hat sie sie ja auch weggeschmissen. So wie sie sich mir gegenüber verhalten hat würde mich das auch nicht wundern. Wenn ich sie beruflich mal gesehen habe, hat sie die Kette jedenfalls nicht mehr getragen. Aber das ist ja auch nicht verwunderlich. Wenn sie wirklich einen neuen Freund hatte, dann waren meine Geschenke bestimmt nicht mehr gerne gesehen."

Es war zu spüren, dass Kody Dawson tief verletzt war. Wut hingegen war nicht zu spüren. Nachdenklich nickte Niklas. Kody hatte recht. Kein Mann sah es gerne, wenn seine Freundin Schmuck-stücke trug, die sie von einem Exfreund geschenkt bekommen hatte. Es erzeugt den Irrglauben, dass der Verflossene noch präsent ist. Noch einen Platz im Leben der Freundin hat. Und dies wiederrum führte immer wieder zu Eifersucht. Es war also durchaus wahrscheinlich, dass Stacy die Kette nicht mehr getragen hatte. Zumal sich ihr neuer Freund ja ziemlich spendabel gezeigt und ihr einige teure Schmuckstücke geschenkt hatte. Zumindest sah es danach aus.

Die Ermittler bedankten sich bei Kody Dawson für seine Gesprächsbereitschaft und verabschiedeten ihn.

„Agnieszka hat sich also geirrt", sagte Christiane. „Zumindest wenn wir der Aussage von Kody Dawson Glauben schenken. Und meinem Bauchgefühl nach sagt er die Wahrheit."

Jonas, Bernd und auch Niklas blickten sie fragend an.

„Ihre Freunde haben Stacy als liebenswert und freundlich beschrieben. Auch wenn sie sich Kody gegenüber nicht gerade freundlich verhalten hat. Die Kette ist ein sehr persönliches Geschenk. Und ich denke, dass ihr die Kette viel bedeutet hat. Ich kann mir einfach nicht vorstellen, dass sie sie weggegeben hat. Auch wenn sie sie nicht mehr getragen hat. Sie ist einfach zu kostbar. Emotional betrachtet. Aber natürlich konnte sie die Kette nicht mehr tragen. Lassen wir den neuen Freund mal außer Acht. Das Tragen der Kette hätte bei Kody Hoffnungen geweckt. Und das wollte sie bestimmt nicht, so wie sie sich verhalten hat. Vielleicht war sie ja sogar nur so abweisend zu ihm, um einen klaren Schlussstrich zu ziehen. Das macht es einfacher. Sowohl für Kody, als auch für Stacy selbst."

Die Anderen mussten einräumen, dass Christianes Ausführungen durchaus logisch und vernünftig klangen. Aber auch das waren mal wieder nur Spekulationen. Mehr hatten sie im Moment nicht.

„Meint ihr, dass Dr. Lemmen anhand der Fotos die Drosselmarken am Körper des Opfers mit den Gliedern der Kette abgleichen kann?", unterbrach Christiane die Gedanken ihrer Kollegen.

Niklas schnappte sich den Telefonhörer und wählte Dr. Lemmens Nummer. Als dieser sich meldete bat Niklas ihn ins Büro zu kommen. Es dauerte nur wenige Augenblicke bis zu seinem Eintreffen. Niklas zeigte ihm einen Ausdruck des Fotos und stellte die Frage, die Christiane aufgeworfen hatte.

Dr. Lemmen schüttelte bedauernd den Kopf. „Da an der Photographie kein Maßstab angelegt ist kann ich leider nichts dazu sagen, ob die Kettenglieder mit den Drosselmarken übereinstimmen. Das Einzige, was sich auswerten lassen könnte, ist, ob die Proportionen stimmen, also das Verhältnis von Länge und Breite. Zumindest ein Näherungswert. Denn die Drosselmarken weisen natürlich keine scharfen Konturen auf."

Dr. Lemmen schnappte sich den Ausdruck und verschwand wieder in Richtung Gerichtsmedizin. „Okay", sagte Niklas an seine Kollegen gewandt. „Weiter im Text!"

„Wir sollten uns noch einmal im Zimmer des Opfers umsehen und auch mit den Eltern des Opfers sprechen. Vielleicht finden wir einen Hinweis auf Stacys zweites Handy, das ja scheinbar ausschließlich für den Kontakt zu ihrem Freund genutzt wurde. Darüber könnten wir dessen Identität ermitteln. Bislang ist das Handy nirgendwo aufgetaucht", eröffnete Christiane die Diskussion. „Das Handy des Opfers sowie die Geldbörse und die Alltagsklamotten wurden im Spind vorgefunden, der im Aufenthaltsraum der Walkon-Girls steht. Allerdings nur das reguläre Handy, das vom Opfer für alle persönlichen und beruflichen Kontakte verwandt wurde."

„Der Täter scheint den Verdacht auf Kody Dawson lenken zu wollen", setzte Bernd die Fallbesprechung fort. „Anders ist es nicht zu erklären, dass wir einen Dartpfeil mit seinem Flight im Hals des Opfers gefunden haben. Aber wie ist er an den Dartpfeil gekommen?"

„Nach einer Partie verschenken einige Spieler die benutzten Flights an die Zuschauer. Außerdem kann man die Dartpfeile der Spieler sowie die Flights kaufen", beantwortete Niklas die Frage. „Viele Fans kaufen sich Dartpfeile ihrer Idole um mit diesen privat zu spielen."

„Also kann sich jeder diesen Dartpfeil besorgt haben." Jonas Stimme klang resigniert. „Der Pfeil liefert uns also auch keinen Anhaltspunkt."

Während Christiane und Bernd zustimmend nickten starrte Niklas gedankenverloren auf die Tatortfotos. „Vielleicht doch", murmelte er mehr zu sich selbst als zu seinen Kollegen. Er stand auf und suchte nach einer Einzelaufnahme des Dartpfeils. Aufmerksam betrachtete er das Foto. Irgendetwas stimmte nicht. Dieses Gefühl hatte er, seit er den Dartpfeil am Tatort das erste Mal in der Hand gehalten hatte, aber er wusste einfach nicht, was es war. Er konnte den Gedanken, der ihm Aufschluss gegeben hätte, einfach nicht festhalten. „Niklas", riss ihn Jonas Stimme aus seinen Gedanken. „Was ist los?"

Niklas wandte sich mit dem Foto in der Hand an seine Kollegen. „Irgendetwas passt nicht. Es ist mir sofort aufgefallen, aber ich kann es nicht greifen. Ich kann einfach nicht sagen was es ist." Ärgerlich schmiss der die Aufnahme des Dartpfeils auf den Tisch. „Verdammte Scheiße!" Er hatte nicht schreien wollen, aber es musste einfach raus. Er ließ sich auf seinen Stuhl fallen und stützte den Kopf in die Hände. „Verdammte Scheiße!", murmelte er.

Jonas nahm das Foto in die Hand und betrachtete es. Obwohl ihm bewusst war, dass es sinnlos war. Er hatte keine Ahnung vom Dartsport, geschweige denn von Dartpfeilen. Besonderheiten oder Auffälligkeiten konnte er nicht feststellen. Aber wenn Niklas sagt, dass da was nicht stimmt, dann stimmt da was nicht. Dessen war er sich sicher. Doch was sollte er machen? Er blickte zu Christiane und Bernd, die hinter ihn getreten waren, um ebenfalls auf das Foto blicken zu können. Bernd zuckte die Achseln. Beide setzten sich wieder und Christiane zog den Laptop herüber und loggte sich ins

Internet ein. 'Dartpfeil Kody Dawson' gab sie in die Suchmaschine ein und erhielt eine Vielzahl von Treffern, insbesondere Bestellmöglichkeiten. Niklas hatte also recht. Dartpfeile stellen ein populäres Merchandisingprodukt dar und sind für jedermann zu erwerben. Sie wollte den Laptop gerade wieder zuklappen, als Jonas, der von der Seite einen Blick auf den Bildschirm erhascht hatte, sie aufhielt.

„Sag mal, Niklas", wandte er sich an seinen Kollegen. „Wie ist so ein Dartpfeil eigentlich aufgebaut?" „Es gibt vier Hauptbestandteile", erklärte Niklas. „Und zwar Flight, Shaft, Barrell und Tip." Und als er Jonas fragendes Gesicht sah, übersetzte er. „Flügel, Schaft, Körper und Spitze. Was ein Flight ist, ist euch ja bekannt. Schaft ist die Verbindung zwischen dem Flight und dem Körper, also dem Griffstück. Und die Spitze erklärt sich ja von alleine."

„Nutzen die Dartspieler eigentlich verschiedene Dartpfeile oder Bestandteile?", fragte Jonas weiter. Irritiert schaute Niklas seinen Kollegen an. „Nein", antwortete er. „Auf keinen Fall. Die Spieler sind auf ihre Dartpfeile eingestellt. Wenn ein Spieler die Marke wechselt oder das Gewicht des Dartpfeils, kann es Wochen oder Monate dauern, bis er sich akklimatisiert hat. Warum fragst du?"

Jonas überging die Frage. „Und hat Kody Dawson in letzter Zeit die Marke gewechselt oder sonstige Umstellungen vorgenommen?", fragte er weiter. Niklas schüttelte den Kopf. „Nicht das ich wüsste. Und jetzt sag mir endlich, warum du das alles wissen willst." Seine Stimme klang langsam ärgerlich.

Jonas ignorierte ihn und ging zum Flipchart. Er zeichnete eine kleine Tabelle in die er etwas eintrug. Dann wandte er sich an Niklas. „Welche Farbe hat der Flight auf dem Foto?" „Das weißt du doch. Schwarz-Gold." Niklas knurrte die Worte mehr als das er sie aussprach. „Und das Griffstück?" Jonas ließ sich nicht aus der Ruhe bringen. „Gold, genau wie der Rest auch."

Jonas trug die Daten in die Tabelle ein. Er trat vom Flipchart zurück und gab damit für seine Kollegen den Blick auf die Tabelle frei.

	Flight	Barrel	Shaft	Tip
Internet	schwarz-gold	schwarz	gold	gold
Foto	schwarz-gold	gold	gold	gold

Alle sahen sofort, worauf Jonas hinauswollte. Die Farbe des Barrel wich bei dem am Tatort gefundenen Dartpfeil von den Originaldart-pfeilen von Kody Dawson ab. „Auf dein Bauchgefühl ist Verlass." Jonas lächelte zu Niklas herüber. „Aber wie ist das möglich?"

„Indem der Täter zwar den Flight von Kody Dawson genommen hat, nicht jedoch die übrigen Bestandteile. Vielleicht hat er sogar seinen eigenen Pfeil verwandt und nur den Flight ausgetauscht. Die Kriminaltechnik soll den Pfeil nochmal genau unter die Lupe nehmen, insbesondere vermessen, und uns die Daten zukommen lassen!" Niklas spürte, dass sein verloren geglaubter Optimismus langsam zurückkehrte.

Jonas gab die neuen Informationen und den daraus resultierenden Arbeitsauftrag an Detlef weiter. Dieser nutzte die Gelegenheit, um Jonas die neusten Ergebnisse mitzuteilen, die Jonas dann direkt an seine Kollegen weitergab. „Die Kriminaltechniker haben die Un-tersuchung des Taschentuches aus dem Mülleimer abgeschlossen. Auf dem Taschentuch befindet sich das Blut unseres Opfers sowie die gleiche DNA, die dem Schweiß auf dem Oberteil des Opfers und dem ungeborenen Kind zugeordnet werden konnte. Da das Ta-schentuch außerhalb des Gebäudes, unmittelbar neben dem Not-ausgang gefunden wurde, können wir also davon ausgehen, dass unsere Theorie zutreffend ist. Es ist durchaus wahrscheinlich, dass der Täter über die Treppe und die Bühne unbemerkt das Gebäude verlassen hat."

„Okay, fassen wir nochmal zusammen." Christiane blickte in die Runde. „Der Täter hat den Spielerbereich betreten und sich dort aufgehalten. Er ist dort mit dem Opfer zusammengetroffen und hat es so heftig gegen die Wand gestoßen, dass es eine Platzwunde davongetragen hat und bewusstlos oder zumindest stark benommen war. Er hat das Opfer dann stranguliert und das Strangwerkzeug mitgenommen. Um den Verdacht auf Kody Dawson zu lenken hat der Täter dem Opfer einen Dartpfeil in den Hals gestoßen, der einen von Kody Dawsons Flights hatte. Dann hat er sich unbemerkt über die Treppe hinunter auf die Bühne geschlichen und sich da direkt hinter dem Vorhang versteckt. Er hat sich im Schutz des Vorhangs zum Ende der Bühne begeben. Dort hat er die Halle dann durch den Notausgang verlassen. Auf dem Weg oder draußen hat sich der Täter Blut abgewischt und das dazu verwendete Taschentuch im Mülleimer entsorgt."

Alle nickten. „Vermutlich hat er sich das Blut bereits abgewischt bevor er die Halle verlassen hat. Schließlich wollte der Täter draußen nicht auffallen. Und daraus ergibt sich dann auch schon die nächste Frage. Wie ist das dem Täter gelungen? Schließlich muss sein Dartshirt blutverschmiert gewesen sein. So konnte er doch nicht unbemerkt draußen und auch im Hotel rumlaufen, oder?" Christiane blickte fragend in die Runde.

„Vermutlich hatte der Täter ein Ersatzshirt mit, oder er hatte eine Sweatjacke oder ähnliches dabei, die er nach der Tat übergezogen hat, so dass man das Blut nicht gesehen hat." Bernd dachte kurz nach. „Haben wir Überwachungsmaterial, das wir abgleichen können. Vor dem Betreten des Spielerbereichs und später, zum Beispiel in der Hotellobby?"

„Leider nicht", beantwortete Niklas die Frage. „Das Hotel hat auf den Etagen keine Videoüberwachung. Wir können also nicht nachvollziehen, wer wann und von wo das Hotel oder einzelne Etagen betreten hat und wie derjenige gekleidet war."

Es war spät geworden und so beschlossen die Ermittler nur noch die Aufgaben für den kommenden Tag zu verteilen und dann Feierabend zu machen.

„Christiane und ich fahren morgen noch einmal ins Studentenwohnheim nach Bonn und schauen uns um. Vielleicht finden wir ja
Hinweise auf das zweite, geheime Handy des Opfers." Jonas
schnappte sich seine Jacke und die Autoschlüssel. „Und Bernd und
ich sprechen noch einmal mit Stacys Eltern", meinte Niklas und
wandte sich ebenfalls zum Gehen. Auch Bernd und Christiane verließen das Büro. Alle hingen ihren Gedanken nach.

21. Kapitel

Auch wenn der Feierabend wohlverdient und auch erforderlich war, um für die kommenden Aufgaben Kraft zu tanken, gelang es Niklas einfach nicht loszulassen. Seine Gedanken kreisten unentwegt um den Mord an Stacy, die Tatverdächtigen und die vorliegenden Beweise. Er hatte das Gefühl sein Schädel würde jeden Moment platzen. Daher zog er sich als er zu Hause ankam sofort seine Sportklamotten an um am Rhein eine Runde joggen zu gehen. Niklas hoffte, dass die körperliche Anstrengung und die frische Luft ihm helfen würden den Kopf frei zu bekommen.

Am Anfang schien dieser Plan tatsächlich aufzugehen. Mit jedem Schritt spürte Niklas wie er sich entspannte. Er genoss die frische Luft und konzentrierte sich auf die Landschaft durch die er lief, um die Gedanken an Stacy aus seinem Kopf zu verdrängen. Er sog sowohl die Luft als auch die Bilder der Landschaft förmlich in sich auf. Nachdem er einige Zeit gelaufen war gönnte Niklas sich eine kurze Pause. Er lehnte sich rücklings an einen Baum und blickte gedankenverloren auf den Rhein. Er beobachtete die Schiffe, die auf dem Rhein fuhren, und die Menschen, die am Ufer spazierten, auf den Bänken eine Pause machten oder mit ihren Hunden spielten.

Während er einfach so dastand wanderten seine Gedanken zu Marvin Groterhorst. Er sah ihn vor seinem geistigen Auge, wie er im Hotelpark verstohlen hinter einem Baum hervorlugte um einen Blick auf Jessica Stratmanns zu erhaschen. Marvin Groterhorst hatte Stacy nicht getötet. Das stand für Niklas fest. Auch wenn allein die Tatsache, dass der Knopf an seiner Weste schon vor der Tat gefehlt hatte, Marvin Groterhorst nicht als Täter ausschloss. Niklas war sich sicher, dass Jessica Stratmanns die einzige Frau war, die Marvin Groterhorst begehrte. Sollte Marvin Groterhorst der Täter sein, so konnte es sich nur um eine spontane Tat gehandelt haben. Und gegen eine spontane Tat sprach, dass der Dartpfeil im Hals des Opfers dort scheinbar ganz bewusst platziert worden war. Niklas konnte einfach kein Motiv erkennen. Aber wer hatte ein Motiv? Und wer kam als Täter in Betracht? Wie konnten sie herausfinden, wer Stacys geheimnisvoller Freund war? Niklas seufzte. Er spürte, dass er Kopfschmerzen bekam und beschloss seine Joggingrunde fortzusetzen.

Als er loslief schoss ihm der Gedanke durch den Kopf, dass der Tod von Stacy eventuell das Leben von Jessica Stratmanns gerettet hatte. Selbst wenn es stimmte, und Marvin Groterhorst nichts mit dem Mord an Stacy zu tun haben sollte. Nur dadurch, dass sich diese abscheuliche Tat im Schweizer Hof zugetragen hatte, waren sie bei ihren Ermittlungen auf Marvin Groterhorst gestoßen. Und nur dadurch war herausgekommen, dass er seine Wahnvorstellungen immer noch auslebte. Niklas war sich sicher, dass Marvin Groterhorst auf Dauer eine massive Gefahr für sein Opfer dargestellt hätte. Es war nicht auszuschließen, dass er Jessica Stratmanns getötet hätte, um sie ganz zu besitzen. Sie für sich ganz allein zu haben. Mit ihr vereint zu sein. Niklas hoffte, dass der Alptraum für Jessica Stratmanns nun endgültig vorbei sein würde. Aber es war Marvin Groterhorst schon einmal gelungen, seinen behandelnden Arzt zu täuschen. Und niemand konnte garantieren, dass es ihm nicht noch einmal gelang.

Niklas versuchte diesen Gedanken abzuschütteln und beschleunigte das Tempo. Völlig ausgepowert kam er an seiner Wohnung an. Als er unter die Dusche stieg und das warme Wasser über seinen Körper strömte setzte endlich die ersehnte Entspannung ein. Und mit ihr verspürte Niklas eine bleierne Müdigkeit. Müdigkeit und Hunger. Und da es sich mit knurrendem Magen schlecht schläft führte Niklas nächster Weg in die Küche. Auch wenn Kühlschrank und Vorratsschrank, wie in einer Junggesellenbude üblich, keine allzu große Auswahl hergaben, wurde Niklas fündig. Aus Mehl, Eiern und Milch wurde in Windeseile ein Pfannkuchenteig, den er mit Salz, schwarzem Pfeffer und Paprikapulver pikant würzte. Während er den Pfannkuchen in einer Pfanne ausbackte ließ er in einer Wokpfanne magere Speckwürfel aus. Dazu gab er in Streifen geschnittene Paprika und Zwiebeln und briet diese an. Er gab noch eine kleine Dose abgeschüttete Erbsen hinzu und erwärmte diese. Die Gemüse-Speck-Mischung gab er auf den Pfannkuchen, raspelte ein wenig Parmesan darüber und machte es sich vor dem Fernseher gemütlich.

Niklas hatte gerade sein Abendessen beendet und den Fernseher wieder ausgemacht, als das Telefon klingelte. Er verspürte das Bedürfnis, das Klingeln einfach zu ignorieren und ins Bett zu gehen, gab dem aber nicht nach. Ohne auf die Nummer zu achten nahm er das Gespräch an. „Reuter", murmelte er ziemlich missmutig. „Hallo Niklas, ich bins. Stimmt es was ich gehört habe?", vernahm Niklas die Stimme von seinem Freund John Collins.

„Was hast du denn gehört?", fragte Niklas missmutig. Er wollte nicht über seine Arbeit sprechen. Nicht jetzt, wo er gerade ein wenig Abstand gewonnen hatte. Wie unhöflich er sich seinem Freund gegenüber verhielt bemerkte er in diesem Moment gar nicht. „Das Stacy ermordet wurde", antwortete John. „Und das meine Kollegen nicht zurückreisen dürfen weil einer von ihnen der Mörder sein könnte."

„Jetzt hör mir mal gut zu. Selbst wenn ich wollte dürfte ich dir zu den laufenden Ermittlungen nichts sagen", wich Niklas aus, in der Hoffnung, das Thema damit zu beenden. Seine Stimme klang genervt, fast zornig. „Verdammt Niklas", fuhr John ihn an. „Ich will nicht wissen welche Beweise ihr habt, ich will nicht wissen wen ihr verdächtigt oder Fotos vom Tatort sehen. Wir sind eine Familie und ich will doch nur wissen ob ein Mitglied dieser Familie getötet wurde. Und ob es tatsächlich einer von uns gewesen sein könnte. Nicht mehr und nicht weniger. Entschuldige, wenn das schon zu viel verlangt ist." Wütend beendete John das Telefonat.

Für einen kurzen Moment überlegte Niklas das einfach so stehen zu lassen und ins Bett zu gehen. Aber dann siegte die Freundschaft. Er wollte nicht schlafen gehen ohne den Streit beigelegt zu haben. Widerstrebend wählte er Johns Nummer. Dieser nahm das Gespräch zwar an, blieb aber stumm. „Mensch John, jetzt hab dich nicht so. Es tut mir leid, okay? Es ist ne wirklich schwierige Zeit für mich. Es war nicht fair das an dir auszulassen. Tut mir wirklich aufrichtig leid. Und um deine Frage zu beantworten. Ja, es stimmt.

Stacy ist tot. Und wir gehen davon aus, dass sie ermordet wurde. Und wir können nicht ausschließen, dass einer der Spieler der Täter ist." Gespannt wartete Niklas auf Johns Reaktion.

John war verstimmt, verstand aber auch seinen Freund. Und lange böse sein, dass konnte er ihm noch nie. So auch dieses Mal. „Lass gut sein. Ich versteh dich ja. Aber ich war echt schockiert als die Nachricht bei mir ankam. Und was lag da näher als dich anzurufen um Gewissheit zu bekommen." Dann schwieg er. Niklas wurde wütend. Erst rief John ihn extra an und dann kam nichts mehr. Er wollte gerade losmeckern als er begriff. John hatte einen Verdacht. Oder zumindest Informationen, die einen Tatverdacht begründen könnten. Aber er wusste nicht wie er es sagen sollte. Vielleicht bereute er sogar sich überhaupt bei Niklas gemeldet zu haben. Sofort war Niklas Ärger verraucht. „John, wenn du irgendetwas weißt, was für mich wichtig sein könnte, dann bitte, lass es mich wissen. Bitte. Für Stacy. Sie hat es verdient, dass der Täter seine gerechte Strafe erhält."

„Aber wir sind doch eine Familie. Da hält man zusammen und fällt sich nicht in den Rücken", widersprach John. Niklas wusste nicht was er sagen sollte. Menschlich verstand er John, aber als Polizist wollte er ihn am Liebsten schütteln und anschreien, damit er ihm sagte, was er wusste. Aber er beschloss John erst mal ein wenig Zeit zu geben um sich vielleicht doch noch dazu durchzuringen mit den Informationen herauszurücken. Er konnte fast hören, wie John sich bei diesem inneren Kampf auf die Unterlippe biss.

„Okay", hörte Niklas kurz darauf Johns Stimme. „Ich erzähl dir was ich mitbekommen hab. Aber du musst mir versprechen, dass du mich aus der Sache raushälst wenn es irgendwie möglich ist. Versprich es mir." Niklas versprach es und John begann zu erzählen.

„Wie du weißt habe ich vor einigen Wochen das Turnier in Österreich gespielt." Niklas nickte, obwohl er wusste, dass John das nicht sehen konnte und wartete gespannt, was sein Freund noch zu berichten hatte. „Naja, um es kurz zu machen, ich hab Stacy bei dem Turnier gesehen. Ich hab mich gewundert, denn Stacy war bei dem Turnier nicht als Walk-on-Girl tätig." „Und warum wundert dich das?", wurde er von Niklas unterbrochen. „Stacy ist nicht nur Walk-on-Girl, sondern auch Fan. Und sie war doch bestimmt öfter mal als Zuschauerin bei Turnieren, oder?"

„Sie wäre gerne öfter zu Turnieren gekommen", antwortete John. „Aber ihr fehlten die finanziellen Mittel dazu. Zumindest hab ich das so gehört. Darum hat Kody sie immer eingeladen, wenn sie zu Turnieren kam, bei denen sie nicht als Walk-on-Girl arbeitete. Also in der Zeit, als die beiden eine intensive Freundschaft pflegten, und wir uns alle sicher waren, dass da auf jeden Fall mehr draus wird. Und als sich das Verhältnis, nun ja, sagen wir mal abgekühlt hatte, da war das natürlich vorbei. Und ich habe Stacy bei diesem Turnier zum ersten Mal wieder gesehen. Also von ihren Auftritten mal abgesehen."

„Vielleicht hat sie gespart um sich mal wieder einen Besuch zu ermöglichen", warf Niklas ein. „Das wäre natürlich möglich", stimmte John zu. „Aber ich hatte irgendwie das Gefühl, dass sie nicht gesehen werden wollte. Du weißt ja, dass wir Spieler auch mal zusammensitzen und uns unterhalten. Und wenn Familienmitglieder als Besucher da sind, dann kommen sie dazu, sagen mal Hallo. Und Stacy kam immer zu uns. Hat uns begrüßt und wir haben uns unterhalten und vielleicht auch mal was getrunken und so. Und in Österreich, da war alles anders. Sie war nirgendwo zu sehen, kam zu keinem. Auch in der Halle konnte ich sie nicht ausmachen. Okay. Die Halle ist groß, aber.... Das ich sie gesehen habe war echt absoluter Zufall. Du kennst doch das Hotel. In der obersten Etage sind ja die tollen Suiten. Luxus pur. Aber auch sündhaft teuer. Und damit nicht wirklich meine Kragenweite. Und auch nicht die der anderen Spieler. Und auf den Flur kommt man ja auch nur mit einer speziellen Aufzugkarte. Und da hab ich Stacy gesehen. Wie schon gesagt. Absoluter Zufall."

„Okay, das ist wirklich", Niklas überlegte kurz. „Ungewöhnlich". „Und das ist ja noch nicht alles", fuhr John fort. „Sie stand mit Zack auf dem Flur und wirkte extrem aufgeregt. Sie redete auf ihn ein und gestikulierte wild, während Zack versuchte sie zu beruhigen oder so. Auf jeden Fall redete er auf sie ein, aber sie blieb extrem aufgeregt und verschwand dann in einem der Zimmer. Zack stand noch auf dem Flur und starrte ihr hinterher. Er setzte sich dann auch in Bewegung, aber ob er auf das gleiche Zimmer ging oder in eine der anderen Suiten kann ich nicht sagen, weil sich die Aufzugtüren in dem Moment schlossen." „Zack? Meinst du Zack „The Pitbull" Saunders?", hakte Niklas nach. „Ja klar, wen denn sonst?", antwortete John und wirkte leicht irritiert.

Zack „The Pitbull" Saunders war ein Caller der ISDA, der seine Ausrufe der 180er mit Hundegebell begleitete. Und weil er stolzer Besitzer eines Pitbulls war und sich diesen sogar auf den Unterarm hatte tätowieren lassen, hatte er diesen Spitznamen erhalten. Zack war ein langjähriger Caller und verfügte mittlerweile über eine eigene Fangemeinde. Er hatte einen hohen Bekanntheitsgrad und auch Niklas hatte sich schon mehrfach mit ihm unterhalten und ihn als sehr sympathischen Mann kennengelernt. Er schätzte ihn auf Mitte bis Ende vierzig. Zack war etwa 1,80 Meter groß und muskulös gebaut. Aber wieso war er in dem Suitenbereich des Hotels gewesen, fragte sich Niklas. Und was hatte es mit dem Gespräch mit Stacy auf sich. Für Niklas stand fest, dass er sich auf jeden Fall mit Zack unterhalten wollte, um hoffentlich etwas Licht ins Dunkle zu bringen. „Niklas, alles okay? Bist du noch dran?", vernahm Niklas Johns Stimme, die ihn aus seinen Gedanken riss.

„Sorry John", Niklas versuchte sich zusammen zu reißen und auf seinen Freund zu konzentrieren. „Ich war mit meinen Gedanken gerade ganz woanders. Was du mir erzählt hast hat mich ziemlich überrascht und wirft einige Fragen auf. Aber mal was ganz anderes. Wie bist du eigentlich auf diese Etage gekommen? Du hast es ja selbst gesagt. Man braucht dafür doch eine spezielle Aufzugkarte." „Was soll das denn heißen? Ich bin schließlich ein VIP", antwortete John gespielt entrüstet. Dann prustete er los. Niklas wurde von seinem Lachen angesteckt. Als sie sich wieder beruhigt hatten meinte John. „Nein, jetzt mal im Ernst. Natürlich hatte ich da oben eigentlich nichts zu suchen. Ich hab das Ganze aus dem Aufzug heraus beobachtet." „Aber", unterbrach Niklas ihn.

„Jetzt lass mich doch mal ausreden. Ich versuch ja es dir zu erklären." Die Stimme von John nahm einen leicht verärgerten und genervten Klang an. „Der Lieferantenaufzug des Hotels war defekt, so dass Handwerker, Zimmerservice und einige andere Personen die regulären Aufzüge benutzen mussten, um auf die Etage zu gelangen. Ich hab telefoniert und dabei gar nicht wirklich wahrgenommen, was um mich herum passierte. Ich bin in den Aufzug gestiegen. Den Mann vom Zimmerservice hab ich zwar wahrgenommen, mir aber keine Gedanken darüber gemacht oder darauf geachtet, wo er hin will. Ich dachte ich hätte auf den Knopf mit meiner Etage gedrückt. Aber entweder hab ich das doch nicht oder meine Karte wurde vom Scanner nicht erkannt, so dass ich gar keine Auswahl treffen konnte. Ich hab echt keine Ahnung. Aber der Aufzug fuhr bis in die oberste Etage, weil der Roomservice dorthin geordert worden war. Und so wurde ich zum unfreiwilligen Beobachter der Szenerie." Mit diesen Worten beendete John seine Schilderung.

„Danke, dass du mir davon erzählt hast", meinte Niklas. „Gern geschehen", antwortete John. „Ich wünsche dir noch einen schönen Abend. Träum was Schönes." Er beendete das Gespräch und überließ Niklas seinen Gedanken. Dieser ließ sich müde und erschöpft ins Bett fallen. Aber seine Gedanken kreisten unentwegt um den Mordfall. 'Ich muss morgen unbedingt mit Zack sprechen Vielleicht weiß er mit wem Stacy in dem Hotel war. Oder vielleicht ist er sogar selber der ominöse Freund den wir suchen'. Das waren die letzten Gedanken, die Niklas durch den Kopf schossen, bevor er in einen unruhigen Schlaf fiel.

22. Kapitel

Nach einer unruhigen Nacht, in der er häufig wachgelegen hatte, stand Niklas früh auf und blickte missmutig auf sein Spiegelbild. 'Mann siehst du Scheiße aus' murmelte er an sein Spiegelbild gerichtet und versuchte ein Lächeln. Aber mehr als eine gequält wirkende Grimasse wollte ihm einfach noch nicht gelingen.

Zwei starke Espressi später fühlte er sich schon deutlich fitter, obwohl man ihm die Müdigkeit noch deutlich ansehen konnte. Ihm gingen in diesem Mordfall die Ideen aus und das setzte ihm zu. Um das Gefühl zu haben, etwas zu bewirken, stieg er in sein Auto und fuhr zur Dienststelle. Er war mal wieder vor seinen Kollegen da, aber das störte ihn nicht. Er setzte sich an den Schreibtisch und ließ das Gespräch mit John noch einmal Revue passieren.

Während Niklas sich einige Notizen machte trafen seine Kollegen ein. Auch wenn die Aufgaben am Vortag schon verteilt worden waren, kamen sie zum Dienstbeginn erst zu einer kurzen Fallbesprechung zusammen. Es könnten sich ja neue Erkenntnisse ergeben haben. Das gab Niklas Gelegenheit seinen Kollegen von seinem Telefonat mit John Collins zu berichten. Er gab sich dabei große Mühe seinen Kollegen zu erklären, warum das Verhalten von Stacy so ungewöhnlich war und was ihn verwunderte. Und scheinbar gelang ihm das, denn Bernd fragte sofort, ob Zack Saunders schon für eine Befragung einbestellt worden sei.

Niklas verneinte. Er hatte die Angelegenheit erst mit seinen Kollegen besprechen wollen. Da diese seine Einschätzung nun uneingeschränkt teilten bat Niklas einen Streifenpolizisten zum Schweizer Hof zu fahren und Herrn Saunders zur Dienststelle zu bringen. Er wollte die Wartezeit nutzen, um mit dem Hotel in Österreich zu telefonieren. Vielleicht konnte er ja dort noch Etwas in Erfahrung bringen.

Während er das Telefonat führte standen seine Kollegen erwartungsvoll um den Schreibtisch herum. Auch sie hofften nun endlich etwas in Erfahrung zu bringen, was sie der Lösung des Falls einen

Schritt näher brachte. Doch obwohl sie nur hören konnten was Niklas sagte, wurde ihnen sehr schnell klar, dass sich diese Hoffnung nicht erfüllen würde.

Nachdem Niklas sein Anliegen geschildert hatte kam er kaum noch zu Wort. 'Ich verstehe', 'Ja, aber', 'Sehen sie nicht vielleicht doch eine Möglichkeit' waren seine Worte. Mit den Worten 'Okay, vielen Dank' beendete er das Telefonat und seufzte resigniert als er den Hörer auflegte. Er musste sich wirklich zusammenreißen um keine Schimpftirade loszulassen und belegte seinen Gesprächspartner nur in Gedanken mit vielen Schimpfworten. Als er merkte, dass seine Kollegen ihn erwartungsvoll ansahen, beendete Niklas die stumme Beschimpfung.

„Das Hotel ist nicht bereit uns ohne richterlichen Beschluss irgendwelche Informationen zur Verfügung zu stellen. Ihre betuchte Kundschaft vertraut auf die Diskretion des Hauses. Sie bedauern den Tod von Stacy, können uns aber nicht helfen. Oder besser gesagt, sie wollen uns nicht helfen. Also eine Sackgasse. Wie sollte es auch anders sein. Wäre ja einfach zu schön wenn irgendwas einfach mal klappen würde. Ganz ohne Probleme."

Betretendes Schweigen von Christiane, Bernd und Jonas. Sie verstanden Niklas. Sie litten mit ihm. Aber sie wussten im Moment auch nicht mehr weiter. Eins stand fest. Einen richterlichen Beschluss würden sie mit der vorliegenden Beweislage nicht bekommen. Sie waren darauf angewiesen, dass das Hotel kooperierte. Und genau das war eben nicht der Fall. Jetzt konnten sie nur hoffen, dass Zack Saunders ihnen irgendwelche neuen Erkenntnisse liefern würde.

Während die Ermittler voller Ungeduld darauf warteten, dass Zack Saunders auf der Dienststelle eintraf, betrat Detlef das Büro und winkte mit einem Heftordner. „Es hat ein wenig gedauert, aber wir haben eine DNA-Probe von Marvin Groterhorst bekommen". Er wollte gerade fortfahren als Niklas ihn rüde unterbrach. „Guten Morgen erst mal!", maulte er.

'Oh Mann hat der eine miese Laune' schoss es Detlef durch den Kopf. 'Erst kann es ihm nicht schnell genug gehen Informationen zu bekommen und wenn ich dann sofort loslege ist es auch wieder nicht gut'. Aber Detlef ließ sich von Niklas schlechter Laune nicht irritieren oder gar aus der Ruhe bringen. „Guten Morgen liebe Kollegen", flötete er zuckersüß. „Ich habe Neuigkeiten für euch. Aufgrund einer richterlichen Anordnung hat uns die psychiatrische Klinik ermöglicht, eine DNA-Probe von Marvin Groterhorst zu nehmen. Und die haben wir mit dem vorliegenden Spurenmaterial und Stacys ungeborenem Kind abgeglichen. Und obwohl ihr es alle schon vermutet habt, hier noch einmal schwarz auf weiß die Bestätigung." Mit diesen Worten schob Detlef den Hefter über den Tisch. „Die DNA von Marvin Groterhorst stimmt nicht mit den an der Leiche gefundenen Spuren überein. Somit ist er auch nicht der Vater von Stacys Kind."

Gespannt wartete er auf Niklas Reaktion, aber da kam nichts. Rein gar nichts. Niklas starrte nur missmutig auf den Hefter und knetete die Hände. Mit seinen Gedanken schien er ganz woanders zu sein. Detlef zuckte mit den Achseln. „Dann bin ich mal wieder weg. Noch viel zu tun im Labor." Er hob die Hand zum Gruß und sah zu, dass er verschwand. Er wusste, dass Niklas es nicht böse meinte. Und er nahm es ihm auch nicht übel. Aber Niklas brauchte jetzt einfach einen Moment. Musste seine Gedanken ordnen und wieder etwas Zuversicht finden.

Das wussten auch Bernd, Jonas und Christiane. Sie überließen Niklas für einen Moment seinen Gedanken. Die Zeit nutzten sie zum Aktenstudium. Bereits wenige Minuten später wurde Zack Saunders ins Büro gebracht. Aber diese wenigen Minuten hatten gereicht. Niklas wirkte deutlich entspannter. Und er war es auch. So sehr ihn dieser Mordfall unter Druck setzte. Er hatte Vertrauen. Vertrauen darauf den Fall aufzuklären. Und das half ihm. Und Hoffnung. Hoffnung das Zack Saunders ihnen weiterhelfen würde.

Dieser war nervös. Das sah man ihm deutlich an. Sein Blick wanderte fast ängstlich zwischen den Ermittlern hin und her. Er wartete unsicher darauf, wie es nun weitergehen würde.

„Herr Saunders, bitte nehmen sie Platz", eröffnete Niklas mit Hilfe eines Dolmetschers das Gespräch und deutete auf einen Stuhl. Den angebotenen Kaffee lehnte Zack Saunders ebenso ab wie ein Kaltgetränk. „Können sie sich vorstellen, worüber ich mit ihnen sprechen möchte?" Zögerliches Kopfschütteln. „Wirklich nicht?", hakte Niklas nach. Wieder ein Kopfschütteln. Diesmal mit etwas mehr Nachdruck.

„Wie gut kannten sie Stacy Hausmann?", setzte Niklas die Befragung fort. „Flüchtig", antwortete Zack Saunders. „Sie arbeitete ja schon mehrere Jahre als Walk-on-Girl und da haben wir uns natürlich auch mal unterhalten." „Und mehr war da nicht?" Niklas ließ nicht locker. Zack Saunders schaute ihn irritiert an. „Wie meinen sie das?", fragte er. „Hatten sie eine Affäre mit Stacy?"

Zack Saunders schüttelte den Kopf. Diesmal sehr vehement. „Um Gottes Willen, nein!", rief er aus. „Wie kommen sie denn auf sowas? Ich bin verheiratet. Glücklich verheiratet. Und das schon seit 25 Jahren. Ich liebe meine Frau. Und ich habe meine Frau noch nie betrogen!"

„Dann sind sie bestimmt bereit uns eine DNA-Probe zu geben?" Es war mehr eine Feststellung als eine Frage. „Natürlich", antwortete Zack Saunders. „Wenn ihnen das hilft." Niklas rief Detlef hinzu, der einen Mundschleimhautabstrich von Zack Saunders nahm und ins Labor zurück eilte um diesen zu analysieren.

„Ich weiß, dass sie bei dem Turnier in Österreich auf Stacy getroffen sind. Bei den Suiten. Und ich weiß, dass sie eine Auseinandersetzung hatten. Worum ging es dabei?" Niklas blickte Zack Saunders direkt in die Augen. Dieser hielt seinem Blick nicht nur stand. Er fing sogar an zu lachen, was Niklas irritierte. „Darum geht es?", lachte Zack Saunders. „Mein Gott, dass war doch harmlos. Sie glauben doch nicht wirklich..." Als er den ernsten Blick von Niklas sah, blieb ihm das Lachen im Hals stecken. Schlagartig wurde er wieder ernst.

„Nein, mal ganz im Ernst. Stacy ist, ich meine war, ein echt nettes Mädchen. Aber sie hätte meine Tochter sein können. Wirklich, da lief absolut nichts. Wir haben uns ganz zufällig auf dem Flur getroffen. Aus irgendeinem Grund war es ihr total unangenehm und sie hat die ganze Zeit auf mich eingeredet. Was ich hier will, dass sie privat da ist, dass sie nicht will dass das die Runde macht, dass ich nicht erzählen soll das ich sie getroffen hab. Ich kam gar nicht zu Wort. Ich habe versucht sie zu beruhigen und ihr zu versichern, dass ich ihre Privatsphäre respektiere, aber ich konnte einfach nicht zu ihr durchdringen. Sie ließ mich einfach stehen und ich ging in meine Suite. Mehr war da nicht. Ehrlich!"

Niklas schaute Zack Saunders skeptisch an. „Bitte nehmen sie mir die Frage nicht übel, aber wieso hatten sie eine Suite gebucht? Das ist doch nicht wirklich ihre Preisklasse. Sie müssen schon verstehen, dass mich das irritiert."

„Das war ein Geschenk", begann Zack Saunders. „Etwa doch für Stacy?", mischte sich Bernd aus dem Hintergrund ein. „Nein verdammt!" Zack Saunders Stimme schwankte zwischen Zorn und Hilflosigkeit. „Für meine Frau. Es war ein Geschenk für meine Frau. Zur Silberhochzeit. Ich habe lange gespart um uns für einen Tag und eine Nacht eine Suite mieten zu können. Tolles Essen vom Zimmerservice, Paarmassage, Sekt und Schokoladenerdbeeren im Whirlpool. Das volle Romantikprogramm. Und meine Frau wußte von nichts. Sie hat mich nach Österreich begleitet, damit wir unseren Hochzeitstag nicht getrennt verbringen müssen, war aber nicht gerade begeistert. Umso mehr hat sie sich gefreut. Ich hatte alles abgestimmt. Es war extra ein zusätzlicher Caller da, damit ich in den Sessions an dem Tag nicht ran musste und meine Frau so meine ungeteilte Aufmerksamkeit genießen konnte. Es war eine tolle Zeit. Ein unvergessliches Erlebnis."

Mit einem verträumten Gesichtsausdruck sah er an Niklas vorbei aus dem Fenster. Niklas räusperte sich deutlich vernehmbar. Zack Saunders zuckte leicht zusammen und fand in die Realität zurück. „Wir werden das überprüfen", sagte Niklas. „Einen kleinen Moment bitte." Er verließ das Büro, um auf dem Flur mit Dean Lanston zu telefonieren, und sich die Angaben von ihm bestätigen zu lassen. Bereits nach wenigen Minuten kehrte er zurück und nickte kaum merklich. Dean Lanston hatte alles bestätigt. Frau Saunders hatte sich am nächsten Tag sogar noch überschwänglich bei ihm bedankt.

Niklas verabschiedete Zack Saunders und fasste das Gespräch mit Dean Lanston für seine Kollegen mit knappen Worten zusammen. Er war frustriert, da sich wieder nichts Verwertbares ergeben hatte. „Lasst uns da weitermachen, wo wir gestern aufgehört haben. Irgendeinen Anhaltspunkt muss es doch geben. Wir übersehen was. Lasst uns herausfinden, was das ist." Dynamisch stand er auf. Er versuchte nicht nur seine Kollegen sondern auch sich selbst zu motivieren. Sich selbst sogar in erster Linie. Und für den Moment gelang ihm das ganz gut.

23. Kapitel

Als Jonas und Christiane in Bonn am Studentenwohnheim ankamen, gingen sie direkt zu Stacys Zimmer, um sich umzusehen. Sie brachen das Siegel, dass sie bei ihrem letzten Besuch an der Wohnungstür angebracht hatten, und betraten den kleinen Raum. Diesmal durchsuchten sie den gesamten Raum noch einmal systematisch nach Unterlagen, die ihnen einen Hinweis auf Stacys zweites Handy geben konnten. Doch ohne Ergebnis.

Das Einzige, was die Ermittler fanden, waren Kontoauszüge des Opfers. Diese ging Jonas Abbuchung für Abbuchung und Geldeingang für Geldeingang durch. Für das Handy, das sie bei Stacys persönlichen Sachen gefunden hatten, fanden sich in den Kontoauszügen regelmäßige Abbuchungen. Anhaltspunkte, dass Stacy über ein weiteres Handy verfügte, fanden sich in den Kontoauszügen jedoch nicht.

Christiane und Jonas schauten sich ratlos an. Sie konnten sich nicht vorstellen, dass sich nirgendwo Unterlagen zu dem Handy finden ließen. Stacy hatte die Unterlagen bestimmt nicht weggeworfen. Schließlich könnte es ja mal sein, dass sie ihre PIN vergisst oder andere Angaben benötigt. Stacy würde es nicht riskieren wollen, ihren Freund nicht mehr erreichen zu können, oder für ihn nicht mehr erreichbar zu sein. Da war sich Christiane sicher. Schließlich verfügte auch sie über Erfahrungen damit, verliebt zu sein, und auch in Sachen Fernbeziehung. Und von einer solchen mussten sie derzeit ausgehen. Und da waren die Kontakte kostbar. Zu kostbar, um sie zu riskieren. Christiane seufzte auf. Jonas sah sie fragend an, und sie erklärte ihm, was ihr gerade durch den Kopf gegangen war. Jonas nickte Zustimmung. „Und nun?", fragte er. Christiane zuckte mit den Schultern.

Unschlüssig blickte Jonas sich im Zimmer um. „Nun, wenn es nur darum geht die PIN nicht zu vergessen, dann ist es ja auch möglich, dass Stacy sie irgendwo aufgeschrieben hat. Und da es auf dem Konto keine regelmäßigen Abbuchungen gibt, gehe ich davon aus, dass es sich um ein Prepaid-Handy handelt, dessen Guthaben Stacy regelmäßig aufgeladen hat. Ich befürchte, dass wir in einer Sackgasse stecken – mal wieder."

Christiane ließ ihren Blick durch das Zimmer schweifen. Sie suchte verzweifelt nach einem Anhaltspunkt, einem Strohhalm, an dem sie sich festhalten konnte, um die Zuversicht, Stacys Mörder zu finden und ihrer Familie und ihren Freunden damit ein wenig Frieden zu schenken, nicht zu verlieren. Doch so intensiv sie sich auch umschaute und so sehr sie auf eine Eingebung, eine Erleuchtung hoffte, ihr Wunsch blieb unerfüllt. Nach einem letzten Rundumblick sah sie Jonas an und deutete mit dem Kopf Richtung Wohnungstür, als Zeichen, dass sie gehen sollten. Dieser nickte stumm. Er war deprimiert und wusste, dass es seiner Partnerin genauso ging.

Als sie in Richtung des Autos liefen fiel Christianes Blick auf die Fahrräder, die vor dem Haus standen. Sie machte auf dem Absatz kehrt und lief zurück zu dem Studentenwohnheim, aus dem sie eben gekommen waren. Jonas, der die spontanen Eingebungen seiner Partnerin mittlerweile nur zu gut kannte, wusste, dass es keinen Sinn machte, sie aufzuhalten, um zu erfahren, was los war. Einfach hinterher und abwarten. So lautete in diesen Fällen die Devise. Zuerst dachte Jonas, dass Christiane zielstrebig in die Wohnung zurückkehren würde, doch dann stellte er fest, dass sie sich stattdessen zur Wohnung von Alicia und Coleen begab. Auf ihr Klopfen öffneten ihr die Freundinnen die Tür und ließen die Ermittler eintreten.

Nach einer kurzen Begrüßung kam Christiane sofort zum Grund ihres Besuches. „Sie haben uns erzählt, dass Stacy häufig mit dem Fahrrad unterwegs war. Wo bewahrte Stacy das Fahrrad auf? Gehört ein Kellerabteil zu der Wohnung?" Die Freundinnen schüttelten den Kopf. „Nein", erklärte Coleen. „Stacy hätte gerne eine Möglichkeit gehabt, ihr Fahrrad sicher abzustellen, aber leider war das nicht möglich. Sie musste das Fahrrad vor dem Haus abstellen, so wie alle anderen die hier wohnen auch." Jetzt verstand Jonas, worauf Christiane hinauswollte. Sie hatte gehofft, dass es eine weitere Möglichkeit gab, wo Stacy die Unterlagen deponiert hatte. Doch auch hier galt: Sackgasse.

„Können sie uns bitte zeigen, welches der Fahrräder, die vor dem Haus stehen, Stacy gehört?", wandte sich nun Jonas an die Freundinnen. Er wusste selbst nicht warum, oder wie ihnen das bei der Suche nach dem Mörder weiterhelfen sollte, aber sein Bauchgefühl trug ihm auf diese Frage zu stellen. Und schaden konnte es ja nicht. Die Freundinnen nickten und begleiteten die Ermittler vor das Wohnheim. Sie deuteten auf ein dunkelgraues Pedelec, das mit einem schweren Kettenschloss am Fahrradständer gesichert war.

Als Jonas und Christiane das Fahrrad genauer betrachteten, stellten sie fest, dass an dem Pedelec ein Fahrradcomputer befestigt war. Vermutlich hatte Stacy nach ihrer letzten Fahrt vergessen den Fahrradcomputer mit auf ihr Zimmer zu nehmen. Jonas und Christiane blickte sich an. „Den müssen wir mitnehmen", meinte Jonas in Richtung von Alicia und Coleen und deutete auf den Fahrradcomputer. „Vielleicht können wir so erfahren, wo sich Stacy in den Tagen vor ihrem Tod aufgehalten hat oder ob es einen Ort gab, den sie regelmäßig aufgesucht hat."

Nachdem sie den Fahrradcomputer aus der Halterung gelöst hatten, gingen sie erneut zum Auto, um ins Büro zurückzukehren. Und diesmal fuhren sie auch tatsächlich los. Christiane fuhr, während Jonas sich mit dem Fahrradcomputer beschäftigte. Er selbst war leidenschaftlicher Mountainbiker und verbrachte damit auch so manchen Urlaub. Die Handhabung war ihm daher vertraut. Mit geübten Handgriffen ließ er sich die gespeicherten Daten anzeigen. Nachdem er diese einige Zeit ausgewertet hatte, stieß er einen leisen Pfiff aus.

„Spann mich nicht auf die Folter", fauchte Christiane ihn an und Jonas bemühte sich, die gewonnenen Erkenntnisse schnellstmöglich mit ihr zu teilen. Er wusste, dass die Angst, den Fall nicht lösen zu können, anfing, an seiner Partnerin zu nagen. Und so sehr er es manchmal genoss, sie ein wenig zu ärgern, so sehr wollte er ihr nun ein wenig Hoffnung zurückgeben. „Es gibt einen Ort, den Stacy regelmäßig aufgesucht hat, seit sie den Fahrradcomputer besitzt. Etwa 25 Kilometer von dem Studentenwohnheim entfernt. Allerdings nutzte sie den Fahrradcomputer für die Fahrten dorthin nicht als Navi. Sie muss den Ort also so gut und vermutlich auch schon so lange kennen, dass er ihr sehr vertraut ist." „Und welcher Ort ist das?", fragte Christiane. Jonas zuckte mit den Schultern. „Das kann ich dir noch nicht sagen. Sobald wir im Büro sind werde ich das mit Hilfe eines Satellitenbildes rausfinden und dann werden wir uns da mal umsehen."

Christiane spürte eine neue Zuversicht in sich aufsteigen und musste sich sehr beherrschen, sich auf der Rückfahrt an die bestehenden Geschwindigkeitsbegrenzungen zu halten.

24. Kapitel

Mit dem Eintreffen an Stacys Elternhaus endete eine Fahrt, die Niklas und Bernd schweigend verbracht hatten. Beide Ermittler hatten ihren Gedanken nachgehangen. Und obwohl es keiner von beiden aussprach, so war es doch in beiden Gesichtern deutlich abzulesen: Resignation. Sie wussten nicht, was sie sich von dem Gespräch mit Stacys Eltern versprachen, doch sie wussten, dass ihnen die Anhaltspunkte ausgingen. Und wenn auch dieses Gespräch ohne Ergebnis bleiben würde...

Noch immer wortlos sahen sich Niklas und Bernd nach dem Aussteigen an. Sie atmeten tief durch und versuchten ein zumindest neutrales Gesicht aufzusetzen, was ihnen sogar recht gut gelang. Hofften sie zumindest.

Kurz nach dem Klingeln öffnete Stacys Vater ihnen die Tür und bat sie mit einer Handbewegung ins Haus. Er führte Bernd und Niklas ins Wohnzimmer. Stacys Mutter saß auf einer dunkelroten Ledercouch in einem gemütlich eingerichteten Wohnzimmer, in dem die Farben weiß, schwarz und gold dominierten. Niklas realisierte, dass die Einrichtung eine Mischung als alten und modernen Möbeln ausmachte. Neben antiken Schränken und schweren, goldenen Bilderrahmen fanden sich Anrichten mit Hochglanztüren und moderne Skulpturen. Der antike Esstisch aus Echtholz wurde von modernen Schwingstühlen mit Chromgestell und Lederbezug umrahmt. Das rote Sofa war der einzige Farbklecks in dem Raum, neben einigen Bildern, die einige farbige Elemente beinhalteten.

Stacys Vater bedeutete den Ermittlern sich zu setzen. Niklas und Bernd nahmen auf den gemütlichen antiken Sesseln mit schwarzem Polsterbezug Platz, die die Sitzecke vervollständigten und warteten einen Moment, bis sich Stacys Vater zu seiner Frau auf das Sofa gesetzt hatte.

„Wie können wir ihnen helfen?" Die Stimme von Frau Hausmann war nicht mehr als ein Flüstern. Sie hob den Kopf und blickte die Ermittler fragend an. Niklas und Bernd erschraken ob des Anblicks.

Die letzten Tage, in denen viele Tränen geflossen waren, und die langen Nächte, in denen sich kein Schlaf finden ließ, hatten deutliche Spuren hinterlassen. Konnte man den Kummer über den erlittenen Verlust Herrn Hausmann schon deutlich anmerken, so schien es bei seiner Frau, als sei sie am Verlust der Tochter vollständig zerbrochen.

Bernd nickte kaum merklich und bedeutete Niklas so, dass er die Gesprächsführung übernehmen sollte, während er die Reaktion der Eltern beobachten wollte. Zwar schlossen sie aus, dass die Eltern etwas mit der Tat zu tun haben könnten, doch häufig fiel Zeugen im Gespräch etwas ein, dass sie jedoch unausgesprochen ließen, weil sie es für unwichtig hielten. Dies merkt man häufig an einem kurzen Stutzen oder unbewussten Reaktionen, insbesondere im Bereich der Mund- oder der Augenpartie. Und da ihnen die Anhaltspunkte ausgingen, wollten sie sicherstellen, dass sie alles erfuhren, auch wenn Herr und Frau Hausmann es für unbedeutend hielten.

Niklas räusperte sich kurz, fast unhörbar, bevor er sprach. „Wir sind hier, um uns noch einmal mit ihnen über ihre Tochter zu unterhalten. Es ist uns bislang nicht gelungen, den Freund ihrer Tochter ausfindig zu machen. Weder ihre Kommilitoninnen noch ihre persönlichen Sachen im Studentenwohnheim konnten uns weiterhelfen."

Bevor Niklas weitersprechen konnte, fiel Herr Hausmann ihm ins Wort. „Wir haben ihnen doch schon gesagt, dass wir nicht wissen, mit wem Stacy sich getroffen hat." Niklas konnte seinen Tonfall nicht einschätzen. Auch ihm war anzumerken, dass seine Kraft schwand. Dass er an dem Verlust seines geliebten Kindes zu zerbrechen drohte. Doch da war noch mehr. Niklas glaubte Wut raushören zu können. Ob auf die Polizei, die den Täter noch nicht gefasst hatte, oder auf die ganze Welt, ob der erlittenen Ungerechtigkeit, vermochte er nicht zu sagen. Aber egal welche Wut es war, vielleicht sogar beide, er konnte Stacys Vater verstehen.

Frau Hausmann legte ihrem Mann sanft die Hand auf den Arm. „Lass gut sein Herbert", bat sie leise. „Es ist wichtig, dass sie diesen Mann finden, und ich werde alles tun, um ihnen dabei zu helfen." Sie streckte den Rücken durch, hob den Kopf und blickte Niklas in die Augen. In ihrem Blick sah er eine Stärke, die er noch vor wenigen Sekunden niemals für möglich gehalten hätte.

„Stacy war ein wunderbarer Mensch", setzte Barbara Hausmann an. „Schon als Baby hat sie es geschafft die Menschen in ihrer Nähe in ihren Bann zu ziehen. Sie nahm das Leben ernst. Wir konnten uns immer auf sie verlassen. Diese Heimlichkeiten, sowohl gegenüber uns als auch ihren Freunden, die passen einfach nicht zu ihr. Genauso wie wir ihr vertraut haben, so sehr hat sie auch uns vertraut. Und das sie uns nicht nur ihren Freund, sondern auch ihre Schwangerschaft verheimlicht hat." Für einen Moment musste Frau Hausmann schweigen, weil ihre Stimme erstarb, doch dann stand sie auf und holte aus einer der Kommodenschubladen ein dickes Fotoalbum mit Ledereinband. Sie schlug es auf und legte es auf den Tisch, so dass Niklas und Bernd die Fotos sehen konnten.

Diese unterbrachen sie nicht und forderten sie auch nicht auf, sich auf die Gegenwart und die nahe Vergangenheit zu beschränken. Sie waren sich sicher, dass sie den besten Eindruck bekommen würden, wenn Frau Hausmann einfach erzählen konnte.

„Hier", sie zeigte auf eines der ersten Fotos. „Hier feiern wir unser erstes Weihnachtsfest. Sehen sie dieses herzhafte, breite Lächeln. Das hat Stacy immer ausgezeichnet. Sie war so ein lebensfroher Mensch." Langsam blätterte sie weiter. Auf fast allen Fotos sah man ein lachendes, glückliches Kind, mal an Karneval im Bienenkostüm. Mal zu Ostern mit einem bis zum Rand mit Süßigkeiten gefüllten Osternest. Mal im Urlaub am Strand. Am häufigsten aber in einem schönen, kleinen Garten mit einer Holzhütte, allem Anschein nach in einem Schrebergarten.

Der Blick von Frau Hausmann blieb auf einem dieser Fotos hängen, auf dem Stacy in einem bunten Badeanzug unter einem Rasensprenger durchlief und scheinbar unglaublich viel Spaß dabei

hatte. „Ach ja, unsere kleine Laube. Was waren wir da glücklich."
Frau Hausmann blickte versonnen aus dem Wohnzimmerfenster.
„Wissen sie, wir hatten nie viel Geld. Dieser Stilmix, der mittlerweile
modern geworden ist, ist ursprünglich der Tatsache geschuldet,
dass wir nie genug Geld hatten, um uns auf einen Schlag ein
Zimmer vollständig einzurichten. Uns war bewusst, dass wir uns
kein Häuschen im Grünen leisten konnten, aber wir wollten doch,
dass unsere Tochter einen Garten und die damit als Kind verbundenen Annehmlichkeiten, wie Schaukel und Sandkasten und
Planschbecken genießen konnte. Also haben wir uns kurz nach
Stacys Geburt dazu entschieden einem Kleingartenverein beizutre-
ten und eine Parzelle zu mieten. Wir haben fast jedes Wochenende
dort verbracht. Und wenn das Geld nicht für einen Sommerurlaub
reichte auch mal die ganzen Ferien. Weißt du noch Herbert."

Es schien als hätte Frau Hausmann die Anwesenheit der Ermittler
fast vergessen. Herbert Hausmann nickte stumm und fuhr sich mit
dem Handrücken über die Augen. „Als Stacy dann erwachsen wurde und ihre Freizeit und Ferien lieber mit Freunden verbrachte, haben wir überlegt, diesen Garten aufzugeben, aber er war doch
unser kleines Paradies. So hat Stacy ihn immer genannt. Mein kleines Paradies." Frau Hausmann lächelte und für einen Moment
wirkte ihr Gesichtsausdruck friedlich und sogar fast glücklich. „Und
darum konnten wir diesen Garten nicht aufgeben. Er war so was
wie ihr Zufluchtsort. Wenn sie Ruhe brauchte, lernen wollte, allein
sein wollte, dann zog sich Stacy in den Garten und die kleine Hütte
zurück. Wir sind zwar für die Kosten aufgekommen, aber eigentlich
gehörte der Garten ihr. Wir sind in den letzten Jahren fast nicht
mehr dort gewesen, nur gelegentlich, wenn Stacy uns die neusten
Pflanzen oder die neuste Dekoration zeigen wollte. Der Garten war
zu ihrem Reich geworden, in dem sie sich sicher und geborgen
fühlte. Darum haben wir ihr auch freie Hand gelassen die Hütte neu
einzurichten und zu gestalten. Monatelang hat Stacy die Trödel-
märkte abgeklappert. Sie wusste ganz genau, was sie wollte, und
hatte einfach ein Händchen dafür, Dinge schön zu machen. Sie war
so kreativ und konnte allem ihren Stempel aufdrücken." Der Stolz
in der Stimme von Frau Hausmann war nicht zu überhören.

„Und wir wussten, dass Stacy irgendwann einmal wunderschöne Zeiten mit ihrer Familie dort verbringen würde. Mit ihren eigenen Kindern, die über den Rasen toben und deren Lachen durch den Garten schallt." Frau Hausmann brach in Tränen aus. Zu schmerzhaft war es zu wissen, wie nah dieser Traum gewesen war, der nun für immer verloren war.

Niklas und Bernd wussten, dass sie ihn hatten. Ihren Hoffnungsschimmer auf Antworten auf all die unbeantworteten Fragen. Dieser Garten und diese Hütte waren es. Doch sie wollten Frau Hausmann nicht drängen. Wollten ihr Gelegenheit geben, dass Tempo selbst zu bestimmen. Sie konnten nur erahnen, wie schmerzhaft es sein musste, die Fotos aus glücklichen Tagen zu sehen, die wunderschönen Erinnerungen, in dem Wissen, dass ihnen mehr nicht von ihrer Tochter geblieben war. Dass der Mörder sie um viele weitere glückliche Momente betrogen hatte, indem er Stacys Leben so unerbittlich ein Ende gesetzt hatte.

Als sich Frau Hausmann wieder etwas gefangen hatte setzte Niklas vorsichtig an, um das Gespräch fortzusetzen. „Frau Hausmann, Herr Hausmann, meinen sie, wir könnten uns in der Hütte einmal umsehen?" Stacys Eltern blickten sich an. „Aber warum wollen sie", klang es unisono. Doch bevor Niklas antworten konnte, fiel ihm Frau Hausmann ins Wort. „Mein Gott Herbert, sind wir blöd", platzte es aus ihr heraus. Sie schüttelte ungläubig den Kopf. „Natürlich. Wenn Stacy ein Geheimnis bewahren wollte, dann würde sie es in ihrem kleinen Paradies machen." Herbert Hausmann sah seine Frau zweifelnd an, doch diese nickte vehement mit dem Kopf. „Doch, Herbert, auf jeden Fall. Weißt du noch, der Sommer, in dem sich Stacy das erste mal verliebt hatte. Sie war damals 12 Jahre alt und schwärmte unglaublich für den Jungen, der in seinen Sommerferien im Kiosk des Kleingartenvereins aushalf um Geld für den Mofaführerschein zu verdienen. Er war 15 und hatte diese strahlend blauen Augen, die es ihr so angetan hatten. Sie wollte nicht, dass wir es mitbekommen. Jeden Abend schrieb sie in ihr Tagebuch, einem kleinen Hausaufgabenheft, dass sie dazu zweckentfremdete, und versteckte es dann in der Gartenlaube. Später verwahrte sie das Buch zusammen mit kleinen Geschenken, die sie von ihm bekommen hatte und Erinnerungsstücken in der Zigarrenkiste, in der Opa früher seine Briefmarken sammelte, bevor er sie einsortierte. Weißt du noch. Wie die Eintrittskarte vom Kino, als er sie einlud einen Film mit ihr anzusehen. Die Kiste versteckte sie vor uns in einem Spalt zwischen Balken und Dach, der gerade groß genug für die Kiste war. Später nutzte sie die Kiste quasi nur noch für Erinnerungsstücke. Ein Tagebuch zu schreiben war wohl nicht so ihr Ding. Jedenfalls hab ich sie nach diesem Sommer nie wieder mit einem Tagebuch gesehen. Aber das Tagebuch dieses Sommers blieb immer in der Kiste. Wir haben ihr nie gesagt, dass wir davon wussten. Wie hieß der denn nochmal?" Fragend blickte Frau Hausmann ihren Mann an.

„Dirk. Ich glaub er hieß Dirk", antwortete Herr Hausmann und nun musste auch er lächeln. Ein wehmütiges Lächeln, aber ein Lächeln. „Ja, genau." Wieder nickte Frau Hausmann heftig. „Dirk." Frau Hausmann blickte die Ermittler an. „Es ist Parzelle 105 in der Kleingartenanlage 'An den Pappeln'. Warten sie einen Moment, ich hol ihnen den Schlüssel." Mit diesen Worten stand sie auf und holte den Schlüssel aus einer Schublade im Essbereich. Sie reichte ihn an Niklas, doch bevor sie ihn losließ, damit Niklas ihn einstecken konnte, schaute sie ihm tief in die Augen. „Bitte achten sie das Andenken unserer Tochter. Die Zigarrenkiste befindet sich auf dem großen Querbalken im Schlafzimmer. Wenn es nicht unbedingt nötig ist, dann versuchen sie bitte, alles so wenig wie möglich zu verändern. Dies ist nun unser Zufluchtsort und wenn sie...."

Niklas nickte stumm. „Wir werden alles tun, damit sie sich dort auch noch sicher und geborgen fühlen, nachdem wir uns dort umgesehen haben." Bernd nickte stumm Zustimmung. Dann verabschiedeten sich die Ermittler und fuhren zurück ins Büro. Auch die Rückfahrt verlief schweigend, diesmal jedoch aus ganz anderen Gründen. Diesmal war die Stille von einer Angespanntheit aber auch einer Art freudiger Erwartung geprägt. Der freudigen Erwartung Stacys Mörder nun endlich einen großen Schritt näher zu kommen.

25. Kapitel

Als Niklas und Bernd ins Büro zurückkehrten sahen sie Christiane und Jonas gebannt auf den Bildschirm des PCs starren. Die beiden blickten auf als sie Schritte aus Richtung Tür hörten. „Wir haben da was." Alle vier sprachen quasi zeitgleich, so dass erst mal eine kurze Pause entstand, in der sich die Ermittler schweigend anblickten. Jonas war der erste, der die Sprache wiederfand.

„Wir waren noch einmal in Stacys Zimmer, konnten aber keinerlei Hinweise auf das zweite Handy finden, dass sie nutzte, um mit dem geheimnisvollen Freund zu kommunizieren. Da kein weiterer Raum zur Wohnung gehört, wie ein Kellerabteil, wollten wir schon wieder gehen. Dann aber haben wir uns noch das Fahrrad des Opfers zeigen lassen und einen Treffer gelandet. Stacy nutzte einen Fahrradcomputer, und die Daten waren ziemlich aufschlussreich. Es gibt einen Ort, den sie häufiger aufgesucht hat. Sie muss sich dort gut ausgekannt haben, denn sie hat den Fahrradcomputer nur zur Dokumentation, nicht aber als Navigationsgerät genutzt. Über einen Abgleich der GPS-Daten mit Satellitenkarten konnten wir herausfinden, dass es sich dabei um das Gelände der Kleingartenanlage 'An den Pappeln' handelt."

Triumphierend blickte Jonas zu Bernd und Niklas. Diese griffen aufreizend langsam nach der Thermoskanne mit Kaffee, die auf dem Besprechungstisch stand und gossen sich eine Tasse ein. Ebenso langsam gelangten Milch und Zucker in die Tassen. Dann tranken beide einen ersten Schluck. „Genaugenommen ist es Parzelle 105 in der Kleingartenanlage 'An den Pappeln' ", entgegnete Bernd. Er sprach betont oberlehrerhaft, wissend, wie sehr er Jonas mit diesem Tonfall auf die Palme brachte. Aber was wären die Arbeitstage ohne diese kleinen Neckereien.

Noch während er sprach war Christianes Kopf zu ihm herumgeschnellt. „Woher", mehr brachte sie nicht heraus. Bernd setzte bereits zu einer Erwiderung an als Niklas sich einmischte. Er mochte diese Frotzeleien mit und unter den Kollegen, und ein Teil von ihm war neugierig, welche Antwort Bernd sich einfallen lassen würde um das Spielchen noch ein wenig weiter auf die Spitze zu treiben. Aber in diesem Fall fühlte er sich getrieben. Und darum wollte er jetzt in diese Gartenlaube. Sofort.

In kurzen Worten berichtete er daher Jonas und Christiane von den Erkenntnissen, die er und Bernd bei den Eheleuten Hausmann gewonnen hatten. „Und ich bin mir sicher, dass Frau Hausmann recht hat. Wenn Stacy etwas versteckt hat, wenn sie Geheimnisse hatte, und es steht außer Frage, dass sie welche hatte, dann in dieser Hütte", beendete Niklas seine Ausführungen. Die anderen nickten zustimmend. Niklas warf Christiane die Autoschlüssel zu. „Los geht's!"

In der Kleingartenanlage angekommen brauchten die Ermittler nicht lange, um die Parzelle der Hausmanns zu finden. Das Haus und der Garten stachen aus der Masse hervor. Auch wenn die Häuser sich an einem einheitlichen Muster orientierten, so erlaubte die Satzung scheinbar doch einen gewissen Gestaltungsspielraum. Stacy hatte die Vorderfront und die Rückwand des Hauses mit einem karminroten Anstrich versehen. Die Seitenwände waren in einem strahlenden weiß gestrichen. Auf diesen weißen Wänden waren einzelne karminrote Rechtecke und Quadrate aufgemalt. Die Anordnung war willkürlich, bot jedoch ein harmonisches Bild. Vor der Hütte stand eine weiße Holzbank, auf die viele einzelne karminrote Blüten aufgemalt waren. Bereits an diesen wenigen Eindrücken konnte man sehen, dass Stacy viel Liebe und Zeit in die Gestaltung gesteckt hatte. Und dieser Eindruck intensivierte sich noch bei einem Blick in den Garten. Die gesamte Fläche war mit Rasen bewachsen. Auf der Rasenfläche verteilt fanden sich einige Hochbeete und Kübel. Bei der Bepflanzung der Hochbeete hatte sich Stacy strikt an das Farbkonzept gehalten. Es fanden sich ausschließlich weiße Blüten und Blüten in unterschiedlichen Rottönen. In den Kübeln befanden sich kleine Bäume und Sträucher. Die in den Kübeln befindliche Dekoration war ebenfalls auf das Farbkonzept und auf den jeweiligen Baum abgestimmt. Neben einem Kirsch- und einem Apfelbaum war noch eine Johannisbeere und eine Stachelbeere zu sehen.

Fast ehrfürchtig betraten Niklas und Christiane die Parzelle. Bei einem genaueren Blick in die Kübel und in die Hochbeete stellte Niklas fest, dass Stacy wohl auch die gesamte Gartendekoration mit viel Liebe zum Detail selbst hergestellt hatte. So fand sich ein Gartenstecker, der aus einem alten Schürhaken hergestellt war. Auf diesen Schürhaken hatte Stacy Steine in verschiedenen Formen und Größen aufgereiht, immer wieder unterbrochen durch glasierte Tonkugeln – natürlich in rot, wie sollte es auch anders sein. Auch alte Flaschen, Backformen und Kellen hatten in diesem Garten einen neuen Nutzen gefunden. „Rot und Blumen waren auch in ihrem Zimmer vorherrschend", unterbrach Christiane die Stille. „Geht es nur mir so, oder fühlst du dich auch wie ein Eindringling?", wandte sie sich an Niklas.

Ja, Niklas teilte dieses Gefühl. Zuerst hatte er gedacht, dass es ihm diesmal unangenehmer war als in anderen Fällen, weil er das Opfer kannte. Sie mussten bei ihren Ermittlungen immer wieder in die Privatsphäre anderer Menschen eindringen. Sowohl in die Räumlichkeiten als auch in das Gefühlsleben. Und weil es ihr Job war hatten sie gelernt damit umzugehen. Das Unbehagen beiseite zu stellen und als Profi zu agieren. Aber dieser Garten, er war wirklich wie ein kleines Paradies. Jetzt verstand er, warum Stacys Eltern darum gebeten hatten, dass möglichst alles unverändert bleiben sollte. Sie hatten Angst, der Garten könnte seinen Zauber verlieren. Und vermutlich galt das Gleiche für die Hütte.

Bereits beim Eintreten wusste Niklas, dass er recht hatte. Die Harmonie, die Individualität und die Liebe zum Detail waren unübersehbar und allgegenwärtig. Auch wenn sowohl bei Niklas als auch bei Christiane eine kaum noch zu unterdrückende Mischung aus Neugier und Spannung vorherrschte, was sie wohl in der Zigarrenkiste finden würden, nahmen sie sich die Zeit, die Einrichtung und Gestaltung auf sich wirken zu lassen. Auf dem Boden war ein großer, runder, roter Hochflorteppich ausgelegt. In dem Raum befand sich zudem eine kleine Küchenzeile, eine gemütliche Couchgarnitur und ein kleiner Esstisch mit vier Stühlen. Die Küchengeräte waren alle in rot. Die Fronten der Küchenzeile in einem strahlenden weiß, Hochglanz. Die Couch stammte augenscheinlich aus dem Programm einer großen Möbelkette, erhielt aber durch die vielen Kissen eine ganz individuelle Note. Einige Kissen waren unverkennbar schon viele Jahrzehnte alt, andere schien Stacy mit Stofffarben und Schmucksteinen selber gestaltet zu haben. Die Tischplatte des Esstisches hatte Stacy mit unterschiedlichsten Stoffresten bezogen, so dass sich eine Art Patchworkmuster ergab, und mit einer durchsichtigen Plexiglasplatte abgedeckt. Die Stühle waren aus Holz und genau wie die Bank vor dem Haus in weiß mit rotem Blumenmuster gestrichen. Die Wände waren über und über mit Fotografien verziert. Einige größere Fotografien waren gerahmt. Viele hingen jedoch auch ungerahmt an den Wänden. Niklas ging davon aus, dass Stacy sie alle selbst geschossen hatte. Schließlich war die Fotografie ein großes Hobby von ihr.

In dem kleinen angrenzenden Raum befand sich das gemütlich eingerichtete Schlafzimmer, mit einem weißen Metallbett und einem kleinen Nachttisch. Einen Kleiderschrank suchte man vergeblich, aber eine kleine Kommode hatte ihren Platz gefunden und bot genug Stauraum für einige wenige notwendige Kleidungsstücke.

Aufgrund der Beschreibung, die er von den Eheleuten Hausmann erhalten hatte, brauchte Niklas nur wenige Augenblicke um die Zigarrenkiste zu finden und von dem Querbalken zu holen. Er nahm die Kiste mit an den Esstisch und klappte sie auf. Bereits auf den ersten Blick hatte er die Antwort, auf die er schon fast nicht mehr zu hoffen gewagt hatte. Nun wussten sie, wer Stacys Freund war. Und damit hatten sie, ausgehend von der bestehenden Beweislage, auch den Mörder.

Christiane beugte sich ebenfalls über die geöffnete Zigarrenkiste und entnahm einige Fotos. Das oberste zeigte Stacy mit ihrem Freund. Sie standen Arm in Arm vor der berühmten Seebrücke in Binz. Der Himmel war strahlend blau, nur ganz vereinzelt unterbrochen durch eine kleine weiße Wolke. Stacys Lächeln zeigte, wie unglaublich glücklich sie in diesem Moment gewesen sein musste. Sie trug einige der Schmuckstücke, die Christiane und Jonas in ihrer Wohnung gefunden hatten.

Auch auf den weiteren Fotos waren die Beiden zu sehen. Mal bei gemeinsamen Ausflügen, aber auch in eben diesem Gartenhaus und Garten, in dem sich Niklas und Christiane justamente aufhielten. Und es gab auch ein Foto, in dem sowohl Stacy als auch ihr Freund in ihrem Arbeitsoutfit zu sehen waren. Er im Dartshirt und sie in ihrem Outfit als Walk-on-Girl. Nachdenklich betrachtete Niklas das Foto. Es fiel ihm schwer zu glauben, dass Stacy sich gegen Kody Dawson entschieden hatte, um diese Beziehung zu führen.

„Wo die Liebe hinfällt", sagte Christiane, so, als ob sie seine Gedanken erraten hätte. „Das Herz hat seine Gründe, die der Verstand nicht kennt", murmelte Niklas. Fragend sah ihn Christiane von der Seite an. „Ein Zitat von Blaise Pascal", erläuterte Niklas. „Irgendwie passend. Mit dem Verstand lässt sich diese Beziehung nicht erklären, ist für uns nicht nachvollziehbar. Aber das Herz, Stacys Herz, das hat es gewollt."

„Ein fernöstliches Sprichwort sagt 'Wer liebt, erkennt schwerlich die schlechten Eigenschaften des Geliebten; wer hasst, erkennt schwerlich die guten Eigenschaften des Gehassten' ", erwiderte Christiane. Dann fuhren die Ermittler zurück zur Dienststelle, nicht ohne bereits auf dem Weg die vorläufige Verhaftung und die Abnahme einer DNA-Probe sowie der Fingerabdrücke zu veranlassen. Auch ein Durchsuchungsbefehl für das Hotelzimmers des Verdächtigen wurde umgehend beantragt.

26. Kapitel

Niklas und Christiane trafen im Büro auf Bernd und Jonas. Sie nutzten die Gelegenheit ihre gewonnenen Informationen weiterzugeben.

Den Ermittlern war bewusst, dass sie die Ergebnisse der Kriminaltechnik und der Spurensicherung erst am nächsten Tag erhalten würden. Dann würde sich zeigen, ob sie genug Beweise hatten. Aber auch ohne das Vorliegen der Ergebnisse war deutlich zu spüren, dass die Resignation und Hoffnungslosigkeit vollständig gewichen war. Sie waren sich sicher, dass sie den Richtigen hatten. Und da dieser die Nacht in der Untersuchungshaft verbringen musste, konnte er ihnen auch nicht mehr entwischen.

Für einen kurzen Moment überlegten sie im Büro auszuharren, bis erste Erkenntnisse, insbesondere der Durchsuchung des Hotelzimmers, vorlagen. Doch diesen Gedanken verwarfen sie recht schnell wieder. Sogar Niklas. Und so machten sich die Ermittler auf in den wohlverdienten Feierabend.

Christiane spürte eine bleierne Müdigkeit in den Knochen, doch sie wollte noch nicht ins Bett gehen. Sie brauchte Entspannung. Und Entspannung bedeutete für Christiane Wasser und Musik. Als sie damals in den Wohnkomplex gezogen war hatte sie den zu den Wohnungen gehörenden gemeinschaftlichen Pool- und Wellnessbereich zwar zur Kenntnis genommen, war allerdings der Überzeugung, diesen eher nicht zu nutzen.

Ein Irrtum wie sich herausstellen sollte. Mittlerweile zog Christiane sooft es eben ging ihre Bahnen. 50 Bahnen in dem 25-Meter-Pool. Dann zog sie sich auf eine der Relaxliegen zurück und ließ sich über die Kopfhörer mit Musik von ihrem MP3-Player beschallen. Das war ihr Ausgleich zu ihrem stressigen Arbeitsalltag, auf den sie auch an diesem Abend nicht verzichten wollte.

Und wie immer verfehlte es seine Wirkung nicht.

Auch Jonas wollte die Zeit noch nutzen, solange es noch nicht vollständig dunkel war. Mountainbiking war schon seit vielen Jahren seine Leidenschaft. Kaum zu Hause angekommen hatte er sich bereits umgezogen und drehte im nahegelegenen Wald seine Runden. Da die Wege uneben und mit Hindernissen gespickt waren beanspruchte die Strecke seine gesamte Aufmerksamkeit. Dadurch blieb keine Zeit an den Mordfall zu denken. Und darum genoss Jonas dieses Hobby so sehr.

Als Niklas zu Hause ankam fühlte er eine bleierne Müdigkeit in den Knochen und das dringende Bedürfnis, sich ins Bett zu legen und zu schlafen. Aber trotz aller Müdigkeit und Erschöpfung war es ihm nicht möglich, Schlaf zu finden. Nachdem er sich über eine Stunde im Bett von einer Seite auf die andere gerollt hatte, stand er auf und ging zum Kühlschrank und nahm sich ein Bier.

Auch Bernd gelang es nicht, die Gedanken an den Fall beiseite zu schieben und seinen Feierabend zu genießen. Zwar genoss er das gemeinsame Abendessen mit seiner Frau und seinen Kindern, reizenden Zwillingen im Alter von 7 Jahren. Doch nachdem er die Kinder ins Bett gebracht und seiner Tochter noch eine Geschichte vorgelesen hatte – seine Frau kümmerte sich in der Zeit um den gemeinsamen Sohn – schweiften seine Gedanken zurück zu den letzten Tagen.

Seine Frau schaute ihn besorgt an. „Woran denkst du?", wollte sie von ihm wissen.

„An unseren aktuellen Fall", antwortete Bernd. „Und an Niklas. Ich hoffe einfach das morgen alles glatt geht und wir den Fall abschließen können. Diese Mordermittlung setzt Niklas ziemlich zu. Und wenn wir sie nicht abschließen können, wenn der Mörder nicht zur Rechenschaft gezogen wird, ich weiß nicht, ich glaub damit käme er nicht klar. Das würde ihn fertig machen."

Bernds Frau ließ ihren Mann einfach reden. Sie wusste, dass er das manchmal brauchte. Grundsätzlich hatten sie die Vereinbarung, dass Bernd seinen Beruf nicht mit ins Privatleben brachte.

Aber hier ging es um Niklas. Seinen Partner und guten Freund. „Und du befürchtest, dass ihr nicht genug Beweise habt, um den Täter zu überführen?"

Bernd schüttelte den Kopf. „Nein, ich bin mir sicher, dass wir den Richtigen haben und ihm die Tat auch nachweisen können. Aber damit ist ein Fall für uns nicht abgeschlossen. Zumindest nicht emotional. Weißt du, wir wollen verstehen, warum etwas passiert ist. Wo das Motiv lag. Wie es soweit kommen konnte." „Aber diese Frage bleibt doch häufiger unbeantwortet, oder?", fragte seine Frau.

Diesmal nickte Bernd. „Ja, das stimmt. Aber in Fällen, in die wir emotional tiefer eingebunden sind, weil wir Parallelen zu unserem Leben oder unseren Familien sehen, oder eben, wenn der Fall, wie hier, in einem Bereich unseres Lebens angesiedelt ist, dann kommt diesem Aspekt eine größere Bedeutung zu." „Und ihr habt keine Ahnung?", fragte Bernds Frau.

„Naja", entgegnete dieser. „Das Opfer war schwanger vom Täter. Das wird eine Rolle gespielt haben. Aber welche? Ich hoffe diese Frage bekommen wir morgen beantwortet."

Bernds Frau musste lachen. Irritiert schaute Bernd sie an. „Warum lachst du Katta?" Eigentlich hieß seine Frau ja Katharina, aber so wurde sie eigentlich von niemandem genannt.

„Ihr seid erfahrene Mordermittler, aber manchmal seht ihr nicht, dass Antworten direkt vor euren Augen liegen. Wenn euer Opfer schwanger war und ihr davon ausgeht, dass der Täter das wusste, dann wollte er vermeiden, dass es noch jemand anders erfährt. Und wenn du mich fragst, dann kommt da nur eine Frau in Betracht. Vermutlich seine Ehefrau. Denn hätte er euer Opfer wirklich und von Herzen geliebt und mit ihm zusammen sein wollen, dann hätte er sich über die Schwangerschaft gefreut und sich mit dem Opfer eine gemeinsame Zukunft aufgebaut. Aber genau das hat er scheinbar nicht gewollt. Daher würde ich mal annehmen, dass er wusste, dass seine Frau ihn verlassen wird, wenn sie von seiner

Affäre und dem außerehelichen Kind erfährt. Und das wollte er um jeden Preis verhindern."

Bernd wusste, dass seine Frau recht haben könnte. Diese Überlegung hatte er auch schon gehabt. Aber dafür direkt einen Mord begehen. Seine Geliebte und das ungeborene Kind töten. Und das nicht nur im Affekt, sondern eiskalt geplant. Sogar einen perfekten Sündenbock hatte er den Ermittlern präsentiert. Da musste mehr dahinterstecken als die Angst, verlassen zu werden. Da war sich Bernd sicher.

Katta spürte, dass Bernd nicht überzeugt war. „Da ist noch mehr, oder?", fragte sie. Bernd nickte stumm. „Aber du willst es mir nicht erzählen", meinte Katta. „Unsere Vereinbarung." Wieder nickte Bernd. Katta lächelte ihn an. Sie stand auf und gab Bernd einen Kuss auf die Stirn. „Ihr werdet den Fall aufklären! Davon bin ich überzeugt! Und das Motiv wird sich euch auch erschließen. Wenn nicht morgen, dann zu einem späteren Zeitpunkt. Denn wenn er erst mal hinter Schloss und Riegeln sitzt, und der Druck weg ist, dann wird der Blick nochmal klarer."

Dankbar lächelte Bernd seine Frau an und blickte ihr hinterher, wie sie die Treppe hinauf ins Badezimmer ging. Dann ging er zum Kühlschrank, nahm sich eine Flasche Bier und legte sich auf die Couch. Noch bevor die Flasche leer war, war er eingeschlafen.

Niklas saß währenddessen in seiner Wohnung auf der Couch, trank sein Bier und spielte gedankenverloren mit seinem Handy, als es klingelte. Es war schon nach 23.00 Uhr und Niklas wunderte sich, wer zu so später Stunde noch bei ihm anrief. Und er war beunruhigt. War etwas passiert? Gab es Erkenntnisse, die alles noch einmal verändern würden? Was konnte nicht bis zum nächsten Morgen warten?

Der Blick aufs Display verriet ihm, dass es Detlef war, der ihn anrief, und die Beunruhigung wuchs. „Ja, was ist?", fragte er, ohne sich zu melden. „Beruhig dich, es ist alles in Ordnung", lachte Detlef. „Ich hab nur gesehen, dass du um die Uhrzeit noch online bist, obwohl du im Bett liegen und dich auf den morgigen Tag vorbereiten solltest, indem du mal so richtig ausschläfst. Und da dachte ich, du brauchst vielleicht einen Freund."

Niklas atmete hörbar auf. „Danke, dass ist nett von dir. Ich kann einfach nicht einschlafen. Mir schwirrt der Kopf. Meine Gedanken schweifen immer wieder ab, ohne dass ich sie fassen kann. Ich gehe alle Beweise immer und immer wieder durch, um mich zu beruhigen. Aber dieser Fall, er..." Für einen Moment herrschte Schweigen.

„Du bist zum ersten Mal emotional tiefer in einen Fall verstrickt", sagte Detlef. „Das ist eine Erfahrung, die wir alle irgendwann mal machen. Und sie ist hart. Sie verändert uns. Es ist eine belastende Zeit. Und nicht nur für dich. Auch für deine Kollegen, die es merken. Die dir helfen wollen aber dem Ganzen hilflos gegenüberstehen. Aber glaub mir, vertrau mir. Ich kenne alle Beweise, die euch in diesem Fall vorliegen, und ich bin mir sicher, dass die noch ausstehenden Ergebnisse den Täter endgültig überführen werden. Ihr habt den Richtigen verhaftet. Und er wird für den Mord an Stacy verurteilt werden. Ganz sicher!"

„Aber warum? Warum hat er es getan? Stacy war so ein netter und lebensfroher Mensch. Sie hatte so ein ansteckendes Lachen. Wie konnte er das tun?"

„Wenn du mich fragst, dann ist euer Täter ein ausgeprägter Egoist, für den nur das eigene Glück, die eigenen Wünsche zählen. Alle anderen sind ihm egal. Und um zu bekommen, was er will, war er sogar bereit, zwei junge und unschuldige Leben auszulöschen. Wahrscheinlich gab er dem Opfer die Schuld dafür, dass seine Wünsche, sein Glück, bedroht waren, und sah sich daher im Recht sie zu töten, um sein Glück zu schützen. Für uns ist das nicht nachvollziehbar. Wir ticken anders. Darum bist du Polizist geworden. Um Menschen, für die das Töten eines anderen Menschen eine akzeptable Lösung ist, aus dem Verkehr zu ziehen. Und das machst du gut. Sehr gut sogar. Und darum schaffst du es auch dieses Mal."

„Danke", antwortete Niklas. „ Vielen Dank für deine Aufmunterung, deinen Optimismus und deine Freundschaft. Ich lad dich nach dem Fall auf ein großes Stück Mandarinen-Schmand-Torte und einen Latte Macchiatto ein." Dann legte er auf, rollte sich auf der Couch zusammen und schlief tief und fest bis zum nächsten Morgen.

27. Kapitel

Am nächsten Morgen fand sich Detlef in aller Herrgottsfrühe an seinem Arbeitsplatz ein, um die Analyse der gesicherten Beweise fortzusetzen. Er wollte, er musste das Versprechen halten, dass er Niklas in der vergangenen Nacht gegeben hatte. Denn als ein solches empfand er seine Wort gegenüber Niklas. Als Versprechen.

Als Erstes widmete er sich dem Dartpfeil aus dem Hals des Opfers. Niklas hatte ihm gesagt, dass der Dart nicht mit den Originaldarts von Kody Dawson übereinstimmte, und ihn gebeten, ihn sich deshalb noch einmal ganz genau anzuschauen. Doch worauf sollte er achten. Er hatte schließlich keine Ahnung von Darts. Seufzend hielt er den Pfeil in Händen, dann schnappte er sich das Tablet und googelte. Was Besseres wollte ihm einfach nicht einfallen.

Nachdem er sich ein wenig in die Materie eingelesen hatte legte er den Pfeil auf die Waage. „21 Gramm", murmelte er. Das Gewicht stimmte nicht mit dem überein, dass für die Pfeile von Kody Dawson im Internet gelistet war. „Vielleicht hilft Niklas das ja weiter", hoffte er. Dann wandte er sich den weiteren Beweisen zu, mit denen er weitaus mehr anzufangen wusste.

Intensiv widmete er sich der großgliedrigen Halskette, die im Zimmer des Verdächtigen sichergestellt worden war, während sich seine Kollegen der übrigen Beweise annahmen.

Als Detlef die Kette in die Hand nahm, stellte er fest, dass sie nicht so schwer war, wie er erwartet hatte. Das erklärte sich, als er eine Probe des Materials nahm. Es handelte sich um Titan. Auch die zur Kette gehörenden Anhänger waren aus Titan.

Detlef bewunderte die Handwerkskunst, mit der Kette und Anhänger gefertigt worden waren. Die Kette sah exakt so aus, wie die Absperrketten, die er aus dem Baumarkt kannte. Die detailliert und filigran ausgearbeiteten Anhänger bildeten einen starken aber schön anzuschauenden Kontrast.

Detlef vermaß die Kette und machte Fotos mit einem angelegten Maßstab. Dann glich er die am Körper des Opfers festgestellten Strangmarken mit den Kettengliedern ab. Im Ergebnis ließ sich eine Übereinstimmung feststellen. „Das Strangwerkzeug hätten wir dann wohl", murmelte Detlef. „Mal schauen, ob der Mörder irgendwelche Spuren darauf hinterlassen hat."

Detlef gelang es einige wenige Hautschuppen von der Kette zu sichern. Um ein DNA-Profil zu erstellen wandte er auch hier die Polymerase-Kettenreaktion an. Ein Abgleich des aus den Hautschuppen gewonnenen DNA-Profils mit dem des Verdächtigen ergab eine Übereinstimmung, was Detlef zu einem leichten Lächeln veranlasste. „Das ist doch schon mal was", meinte er. „Mal schauen, ob es noch mehr zu entdecken gibt."

An der Kette, die in dem Hotelzimmer des Verdächtigen sichergestellt worden war, war noch ein Anhänger befestigt gewesen, und zwar der Schmuckanhänger mit dem roten Granat. Die übrigen Anhänger waren in einer kleinen Schmuckschachtel sichergestellt worden. Auf dem Schächtelchen waren neben Stacys Fingerabdrücken auch die des Verdächtigen, allerdings nicht auf den Anhängern in der Schachtel. Anders sah es bei dem Granatanhänger aus. Detlef konnte sowohl auf dem Stein als auch auf dem Titan des Anhängers die Fingerabdrücke des Verdächtigen sichern. Seine Fingerabdrücke überlagerten zum Teil die des Opfers, und zwar sowohl auf der Schmuckschachtel als auch auf dem Anhänger. Damit stand zweifelsfrei fest, dass der Verdächtige die Schachtel nach Stacy angefasst hatte.

Als Detlef die Arbeit an der Kette beendet hatte wandte er seinen Blick seinen Kollegen zu, die in den vergangenen Stunden ebenfalls emsig am Werk gewesen waren. Er ließ sich die kriminaltechnischen Ergebnisse aushändigen und stellte diese für Niklas zu einem Bericht zusammen. Als er sich einen Überblick verschafft und den Bericht fertiggestellt hatte, war er sich sicher, dass sie gute Arbeit geleistet und eine Vielzahl von Beweisen gesichert und ausgewertet hatten. Im Ergebnis sollte das ausreichend sein, damit die Ermittler den Fall abschließen und an die Staatsanwaltschaft übergeben konnten.

Detlef machte sich sofort auf den Weg, um Niklas den Bericht zu bringen. Eigentlich interessierte ihn als Kriminaltechniker nur die Wissenschaft. Die Auswertung der Beweise. Nicht das Opfer, nicht das Motiv und auch nicht der Ausgang des Verfahrens. Absolute Objektivität. Und bei seiner Arbeit als Kriminaltechniker hielt er sich strikt an diese Grundsätze. Aber Niklas war nun mal sein Freund. Und bei aller wissenschaftlichen Neutralität und Professionalität war er als Mensch einfach froh, ihm helfen zu können.

28. Kapitel

Niklas und Bernd betraten den Verhörraum, in dem der Verdächtige bereits wartete. Christiane und Jonas waren im Nebenraum, von wo aus sie die Möglichkeiten hatten, dem Gespräch zu folgen.

Der Verdächtige, der die letzte Nacht in der Zelle verbracht hatte, erschien vielmehr aufgebracht als verunsichert. Bereits beim Betreten des Verhörraums ergoss sich ein Schwall wüster Beschimpfungen über die Ermittler. Dem zur Vernehmung hinzugezogene Dolmetscher war das Übersetzen offensichtlich unangenehm. Niklas bedeutete ihm, dass er die Beschimpfungen und Beleidigungen nicht übersetzen müsse, was der Dolmetscher mit einem dankbaren Lächeln quittierte.

Bernd und Niklas setzten sich dem Verdächtigen gegenüber und warteten, bis dieser Luft holen musste und somit eine kurze Ruhepause entstand. „Guten Morgen Herr de Boer", eröffnete Niklas das Gespräch. Dieser schnaubte verächtlich, hielt aber endlich den Mund.

„Herr de Boer, sie stehen im Verdacht Stacy Hausmann ermordet zu haben. Sie sind somit Beschuldigter in einem Strafverfahren. Es steht ihnen frei sich zum Tatvorwurf zu äußern, sie müssen sich insbesondere nicht selbst belasten. Darüber hinaus haben sie die Möglichkeit jederzeit einen Verteidiger zu befragen und Beweiserhebungen zu ihrer Entlastung zu beantragen. Sie haben des weiteren die Möglichkeit sich auch zu einem späteren Zeitpunkt schriftlich zu äußern. Haben sie die Belehrung verstanden?" Finn de Boer nickte. Er hatte sich wieder im Griff und setzte ein überhebliches Lächeln auf.

„Wie wollen Sie es halten? Wollen Sie sich äußern?", setzte Niklas die Befragung fort. Er bemühte sich, die Arroganz von Finn de Boer nicht auf sich wirken zu lassen. Aber er spürte wie die Wut in ihm aufstieg.

Finn de Boer lehnte sich auf seinem Stuhl zurück. Sein Lächeln wurde immer breiter, während er die Ermittler mit seinem Blick fixierte. „Ich habe Stacy nicht getötet. Und jetzt geh ich und fahr zurück nach Hause. Und dafür, dass sie mich hier eine Nacht festgehalten haben, dafür kommt noch was auf sie zu. Das garantiere ich ihnen. Nicht mit mir!" Finn de Boer machte Anstalten, sich aus dem Stuhl zu erheben.

Höflich aber bestimmt machte Bernd ihm klar, dass er zu bleiben habe. Daraufhin änderte sich das Verhalten von Finn de Boer schlagartig wieder. Ihm stieg die Zornesröte ins Gesicht und sein Kopf wurde so rot, dass Niklas und Bernd befürchteten, dass er jeden Moment platzen würde. Und über die Ermittler brach ein neuer Schwall wüster Beschimpfungen herein. In den Augen von Finn de Boer war der blanke Hass zu erkennen.

Niklas und Bernd blickten sich irritiert an und bedeuteten dem Dolmetscher, mit ihnen zusammen den Verhörraum zu verlassen. Sie begaben sich zu Christiane und Jonas in den Nebenraum und betrachteten durch die Scheibe die Vorgänge im Verhörraum. Mittlerweile wiederholte Finn de Boer immer wieder 'Wissen sie eigentlich wer ich bin? Das wird ihnen noch leidtun!'

„Er hat wohl wirklich geglaubt, dass wir ihm nichts anhaben können. Und das nicht, weil er unschuldig ist, sondern weil er prominent ist. Völlig verquere Selbstwahrnehmung würde ich mal sagen", meinte Jonas mit Blick auf Finn de Boer. „Wie geht's jetzt weiter?"

„Wir warten", entschied Niklas. Er betrachtete Finn de Boer und wartete darauf, dass sich dieser beruhigen würde. Diesmal dauerte es deutlich länger, bis er zu seinem selbstgefälligen Lächeln zurückfand. Als dies der Fall war, kehrten Niklas und Bernd in den Verhörraum zurück. Sie hatten sich entschieden, Finn de Boer erstmal mit allen Erkenntnissen zu konfrontieren, statt ihm Fragen zu dem Mord an Stacy zu stellen und zu schauen, wie sich die Situation entwickelte.

Die Ermittler setzten sich Finn de Boer gegenüber und Niklas begann zu sprechen. „Herr de Boer, wie sie wissen, haben wir ihnen am gestrigen Tag Fingerabdrücke sowie eine DNA-Probe entnommen, um sie mit dem am Tatort und am Opfer festgestellten Spurenmaterial zu vergleichen." Niklas nahm sich die Berichte der Kriminaltechnik und fuhr dann fort. „Mit ihrer DNA wurde ein Vaterschaftstest mit dem ungeborenen Kind des Opfers durchgeführt. Dabei wurde festgestellt, dass sie der Vater des Kindes sind. Zudem stimmt ihre DNA mit der überein, die in dem Schweiß auf dem Oberteil des Opfers gefunden wurde. Sie haben nicht damit gerechnet, dass es so anstrengend ist, einen Menschen zu strangulieren und sind gewaltig ins Schwitzen geraten." Herausfordernd blickte Niklas Finn de Boer an. „In einer Mülltonne am Notausgang der Halle wurde zudem ein Taschentuch mit Blutanhaftungen sichergestellt. Das Blut auf dem Taschentuch stammt zum einen vom Opfer, aber es konnte auch Blut von ihnen auf dem Taschentuch gefunden werden."

Niklas ließ seine Worte einen Moment wirken, bevor er fortfuhr. „Im Hals des Opfers fanden wir zudem einen Dartpfeil. Zwar waren nirgendwo auf dem Dartpfeil Fingerabdrücke zu finden, aber es handelt sich um einen 21g-Dart. Und sie sind der einzige Spieler, der sich am Freitag im Practiceroom aufhielt, der mit solchen Pfeilen spielt."

Wieder machte Niklas eine Pause. Dann nahm er sich die Ergebnisse der Durchsuchung des Hotelzimmers vor. „Nach ihrer vorläufigen Festnahme gestern wurde zudem ihr Hotelzimmer durchsucht. In einem Wäschebeutel fanden die Kriminaltechniker ein Dartshirt. Auf diesem war das Blut des Opfers. Und die Fasern des Shirts stimmen mit den Fasern überein, die am Opfer gefunden wurden. Eine Auswertung der DNA auf der Innenseite des Dartshirts hat ergeben, dass sie dieses Dartshirt getragen haben. Zudem fand sich in dem Wäschesack auch noch eine Sweatjacke, auf deren Innenseite ebenfalls Blut des Opfers zu finden war. Es ist davon auszugehen, dass sie diese Sweatjacke über das Dartshirt gezogen haben, damit niemandem das Blut auffällt. Sie waren es. Sie haben Stacy stranguliert und ihr dann den Dartpfeil in den Hals gestoßen, um den Verdacht auf Kody Dawson zu lenken. Und das beweist eindeutig, dass sie die Tat vorsätzlich begangen haben."

Als Finn de Boer weiterhin keine Reaktion erkennen ließ, fuhr Niklas unbeirrt fort. „Aber das war noch nicht alles, was in ihrem Zimmer gefunden wurde. Da war auch noch Stacys Handy. Sie haben sich zwar redlich bemüht, indem sie die SIM-Karte zerschnitten haben. Aber die auf dem Handy abgespeicherten Daten waren mehr als eindeutig. Sie hatten eine Affäre mit Stacy, und das schon seit mehreren Monaten. Und sie wussten, dass Stacy schwanger war. Von ihnen. Wir interpretieren die gefundenen Daten so, dass Stacy es ihnen am Montag, nachdem sie es erfahren hatte, telefonisch mitgeteilt hat. Aber sie haben nicht reagiert, wie sie es sich erhofft hatte. Und da sie dann scheinbar telefonisch nicht mehr erreichbar waren, hat sie es halt mit Nachrichten versucht, die sie jedoch ebenfalls alle ignoriert haben. Erst am Freitagmorgen haben sie sich wieder bei Stacy gemeldet. Wir gehen davon aus, dass sie sich mit ihr verabredet haben. Vermutlich haben sie ihr gesagt, dass ihnen ihr Verhalten leid tut und das sie nur etwas Zeit gebraucht haben, sich nun aber auf das gemeinsame Kind und eine gemeinsame Zukunft freuen. So konnten sie sich sicher sein, dass sie auch tatsächlich kommen würde. Und sie konnten sich sicher sein, dass sie arglos sein würde und sie deshalb leichtes Spiel haben würden sie zu überrumpeln."

Dann zog Niklas einen Beweismittelbeutel aus der Akte und legte ihn auf den Tisch. In diesem Beutel war die Kette, die Kody Dawson für Stacy hatte fertigen lassen. „Keine Ahnung, wie sie an die Kette gekommen sind, aber ein Abgleich der Strangmarken auf dem Hals des Opfers mit den Gliedern der Kette hat ergeben, dass diese zweifelsfrei übereinstimmen. Und auch an der Kette fanden sich DNA-Spuren von ihnen."

Niklas blickte Finn de Boer unvermittelt an. „Die Beweislage ist eindeutig. Der Richter hat Untersuchungshaft angeordnet. Sie werden also viele Jahre kein freier Mann mehr sein. Erleichtern sie ihr Gewissen und erzählen sie uns, warum Stacy sterben musste."

Doch Finn de Boer rührte sich nicht und sagte kein Wort. Er blickte die Ermittler einfach nur an. Als er dann endlich den Mund aufmachte waren 'Ich will einen Anwalt. Informieren sie meine Frau damit sie alles in die Wege leitet.' seine einzigen Worte. Dann schwieg er wieder beharrlich.

Niklas und Bernd verließen den Verhörraum und ließen Finn de Boer abtransportieren. Zudem ließen sie sich von Dean Lanston die Kontaktdaten von Finn de Boers Frau geben. Als Niklas sie anrief sicherte Frau de Boer zu am nächsten Tag auf das Revier zu kommen und einen Anwalt mitzubringen.

Nun hätten sie sich eigentlich dem Papierkram widmen müssen. Aber als die vier Ermittler zusammensaßen, konnten sie sich einfach nicht aufraffen. Die Tage intensiver und langandauernder Ermittlungstätigkeit hatten ihre Spuren hinterlassen. Sie beschlossen daher, den Papierkram auf den nächsten Tag zu verschieben. Niklas und Bernd machten sich auf den Weg zu den Eheleuten Hausmann, um sie über die neusten Erkenntnisse zu informieren und Christiane und Jonas machten sich auf den Weg in den Schweizer Hof.

29. Kapitel

Am Schweizer Hof angekommen ließen sich Christiane und Jonas bei Dean Lanston ankündigen, der sie in seinem geräumigen Zimmer empfing. Er orderte Kaffee und Kaltgetränke beim Zimmerservice, dazu einige Petit fours, und bot den Ermittlern an Platz zu nehmen.

„Es ist also wahr?", fragte er. „Der Mörder ist einer von uns? Finn de Boer hat Stacy getötet?" Die vorläufige Festnahme hatte sich am gestrigen Abend wie ein Lauffeuer unter den Spielern und den Mitarbeitern der ISDA verbreitet.

„Er ist dringend tatverdächtig", nickte Christiane. „Unsere dringende Bitte, das Hotel nicht zu verlassen, können wir unter den gegebenen Umständen aufheben. Die Spieler und alle weiteren Personen, die aufgrund der anhängigen Ermittlungen hier in Bonn geblieben sind, können also nach Hause zurückkehren."

Dean Lanston war bleich geworden, als Christiane den Tatverdacht gegen Finn de Boer bestätigte. „Das ist eine Katastrophe", murmelte er. Und als er Christianes irritierten Blick sah, ergänzte er. „Ich bin natürlich froh, dass der Täter überführt ist. Aber das wirklich einer von uns dazu fähig ist, dass hätte ich mir niemals vorstellen können. Und aus PR-Sicht ist das eine Katastrophe. Wir müssen sehen, ob wir uns davon erholen, oder es das Ende der ISDA bedeutet. Schließlich will alles auch finanziert werden. Die Turniere, die Spieler. Bei allem spielt Sponsoring eine große Rolle. Und dieser Mord könnte dazu führen, dass alles zusammenbricht. Wenn uns die großen Sponsoren abspringen, dann können wir dichtmachen. Dann haben wir keine Chance weiterzumachen. Dann ist alles vorbei." In den Augen von Dean Lanston sahen Christiane und Jonas Tränen blitzen. Doch er fing sich recht schnell wieder und reichte den Ermittlern die Hand. „Vielen Dank für die Informationen. Ich werde alle benachrichtigen."

Jonas und Christiane verabschiedeten sich. In der Tür wandte sich Christiane noch einmal um und lächelte Dean Lanston an. „Ich bin mir sicher, dass wir uns nächstes Jahr hier in der Halle wiedersehen. Und das nicht dienstlich." Dann schloss sie die Tür hinter sich.

Auf dem Hotelflur lief ihnen Kody Dawson in die Arme. Er wirkte deutlich mitgenommen und seine Augen waren stark gerötet. „Ist es wahr?", fragte er. „War es wirklich Finn?" Kody blickte zwischen den Ermittlern hin und her. Er wirkte ein wenig fahrig und war eindeutig geschockt von den Ereignissen der letzten Tage. Christiane und Jonas blickten sich kurz an. Beiden fiel es schwer in englischer Sprache die richtigen Worte zu finden, aber sie versuchten es so gut sie konnten. „Wir verdächtigen Finn de Boer Stacy getötet zu haben", erwiderte Christiane. „Er wurde verhaftet. Mehr dürfen wir ihnen nicht sagen. Es tut uns leid." Kody schüttelte fassungslos den Kopf. „Warum hat sie sich ausgerechnet in Finn verliebt. Warum ausgerechnet er. Ich wünschte..." Kody Dawson wandte sich wort- und grußlos ab, während ihm Tränen über das Gesicht liefen. Schweigend blickten Christiane und Jonas ihm nach. Dann verließen sie den Schweizer Hof.

Als die beiden am Wagen ankamen fasste Christiane Jonas am Arm. „Sag mal, würde es dir was ausmachen, wenn wir noch im Studentenwohnheim vorbeifahren? Ich würde den Mädels gerne selber die Nachricht überbringen, dass wir einen Verdächtigen haben und dieser in Untersuchungshaft sitzt. Sie waren eng mit Stacy befreundet und sollten die Fakten von uns erfahren, bevor wilde Spekulationen oder reißerische Presseartikel über sie hereinbrechen." Jonas konnte in Christianes Gesicht sehen, wie wichtig es ihr war, mit Stacys Freundinnen zu sprechen. Natürlich schlug er ihr den Wunsch nicht ab. Und das nicht nur, weil er dasselbe empfand wie sie. Sie war seine Partnerin, und wenn es für sie wichtig war, dann würde er ihr nie im Weg stehen. Daher nickte er und hielt Christiane die Autotür auf. „Mylady, pease take a seat. I will fulfill your wishes." Dabei grinste er von einem Ohr bis zum anderen. Christiane boxte ihm leicht in die Rippen und lachte lauthals los.

Jonas ließ sich von dem Lachen anstecken. Immer noch lachend stiegen sie ins Auto und fuhren los.

Als sie im Studentenwohnheim ankamen trafen sie Alicia und Coleen in ihrer Wohnung an. Auf Bitten der Ermittler riefen sie Kathrin und Agnieszka an und baten sie ins Wohnheim rüberzukommen. Es ging so schnell, dass Christiane und Jonas dachten, die beiden Mädchen müssten geflogen sein. Aber das war ja auch mehr als verständlich. Schließlich ging es um ihre Freundin.

„Wir sind hier, um ihnen mitzuteilen, dass wir einen Verdächtigen haben, von dem wir annehmen, dass er für den Mord an Stacy verantwortlich ist. Die Beweislage ist gut. Der Richter hat Untersuchungshaft angeordnet. Bei dem Verdächtigen handelt es sich um einen Dartspieler der ISDA. Er hat die Tat bislang allerdings nicht gestanden. Wie sie wissen war Stacy schwanger. Wie genau beziehungsweise ob diese Schwangerschaft mit dem Mord zusammenhängt, wissen wir nicht. Wir dachten, dass sollten sie wissen. Es werden wahrscheinlich viele Spekulationen und vermutlich auch Unwahrheiten in der Presse auftauchen. Lassen sie sich davon nicht verunsichern. Stacy war eine gute Freundin. Und sie hat nach allem was wir bislang wissen, nichts Unrechtes getan. Der mutmaßliche Täter ist verheiratet. Wir vermuten, dass sie ihnen deshalb nichts gesagt hat."

„War es", Alicia beendete den Satz nicht. Jonas schüttelte den Kopf. „Nein, es war nicht Kody Dawson." Alicia nickte. Sie schien erleichtert. Dennoch überwog bei allen der Schock. Der Schock darüber, dass ihre Freundin eine Affäre hatte, die sie verschwiegen hatte. Dass sie ihnen nichts von der Schwangerschaft erzählt hatte. Und das sie vielleicht deswegen sterben musste. Weil sie ein Kind erwartete.

Jonas und Christiane verabschiedeten sich und überließen die Freundinnen ihren Gedanken. Sie wussten, dass die nun einiges zu verarbeiten hatten und sie hofften, dass es ihnen ein wenig leichter fallen würde, nun, da sie wussten, dass sie den vermeintlichen Mörder verhaftet hatten. Aber es würde ein schwerer Weg werden. Und nichts mehr so sein, wie es einmal war. Sie würden misstrauischer werden, vielleicht auch ängstlicher. Sie würde merken, dass ihnen etwas beziehungsweise jemand fehlt. Und sie würden viele Tränen vergießen und viele traurige Stunden verbringen, bis sie beim Gedanken an ihre Freundin wieder würden lächeln und sich an den Erinnerungen erfreuen können. Aber irgendetwas gab den Ermittlern die Zuversicht, dass die Freundinnen sich gegenseitig beistehen und diese schwere Zeit meistern würden.

30. Kapitel

Bernd und Niklas hielten an dem Haus, in dem die Eheleute Hausmann wohnten und blickten zu den Wohnungsfenstern empor. Als sie klingelten wurde ihnen postwendend geöffnet. Es schien fast, als hätten die Eheleute Hausmann seit ihrem Weggang nur darauf gewartet, dass die Ermittler mit Neuigkeiten zurückkehrten.

Wieder war es Herr Hausmann, der Bernd und Niklas in den Wohnbereich führte. Seit ihrem letzten Besuch schienen die Eheleute Hausmann ein wenig Schlaf gefunden zu haben. Sie sahen noch immer deutlich mitgenommen aus, aber die Augen schienen wacher. Mehr im hier und jetzt.

Niklas und Bernd nahmen auf den gleichen Sesseln Platz, auf denen sie auch bei ihrem letzten Besuch gesessen und im Fotoalbum geblättert hatten. „Wir sind hier, um ihnen mitzuteilen, dass wir einen Verdächtigen verhaftet haben. Nach der Auswertung aller uns vorliegender Beweise, gehen wir davon aus, dass er ihre Tochter getötet und den Verdacht bewusst auf Kody Dawson gelenkt hat. Wir vermuten, dass es sich um eine Beziehungstat handelt, die der Täter geplant hat, als ihre Tochter ihm von der Schwangerschaft erzählte. Bislang hat der mutmaßliche Täter nicht gestanden und sich auch nicht zu seinem Motiv geäußert." In den Augen von Stacys Eltern konnten die Ermittler eine gewisse Erleichterung sehen. Aber endgültig würde der Stein vermutlich erst bei einer Verurteilung vom Herzen fallen. Bis dahin würde sich immer wieder die Befürchtung eines Freispruches in den Kopf und in das Herz schleichen.

„Was ist mit dem Kleingarten?", fragte Barbara Hausmann. In ihren Augen war eine Spur von Angst zu sehen. „Da kann ich sie beruhigen", antwortete Niklas. „Ich war zusammen mit einer Kollegin dort. Aufgrund ihrer Beschreibung konnten wir die Zigarrenkiste ohne Probleme finden. Wir mussten nichts verändern. Wenn sie dorthin kommen werden sie gar nicht merken, dass wir dort waren." Barbara und Herbert Hausmann blickten erleichtert auf. „Vielen Dank.

Das freut uns sehr. Dieser Garten ist einfach etwas ganz Besonderes für uns."

Niklas nickte. „Ich war überwältigt als ich den Garten und die Laube gesehen habe. Es passt einfach alles zusammen. In jedem Winkel kann man die Liebe spüren, die Stacy in die Gestaltung gesteckt hat. Sie war unglaublich kreativ und hat dem Garten und der Laube ihren ganz eigenen Stempel aufgedrückt. Und ihre Fotografien. Einfach toll." Mit diesen Worten zauberte Niklas ein Lächeln auf das Gesicht der Eheleute. Er konnte in ihren Gesichtern ablesen, wie stolz sie auf ihre Tochter waren.

„Wann können wir Stacy beerdigen lassen?", fragte Herbert Hausmann. „Die Leiche ist von der Gerichtsmedizin freigegeben worden. Sie können nun alles in die Wege leiten. Der Bestatter kann den Leichnam in der Gerichtsmedizin abholen und überführen", beantwortete Niklas die Frage. Herbert Hausmann ergriff die Hand seiner Frau und drückte sie fest.

Niklas und Bernd verabschiedeten sich von den Eheleuten Hausmann und fuhren zurück ins Büro, wo sie Christiane und Jonas antrafen. Sie wussten, dass sie an diesem Tag nichts mehr unternehmen konnten. Sie mussten abwarten, was der kommende Tag bringen würde. Wenn Frau de Boer mit dem Anwalt eintraf.

Da noch niemandem danach war nach Hause zu fahren, beschlossen die Ermittler spontan, den Abend mit einem gemeinsamen Essen ausklingen zu lassen. Das Schwerste dabei war mal wieder sich darauf zu einigen, wo sie essen gehen wollten. Die Geschmäcker waren durchaus verschieden und so konnte es einige Zeit dauern, bis die Entscheidung gefallen war.

Diesmal einigten sie sich auf eine kleine Tapas-Bar in der Innenstadt. Sie bestellten alles Mögliche querbeet. Die Tapas standen in der Mitte und jeder bediente sich wie er wollte. Besonders gut schmeckten ihnen die Tortilla, die Pan con Chorizo, Morcilla, Jamón, Queso und die Gambas al ajillo. Aber auch die Oliven und die anderen Tapas, die sie immer wieder nachbestellten, schmeckten einfach himmlisch. Es herrschte eine gesellige und gelöste Atmosphäre. Sie verloren kein Wort über den Mordfall. Stattdessen lachten sie viel und quatschten, quatschten und quatschten. Dabei merkten sie gar nicht, wie die Zeit verging. Als sie auf die Uhr schauten war es schon fast 23.00 Uhr.

Christiane war gerade auf dem Weg nach Hause als ihr Handy klingelte. Sie fluchte leise. Wer störte denn um diese Uhrzeit noch ihren Feierabend? Sie hatte sich darauf gefreut den Tag ruhig und ungestört ausklingen zu lassen. Die Flasche Weißwein wartete im Kühlschrank darauf geöffnet und genossen zu werden. Dazu Cracker und eine Käseauswahl sowie blaue und grüne Weintrauben. Käse schließt ja bekanntlich den Magen. Sie konnte den Geschmack schon auf der Zunge spüren und seufzte beim Griff zur Freisprechanlage. Die Nummer kam ihr bekannt vor, sie konnte sie aber nicht zuordnen. „Bremers", meldete sie sich und erschrak fast selber über den recht unfreundlichen Klang ihrer Stimme.

„Hier spricht Dean Lanston", klang es unsicher aus der Freisprechanlage. „Ich wollte... Ich wusste nicht wen... Die ganze Sache ist... Ich dachte... Es tut mir leid", stammelte er und legte dann einfach auf. Irritiert lauschte Christiane dem Tuten, das daraufhin aus der Freisprechanlage erklang, bevor auch sie auflegte. Sie zögerte, wusste nicht, wie sie sich verhalten sollte. Dean Lanston hatte so verzweifelt geklungen. Doch warum hatte er sie angerufen? Wie sollte sie ihm helfen können?

„Was solls", seufzte sie. „Der Weißwein schmeckt morgen auch noch. Und eigentlich ist er ja schon sympathisch. Und gut aussehen tut er auch." Kurzentschlossen wendete sie und fuhr in Richtung Schweizer Hof. Dort angekommen ging sie direkt zu Dean Lanstons Zimmer und klopfte. Als sich niemand rührte klopfte sie erneut an. Als wieder keine Reaktion zu verzeichnen war wandte sie sich gerade zum Gehen, als sich die Tür öffnete. Dean Lanston schaute sie verwundert aber auch sehr erfreut an. Die Krawatte war halb geöffnet und hing krumm und schief an seinem Hals. Das

Hemd war aus der Hose gerutscht und seine Haare waren zerzaust. Christiane ertappte sich dabei, wie sie feststellte, dass er mit dieser Frisur noch besser aussah.

Mit einer Handbewegung bat Dean Lanston Christiane in sein Zimmer. Er holte ein zweites Glas und eine Flasche Weißwein aus der Bar und goss Christiane ein. „Danke das du gekommen bist", flüsterte er mehr als das er sprach. „Ich will einfach nicht allein sein". Er blickte Christiane an, die seinen Blick erwiderte. Sie nahm einen Schluck von dem Weißwein und schnalzte anerkennend mit der Zunge, was Dean Lanston für einen kurzen Moment lächeln ließ. Dann wurde sein Gesicht wieder ernst.

„Jetzt bin ich ja hier", sagte Christiane. „Wie kann ich dir helfen?" Es fühlte sich absolut selbstverständlich an, dass sie sich duzten. Es fühlte sich vollkommen selbstverständlich an, bei ihm zu sitzen und für ihn da zu sein. Sie konnte es sich nicht erklären, hatte so etwas noch nie erlebt. Doch wie hatte Niklas gesagt 'Das Herz will was das Herz will', und scheinbar wollte sie im Moment genau das. Hier sein und mit Dean Lanston sprechen.

Dean Lanston schüttelte traurig den Kopf. „Ich... ich kann nicht", flüsterte er. „Ich weiß nicht wie... Ich kann es nicht....." Er brach ab und blickte Christiane fast flehend an. Sie ergriff seine Hand und blickte ihm fest in die Augen. „Ist okay", sagte sie. „Du kannst es mir sagen. Geht es um Stacys Tod?" Zögernd nickte er. „Du kannst einfach nicht verstehen wie jemand, den du schon so viele Jahre kennst, zu so etwas fähig ist?" Wieder ein Nicken. „Und du fragst dich, warum du nichts bemerkt hast?" Und wieder nickte Dean Lanston.

Christiane lächelte milde. „So geht es den meisten Menschen, die sich mit einer solchen Situation konfrontiert sehen", sagte sie sanft. „Bitte glaub mir. Du hättest es nicht merken können. Und über dich sagt es gar nichts aus. Diese Täter, mit einer so ausgeprägten egoistischen Persönlichkeit, können sich hervorragend verstellen. So erreichen sie ihre Ziele und darum ist es so schwer, sie zu überführen. Weil sie nicht auffallen, weil es ihnen niemand zutraut und weil wir darum keine Hinweise auf sie bekommen. Quäl dich nicht damit." Sie lächelte ihn an und merkte, dass er sich ein wenig entspannte. Eine Last schien von seinen Schultern zu fallen, aber Christiane spürte, dass da noch etwas war. Fragend blickte sie Dean Lanston an.

Dieser schluckte schwer. „Und was sagt es über mich aus, dass ich um Stacy trauer, aber auch den Gedanken hab, dass ihr Tod mein Lebenswerk zerstören könnte. Dass ich Angst habe, dass sich ihr Tod negativ auf die ISDA auswirkt oder sogar ihr Ende bedeuten könnte?" Er schaffte es nicht Christiane bei dieser Frage anzusehen. Seine Stimme war kaum zu hören und Christiane sah, dass ihm eine Träne über das Gesicht lief.

„Es sagt, dass du ein gefühlvoller Mensch bist, dem der Dartsport sehr viel bedeutet. Ein Mensch, der sich viele Gedanken macht. Auch darüber, welche Konsequenzen Taten haben können." „Aber das ist doch egoistisch", stieß er hervor. Christiane schüttelte den Kopf. „Wir alle denken auch an uns und die Konsequenzen, die sich für uns ergeben. Alles andere wäre nicht normal. Und an der ISDA hängen viele Jobs und somit auch viele weitere Menschen und Existenzen. Natürlich ist dir das nicht egal. Und du trauerst um Stacy. Und diese Trauer ist echt und aufrichtig. Das spüre ich. Du bist kein schlechter Mensch." Dankbar sah Dean Lanston sie an und leerte wortlos sein Glas. Christiane tat es ihm gleich. Schweigend saßen sie da.

„Kannst du für mich den Kontakt zu Stacys Eltern herstellen?", unterbrach Dean Lanston unvermittelt die Stille, während er die Gläser auffüllte. Fragend blickte Christiane ihn an. „Stacy gehört nun schon so viele Jahre zur Familie", erklärte er. „Da möchte ich irgendwas tun. In die Trauerfeier einbringen. Ein Kranz ist das Mindeste. Aber es scheint mir nicht ausreichend. Verstehst du, ich will, dass alle verstehen, wie viel Stacy uns bedeutet hat. Vielleicht fällt mir ja mit ihren Eltern zusammen etwas ein. Wenn sie es überhaupt zulassen. Schließlich war es einer von uns der..." Dean Lanstons Stimme versagte.

Tröstend strich Christiane ihm über den Kopf. „Ich bin mir sicher, dass sie dich nicht abweisen werden", flüsterte sie. „Sie wissen, dass der Täter ihre Tochter getötet hat. Er ganz alleine. Ich bin mir sicher, dass sie keinen Hass für dich und die anderen Mitglieder der Dartfamilie empfinden." Sie nickte, um ihren Worten Nachdruck zu verleihen. Und als sie sah, dass der Zweifel noch nicht vollständig aus Dean Lanstons Augen gewichen war, bekräftigte sie noch einmal. „Ganz sicher!"

Langsam glätteten sich die Sorgenfalten auf der Stirn von Dean Lanston. Sein Gesichtsausdruck entspannte sich merklich. Mit einem fragenden Blick deutete er auf die leeren Weingläser und Christiane nickte. Dean Lanston orderte beim Zimmerservice eine weitere Flasche Wein und einige Kleinigkeiten, die gut zu halbtrockenem Weißwein passten. Darunter auch Käse und Trauben. Sie setzten sich auf das gemütliche Sofa, aßen, tranken und redeten und redeten und redeten. 'Das hätte ich zu Hause auch gehabt', dachte Christiane. 'Aber mit so netter Gesellschaft ist es viel schöner.' Bei diesem Gedanken huschte ein Lächeln über ihr Gesicht, das Dean Lanston nicht verborgen blieb.

Für einen kurzen Moment wollte Christiane seinen fragenden Blick ignorieren, doch dann entschloss sie sich, ihm offen und ehrlich zu antworten. Bei der Antwort strahlten Dean Lanstons Augen zum ersten Mal an diesem Abend ehrlich und sein Lächeln wurde deutlicher. Sanft legte er seinen Arm um Christianes Schulter.

Die beiden hatten noch einige Zeit geredet. Irgendwann waren sie dann einfach eingeschlafen. Christianes Kopf lehnte dabei an der Schulter von Dean Lanston.

Als sie aufwachte brauchte sie einen kurzen Moment um sich zu orientieren. Ein Blick auf ihren Sitznachbarn ließ sie strahlen. Und als Dean Lanston wach wurde sah sie, dass es ihm ebenso erging.

Christiane schickte Jonas eine kurze Nachricht, dass sie etwas später ins Büro kommen würde. Dann genoss sie zusammen mit Dean Lanston noch ein gemeinsames Frühstück, bevor sie sich verabschieden musste. Sie merkte, dass es ihr schwer fiel zu gehen. Sie wünschte es gäbe noch ein bisschen mehr gemeinsame Zeit. Aber sie würden sich wiedersehen. Sehr bald. Dessen war sie sich sicher.

Mit einem glücklichen Lächeln stieg sie ins Auto und fuhr los. Dean Lanston stand am Fenster seines Hotelzimmers und blickte ihr nach.

Sehr bald, da waren sie sich einig.

31. Kapitel

Am frühen Nachmittag des folgendes Tages erschien Frau de Boer auf dem Revier. Sie wurde von ihrem Anwalt begleitet.

„Hier muss ein Irrtum vorliegen", eröffnete sie das Gespräch, nachdem die Ermittler sie und den Anwalt in ihr Büro gebeten und ihnen einen Kaffee angeboten hatten. Sowohl Frau de Boer als auch ihr Anwalt sprachen fließend deutsch. Der Anwalt war grenzüberschreitend tätig und daher ebenso bilingual wie Frau de Boer, die in ihrer Jugend mehrere Jahre in einem noblen Internat in Deutschland verbracht hatte. Dort hatte sie mehrere Fremdsprachen erlernt, unter anderem natürlich auch deutsch.

„Mein Mann hat dieses Mädchen nicht ermordet. Warum sollte er. Wir sind seit vielen Jahren glücklich verheiratet und kennen uns schon viele Jahre mehr. Ich kann ihnen versichern, sie haben den Falschen verhaftet."

„Frau de Boer, ihr Mann hatte seit mehreren Monaten eine Affäre mit dem Opfer, Stacy Hausmann", eröffnete ihr Niklas. „Und er hat ihr wohl auch ziemlich viele teure Geschenke gemacht. Vor etwa einer Woche hat sie erfahren, dass sie schwanger ist und hat das ihrem Mann mitgeteilt. Er hat den Kontakt zu dem Opfer dann einige Tage abgebrochen, sich dann aber für den Tag mit ihr verabredet, an dem sie ermordet wurde. Wir vermuten, dass die Schwangerschaft des Opfers der Grund für die Tat ist. Und das ihr Mann die Tat vorsätzlich begangen hat. Er hat Anstrengungen unternommen, um den Verdacht auf einen anderen Spieler zu lenken, der Interesse an dem Opfer hatte." Frau de Boer schüttelte vehement den Kopf. Doch irgendwie hatte Niklas das Gefühl, dass dies nicht ihrer Überzeugung an die Unschuld ihres Mannes geschuldet war, sondern sie es einfach nicht hören, nicht wahrhaben wollte.

„Haben sie irgendwelche Beweise für ihre Anschuldigungen", mischte sich der Anwalt in die Unterhaltung ein, was Niklas bejahte. Der Rechtsanwalt von Frau de Boer blickte ihn herausfordernd an, woraufhin Niklas mit einer Aufzählung der Ermittlungsergebnisse begann.

„Das Opfer war eines der Walk-on-Girls der ISDA. In dem Hotelzimmer von Herrn de Boer wurde in einem Wäschesack ein Dartshirt aufgefunden." „Bei einem Dartspieler doch wohl kein Wunder", fiel ihm Frau de Boer ins Wort. Niklas überhörte den Einwand und fuhr unbeirrt fort. „Auf dem aufgefundenen Dartshirt war das Blut des Opfers. Zudem wurde eine Faserprobe des Shirts genommen und mit Fasern abgeglichen, die am Opfer gesichert wurden. Der Abgleich ergab eine Übereinstimmung. Ein DNA-Abgleich ergab zudem, dass die DNA auf der Innenseite des Dartshirts mit der DNA von Herrn de Boer übereinstimmt. Wir können also belegen, dass das Dartshirt von Herrn de Boer getragen wurde. Eine ebenfalls in dem Wäschekorb gefundene Sweatjacke wies auf der Innenseite das Blut des Opfers aus."

„Da will jemandem meinem Mann etwas anhängen. Ganz bestimmt. Ich meine, die Spieler lassen ihre Shirts ja schon mal im Practiceroom. Sie ziehen sich da um, wenn sie geschwitzt haben, oder aber haben ein Ersatzshirt da hängen." Frau de Boer wollte nicht glauben, dass ihr Mann für die Tat verantwortlich sein sollte. Und Niklas konnte sie nur allzu gut verstehen. Er erlebte das immer wieder. Niemand wollte sich eingestehen, sich so sehr in dem Menschen getäuscht zu haben, den man liebt und mit dem man bereits seit vielen Jahren gemeinsam durchs Leben geht. Und da war dann natürlich auch noch die quälende Frage, was es über einen selbst aussagt, einen Mörder zu lieben. Auch wenn das eigentlich Blödsinn war, denn man liebte ja nicht den Mörder, sondern den liebevollen, aufmerksamen und humorvollen Menschen, der diese Person eben auch sein konnte. Aber bis sich bei Angehörigen von Tätern dieses Bewusstsein entwickelt vergeht oft viel Zeit. Zumal auch das Umfeld häufig mit Unverständnis und sogar Ablehnung reagiert.

Niklas schüttelte den Kopf. „Im Hotelzimmer haben wir auch das Handy des Opfers gefunden und auch ein Handy ihres Mannes."

Niklas sprach Frau de Boer jetzt direkt an. „Anhand der sicherge-stellten Daten sind wir uns sicher, dass ihr Mann eine Affäre mit dem Opfer hatte. Das Opfer war schwanger, und wir haben mit der DNA ihres Mannes einen Vaterschaftstest gemacht. Dieser war po-sitiv." Niklas konnte sehen, wie alle Farbe aus dem Gesicht von Frau de Boer wich. Er erwartete, dass sie weinend zusammenbre-chen würde. Umso überraschter war er von ihrer Reaktion.

„Dieses Schwein!" Frau de Boer brüllte die Worte nur so heraus. Sie bebte vor Zorn am ganzen Körper. „Er hatte mir versprochen, dass ihm das nicht noch einmal passieren würde. Und stattdessen betrügt er mich monatelang und schwängert dieses kleine Mist-stück dann auch noch? Gott war ich blöd. Wieso hab ich ihm nur geglaubt? Schließlich war es ja nicht das erste Mal. Ich bin so ein Idiot." Mit jedem Wort klang ihre Stimme leiser und irgendwie klein-lauter.

„Sie haben von der Affäre ihres Mannes mit dem Opfer gewusst?", hakte Bernd nach. Frau de Boer schüttelte den Kopf. „Mein Mann hat mich vor mehreren Jahren mal betrogen. Als er auf dem Höhe-punkt seiner Karriere war ist er mit einer Sportreporterin im Bett ge-landet. Er hat sich immer und immer wieder bei mir entschuldigt und geschworen, dass es ihm nichts bedeutet hat. Er liebe nur mich und wolle mich nicht verlieren. Es hat einige Zeit gedauert, aber er hat so hart gekämpft und ich habe ihm verziehen. Ihm wie-der zu vertrauen hat allerdings deutlich länger gedauert. Aber wir haben es geschafft das Vertrauen wieder aufzubauen. Ich war mir sicher, dass es ein einmaliger Ausrutscher war." Resigniert ließ sie die Schultern hängen.

Für einen Moment herrschte Schweigen, dann wandte sich Frau de Boer an ihren Anwalt. „Ich möchte mich von meinem Mann schei-den lassen. Bitte leiten sie alles Notwendige in die Wege. Und ver-anlassen sie auch, dass die Geldzahlungen an meinen Mann erst mal eingestellt werden, bis geprüft ist, welche Ansprüche ihm zu-stehen." Frau de Boer wirkte extrem entschlossen. „Und was die

Verteidigung meines Mannes angeht. Das hat sich erledigt. Soll er doch zusehen, dass er einen Rechtsanwalt bekommt."

Dann wandte sie sich wieder den Ermittlern zu. „Wenn ich ihnen irgendwie helfen kann, dann lassen sie es meinen Anwalt wissen. Er wird ihnen dann alles was sie brauchen zur Verfügung stellen." Der Anwalt von Frau de Boer reichte Bernd eine Visitenkarte.

„Vielen Dank. Das Angebot nehmen wir gerne an. Aber dürfen wir ihnen noch eine Frage stellen, wo sie jetzt hier sind?" Bernd nahm die Visitenkarte zu den Akten. Einen Moment zögerte Frau de Boer, doch dann nickte sie zustimmend.

„Ihr Mann hat sich bislang nicht zu der Tat geäußert. Haben sie eine Erklärung dafür, warum er den Mord an seiner Geliebten und seinem ungeborenen Kind als einzigen Ausweg ansah? Warum er die Affäre nicht einfach beendete und versuchte, mit ihnen nochmal von vorne anzufangen?" Frau de Boer lachte spöttisch auf. „Sie meinen, weil ich schon einmal so dumm war ihm zu verzeihen und ihn zurückzunehmen?" Als sie sah, dass Bernd antworten wollte, winkte sie ab. „Lassen sie gut sein. Ich reagiere im Moment wohl etwas empfindlich. Es ist ziemlich viel, was da im Moment auf mich hereinbricht."

Frau de Boer dachte einen Moment lang nach. „Ich denke ihm war bewusst, dass ich ihm keinen zweiten Seitensprung verzeihen würde. Und eine Affäre schon gar nicht. Das habe ich ihm immer in aller Deutlichkeit gesagt. Das ein weiterer Ausrutscher alles zerstören würde. Und das hätte für ihn bedeutet, dass er nicht nur mich verliert, sondern auch seinen Lebensstil. Und ich denke, dass wollte er nicht riskieren."

„Wie meinen sie das?", fragte Niklas. „Ihr Mann ist doch ein erfolgreicher Dartspieler und hat mehr als drei Millionen Euro an Preisgeldern eingenommen. Dazu das Geld aus Werbeverträgen bzw. für Merchandaising, Antrittsgelder bei Exhibitions. Da kommt doch einiges zusammen, nehme ich mal an."

„Da kam einiges zusammen", korrigierte Frau de Boer. „Mein Mann hatte einige sehr gute Jahre und hat in dieser Zeit auch sehr viel Geld verdient. Und noch mehr Geld ausgegeben. Und in den letzten Jahren blieb der Erfolg aus und damit auch die Einnahmen. Und Rücklagen hatte mein Mann nicht gebildet. Ich meine, er hat immer noch seine Fans und es kommt immer Geld rein, aber das ist nicht mehr zu vergleichen. Auch wenn es ihm langsam wieder gelingt sich im Topfeld zu etablieren. Aber um den exquisiten Geschmack und den eher ausschweifenden Lebensstil meines Mannes zu finanzieren reichte es definitiv nicht. Seit mehreren Jahren habe ich ihn finanziert. Ich habe nie gefragt, wofür er das Geld braucht. Er hat ein Konto, auf dass ich ihm monatlich einen Betrag von 10.000,00 € überweise sowie eine jährliche Einmalzahlung von 100.000,00 €. Dazu kommen die Einnahmen, die er noch erwirtschaftet. Und alle Ausgaben, die für seinen Sport nötig sind, wie Anreise und Unterbringung bei den Turnieren und die Ausrüstung habe ich ihm ebenfalls bezahlt." Niklas und Bernd entglitten die Gesichtszüge während sie Frau de Boer zuhörten, was dieser natürlich nicht entging.

„Dart ist die Leidenschaft meines Mannes und ich habe ihn dabei immer unterstützt. Ich stamme aus einer der größten Industriellenfamilien in den Niederlanden. Meine Eltern hatten keine weiteren Kinder und so habe ich neben den Fabriken auch das gesamte Vermögen geerbt. Sowohl Geld als auch Immobilien und Kunstwerke. Wir gehören seit Jahrzehnten zu den reichsten Familien der Niederlande. Ich spende sehr viel Geld für karitative Zwecke. Meine Angestellten sind hervorragend abgesichert und die Kunstsammlung meiner Familie ist als Dauerleihgabe in einem Museum, damit möglichst viele Menschen in ihren Genuss kommen können. Aber meine Eltern haben mich auch gelehrt, dass ich mich des Reichtums nicht schämen muss. Ich protze nicht, trage meinen Reichtum nicht zur Schau, aber ich genieße es, dass ich mir um Geld keine Gedanken machen muss. Und ich gönne es mir, einen Teil meiner Einnahmen auch für mich auszugeben. Ohne schlechtes Gewissen."

„Aber dann hätte er doch besser...", Bernd verstummte bevor er den Satz mit 'sie umbringen können' beendete, doch er war sich sicher, dass Frau de Boer ihn auch so verstanden hatte. „Entschuldigung, dass war... Ich wollte nicht....Nicht das das....", Bernd tat es wirklich leid und er fand einfach nicht die richtigen Worte um sich bei Frau de Boer zu entschuldigen. „Mich umbringen können", vervollständigte Frau de Boer seinen Satz und Bernd nickte verschämt. „Sie brauchen sich nicht zu schämen. Ihr Einwand ist ja durchaus berechtigt. Aber mein Tod brächte meinem Mann keine Vorteile. Eine Lebensversicherung zu seinen Gunsten besteht nicht, und meine Eltern haben bei unserer Hochzeit auf einen Ehevertrag bestanden. Unter anderem enthält dieser eine Klausel, dass mein Mann sämtliche Ansprüche verliert, wenn er mit einer anderen Frau während des Bestehens unserer Ehe eine eheähnliche Gemeinschaft eingehen oder ein Kind zeugen sollte. Das gilt auch für den Fall des Eintritts der Erbfolge. Also..."

Diesmal war es Bernd, der verständnisvoll nickte. „Vielen Dank für ihre Aufrichtigkeit Frau de Boer. Sie haben uns damit sehr geholfen. Insbesondere was die Hintergründe der Tat angeht." Mit diesen Worten verabschiedeten sie sich von Frau de Boer und ihrem Anwalt.

„Ich will mir gar nicht ausmalen wie Finn de Boer reagiert, wenn er erfährt, dass seine Frau den Rechtsanwalt zurückgerufen und ihn stattdessen mit dem Scheidungsverfahren beauftragt hat", murmelte Bernd. Niklas nickte. Dann machten sie sich wieder an die Arbeit.

32. Kapitel

Nachdem sie den ganzen Papierkram erledigt hatten, konnten sie den Fall zu den Akten legen. Er war abgeschlossen. Zumindest für die Polizei. Nun lag es an der Staatsanwaltschaft den Fall zum Abschluss zu bringen. Aber auch für Niklas gab es noch etwas, was er tun musste. Nein, was er tun wollte.

Und so fand er sich einige Tage später in der Kirche am Nordfriedhof ein, um der Trauerfeier für Stacy beizuwohnen, und ihr das letzte Geleit zu geben. Es war eine emotionale Trauerfeier. Die Kirche war bis auf den letzten Winkel gefüllt. Neben Kommilitoninnen und Kommilitonen von Stacy war auch ihre Mannschaft da, um sich zu verabschieden. Und auch viele Mitglieder der ISDA, egal ob Mitarbeiter, Spieler oder Verantwortliche, waren extra angereist, um der Trauerfeier beizuwohnen.

Stacys Eltern hatten einen schlichten Eichensarg mit bronzefarbenen Beschlägen ausgewählt. Der Blumenschmuck auf und neben dem Sarg war üppig und bestand ausschließlich aus roten Blüten. Neben Rosen erkannte Niklas Gerbera, Chrysanthemen und Mohnblumen.

Der Priester gestaltete den Gottesdienst sehr persönlich. Dinge, die in Stacys Leben eine große Rolle gespielt hatten, flossen auf verschiedenste Weisen in die Trauerfeier ein. Ihre Volleyballmannschaft verlas die Fürbitten. Ihre Kommilitoninnen und Kommilitonen hatten eine große Fotocollage gestaltet, mit Fotos, die Stacy auf ihren Partys und Zusammenkünften gemacht hatte. Sie war neben dem Sarg aufgestellt worden. Stacys Eltern hatten eine sehr individuelle Musikauswahl für den Gottesdienst getroffen, sowohl mit sanften und ruhigen Melodien wie einem Ausschnitt des Werkes von Johann Sebastian Bach, aber auch modernen Stücken, die Stacy sehr gemocht hatte.

Dean Lanston trug im Namen aller Mitglieder der ISDA ein wunderschönes Trauergedicht von Henry Scott Holland vor, sowohl im Ori-

ginal, also in englischer Sprache, als auch in der deutschen Über-
setzung (Death Is Nothing At All):

I have only slipped away into the next room.
I am I, and you are you.
Whatever we were to each other, that we are still.
Call me by the old familiar name.
Speak of me in the easy way which you always used.
Put no difference into your tone.
Wear no forced air of solemnity or sorrow.
Laugh as we always laughed at the little jokes that we enjoyed to-
gether.
Play, smile, think of me, pray for me.
Let my name be ever the household word that it always was.
Let it be spoken without an effort, without the ghost of a shadow
upon it.
Life means all that it ever meant.
It is the same as it ever was.
There is absolute and unbroken continuity.
What is this death but a negligible accident?
Why should I be out of mind because I am out of sight?
I am just waiting for you, for an interval, somewhere very near, just
round the corner.
All is well."

Ich bin nur nach nebenan verschwunden.
Ich bin ich und du bist du.
Was immer wir füreinander waren, das sind wir noch.
Nenne mich bei dem alten vertrauten Namen.
Sprich von mir, wie du es immer getan hast.
Ändere nicht deinen Tonfall.
Zwinge dich nicht zu aufgesetzter Feierlichkeit oder Traurigkeit.
Lache weiterhin über die kleinen Scherze, an denen wir gemein-
sam Spaß hatten.
Spiele, lächle, denke an mich, bete für mich.
Lass meinen Namen weiterhin so geläufig sein, wie er immer war.
Sprich ihn unbekümmert aus, ohne die Spur eines Schattens.

Das Leben bedeutet all das, was es bisher bedeutete.
Es ist genauso wie immer.
Es geht uneingeschränkt und ununterbrochen weiter.
Ist der Tod nicht nur ein unbedeutender Zwischenfall?
Warum sollte ich vergessen sein, nur weil du mich nicht mehr siehst?
Ich warte einstweilen auf dich, ganz in der Nähe, nur um die Ecke.
Alles ist gut.

Niklas hielt sich sowohl in der Kirche als auch bei der Beisetzung dezent im Hintergrund. Als einer der Letzten trat er an die Grabstätte und gab Erde hinein. Stacys Eltern hatten sich entschlossen, nicht am Grab zu verweilen und Kondolenz entgegenzunehmen.

Als Niklas am Parkplatz des Friedhofes in seinen Wagen steigen wollte, vernahm er seinen Namen. „Herr Reuter", klang es über den Parkplatz und er hörte eilige Schritte. Als er aufblickte, sah er Barbara Hausmann, die auf ihn zuhielt. Ihr Mann folgte ihr. Als die Eheleute Hausmann ihn erreichten, streckte Frau Hausmann ihm ihre Hand entgegen, die Niklas ergriff. „Vielen Dank. Dafür, dass sie den Mörder unserer Tochter gefunden haben und dafür, dass sie ihr heute die letzte Ehre erweisen. Ihr Job ist bestimmt häufig sehr hart und von vielen schlimmen Erlebnissen und Erfahrungen geprägt. Und darum möchten wir ihnen etwas geben. Ihnen und ihren Kollegen." Barbara Hausmann reichte Niklas einen Umschlag. Als er hineinblickte sah er darin vier identische, großformatige Fotos. Niklas erkannte das Motiv sofort. Es war der Kleingarten mit der Laube, den Stacy so geliebt hatte, und in dessen Gestaltung sie so viel Zeit investiert hatte. Sie selbst hatte dieses Foto aufgenommen.

„Ein kleines Stück vom Paradies", erklärte Frau Hausmann mit einem Lächeln, bei dem Tränen in ihren Augen blitzten. In diesem Moment war sich Niklas sicher, dass Stacys Eltern es schaffen würden, nicht am Tod der Tochter zu zerbrechen.

Zeitfracht Medien GmbH
Ferdinand-Jühlke-Straße 7
99095 Erfurt, Deutschland
produktsicherheit@kolibri360.de